庫 JA

3〉

パンツァークラウン フェイセズ I

吉上 亮

早川書房

7183

告白をしよう
そう、これは告白の物語だ。告解と言ってもいい
僕は何者なのか。何処から来たのか、何処へ行くのか
語らなければいけないことがある
記さなければいけないことがある
真実に抗うため、そして希望の灯を見失わないために

CONTENTS

パンツァークラウン　フェイセズⅠ

000 Un Face

誰かに手を差しのべるように、開いた右手は海に触れている。

やがて波がやってくる。引いては返すその繰り返しに洗われ、手を半ばまで覆い隠していた砂粒がさらさらと流れていく。

五指はどれもがその細やかな感触に触れていた。完璧に調律されたように規則正しく、例外というのがまるで存在しない穏やかな波のパターンが知覚される。

深夜の浜辺。夜の海は空と同じく真っ暗で、遠く水平線の代わりに薄い灰色で縁取られた防波堤が見える。不規則な外海からの激しい波を受け止め、そこに秘められたエネルギーの多くは別のエネルギーとして置き換えられる。そうして濾過《ろか》された残りの安全で心地よい波だけが砂浜に到達する。どちらもこの都市で暮らす人々の快適な生活の一部を構成するものだった。

あらゆるものには価値がある――。そうした言葉はこの都市を表現するうえでこの上なく適切に思えた。不要なものはひとつとしてなかった。すべては正しく解析され、制御され、相応《ふさわ》しい役割を与えられて有用なるものに昇華される。

そうすることで、かつて死に瀕した都市は甦りを果たしたのだ。

新東京特別商業実験区《ニィトウキョウ》――通称〝層現都市《レイヤード・シティ》イーヘヴン〟は二〇四五年現在、全国六つの行政区のどこにも属さない半ば独立した都市として存在している。

そして青年――あるいは少年かもしれない――広江乗《ひろえじょう》は、都市南方の海岸にいた。片方の膝をついて腰を屈め、伸ばした右手を春の夜の波に晒《さら》している。

まるで何かに祈っているようでもあるし、熱したばかりの鋼鉄を水に浸して冷ましているようでもあった。

淡い月の浮かぶ場所にいるのは、乗ひとりだけだ。

他には都市の住人も観光客の姿も見当たらない。だから多分、乗はそこにいて何をやっていても奇妙なことをしていると思われるだろう。

乗の外見は少し変わっている。絶世の美男子とか、絶句するほどの醜男というわけではない。目鼻立ちはやや長い前髪に隠れて鋭いとはいえ、可もなく不可もない。

しかし、そこに帯びた色合いだけは珍しかった。燃え尽きた跡のような灰色の髪。焼けた錆のように浅黒い肌。どちらか一方なら特徴だが、揃うことで異様なものにその外見を変貌させていた。

着ているのは簡素な服で、上下が繋がった黒い作業着だ。足許も同色のワーク・ブーツを履いている。どちらもすぐに着脱できる身軽なものだった。

けれど乗は、夜の海に泳ぎに来たわけではない。ただ立ち寄っただけだった。すべきことを待つ間の、逸《はや》る気持ちと疼《うず》く焦熱を抑えるために。

乗は自分の腕を見つめた。右腕は超硬カーボン素材を主とする、反射のない黒と白のパーツが複雑に絡み合った機械化義肢だ。その狭間には可視化された脈打つ太い血管のように、稼働状況を伝える赤い明滅がゆっくりと繰り返されている。

三年前、ある理由から自分は右腕を喪った。

無論、それ以上にいくつもの喪失はあったが、かたちあるもので消えてなくなったのはこれだけだ。だからこれは偽りの腕だった。機械の、もはやどこにもない自分の右腕の代替品。時折、幻肢痛《ファントム・ペイン》が訪れる。右腕が、そこに在ったことを主張するように。

熱。火に炙られるのではなく、裡《うち》から焔が生じ焼き尽くすような鮮烈な痛み。

火焔に喰い千切られ燃滅《バーンアウト》した右腕の断片たちは、今もイーヘヴンの地下で塵となって燻《くすぶ》っているのだろうか。それとも、すべてを押し流した濁流に飲まれ、湾内へ注ぎ、遥か遠くの水平線の向こうへ去っていったのだろうか。

分からない。ただ、確かに痛みはここにあった。乗がここに肉の身体を持って膝をつき、あるはずのない焰に焼かれる右手を海に沈めて和らげようとするくらい真に迫る激痛だった。

実際に熱があるわけではない。訪れる波が右手に触れようと、泡立ったり、じゅっと音を立てることもない。極めて規則的で心地よく管理された波と砂が手を擦るだけだ。

なのに、そうすることで痛みが和らいだ。

砂の中に埋めたときと同じ柔らかさで、乗は手を引き抜いた。

煌《きら》びやかな情報層《レイヤー》に装飾《オーグメント》された市街地と違ってこの季節の海は暗く、赤裸々で光がない。日が出ているときでもひとの数は少なく、夜であればなおさら少ない。乗がここを去れば零《ゼロ》になるだろう。

ただそれは、ここが棄てられたわけではなく、与えられた役割に応じて沈黙を守っているだけだった。むしろ相応しい瞬間まで綺麗に保存された場所に踏み入っている乗のほうが、この夜の海岸の価値を損じているかもしれない。

訪れるべき場所。会うべき相手。進むべき道筋――イーヘヴンに暮らす人々はみな、それを知っている。試行錯誤を繰り返し、そのすべてを参照して一本の糸を縒《よ》る。

たとえば運命の糸と表現すべきものかもしれないし、一筋の光明と表現すべきかもしれない。ひとりひとりに最適化されたゆいいつの選択を連続させ繫いでいく道筋は、階段のようなものだった。一歩を進むたびに必ず新たな一段が生じる透明な階段。遥か下方には、あるいは背後には過去があり、現在を境に遥か上方、あるいは前方には未来がある。そういう透明な、しかし一歩先がつねに視えている。

上昇することはおそらく容易なこといわなければならない。黙っていても、突っ立っていても、ゆっくりと水位が上がってきて身体は否応なく押し上げられるように。

ただし、そうなるギリギリの水位で一歩を昇る。それで冷たさからは逃れられる。階段は温かで心地よい光を放っているし、頂上にも同じくかたちのない光が待っている。

この都市にいる限り、この都市に価値を提供する人間《アカウント》である限り、傍らにはいつも不可視の導き手が寄り添っている。

彼女は環境管理型《アーキテクチャ》インターフェイス〈co-HAL〉と呼ばれている。もちろん性別があるわけではないが、なぜか女性として扱われていた。それは多分、運命を司《つかさど》る存在というのが長らく女神だったからだろう。

乗は三年ぶりに――かつてとは別の人間になったとしても――そのかたちのない女神の存在を懐かしく思った。そして今もまた彼女がひとつの行動選択を提示したことも――。

手にわずかに残った砂と海水が春の風に洗われた。

最初は弱く、次は少し強く、そして三度目は駆け抜けるような一迅の突風。

そこに何かの意味を見いだしても仕方ないにせよ、何かしらの契機であることは間違いなかった。

乗は海に別れを告げた。砂浜を歩いた先、海岸に沿った道路には、ちょうど自分を迎えるために到着した大型の車輛が停まっている。

すべきことがあった。

今この瞬間に——だから乗は向かった。自らの助けを必要とする場所と誰かの許へ。

わたしはわたしに導かれ、あなたはあなたに導かれる。

この都市に住む一〇〇万を超える住人は、肌の色も、話す言語も、背負った文化もまるで違うけれど、誰もが共通の理解をしているのはつまり、そういうことだ。

〈co-HAL〉を介した行動履歴解析が導く行動選択の最適化《パーソナライズ》——〈Un Face〉による行動制御は完璧で間違いというものがない。今この瞬間の思いつきに左右される自らの判断に比べて、ずっと洗練されている。もちろん意思決定を促すプロセスも無駄がない。すべきことが層現《レイヤード・リアリティ》によって視界に提示されることもあれば、そもそも意識することもなく最適な行動を実行していることもある。

ユーザーひとりひとりが身につける携帯端末——これもまた個人によって異なり、もっとも肌身離さず持ち歩くものに端末機能は付与される——を介して〈co-HAL〉という仮想人格《インターフェイス》を代弁者としてもうひとりの自分が指し示すのだ。自分自身の行動選択の総和から導き出した、もっとも自分らしく安全で快適な人生を進み続けるための指針《コンパス》を。

だから、もしいつもと違う事態――たとえば助けを求めなければならないような緊急事態だ――に遭遇しているとしたら、自分で自分の首を絞めた結果だと思わなければならない。何しろ、そうした事態に遭わないように、危うきには近寄らないように、もうひとりのあなたが囁いていたはずなのだから……。

「つまり、あたしたちは道を踏み外したのかもしれない」

「ご清聴ありがとう。――それにしても乗っていた列車まで道を飛び出し《オーバーラン》たというのは、分かりやすすぎる気がしないでもないけれど」

少女たちは互いに異なる位置に座って会話をしている。

片方は高く、片方は低い。それぞれ腰を下ろしているのは、それぞれ予約指定をしておいた座席ではなく、プラスティックと布地で構成された座席の背もたれ部分だった。

脱線し宙吊りになった車輛のなかでは、あらゆるものが九〇度傾いている。床も窓も天井も、座席さえもすべては壁になってそびえ立っていた。

普通だったら二、三歩進めば届く距離だったとしても、今は天と地ほど違った。どこからでも自慢の眺望を楽しめるように配置された座席たちは、崖に一定の距離を置いて群生する大きな茸のようだ。崖の底には地面ではなく、車輛の先頭部分・運転席があるが、自動操縦で誰もいないスライド・ドアの向こうは沈黙している。

「人生って何が起こるかわからない」

ふたりの少女のうち下方に位置する、オレンジに近いほど明るい茶色《ライト・ブラウン》の髪をした少女——**社美弥**《やしろみや》が腕を組みながらうんうんとうなずいた。

ピンクの縁取り《パイピング》がなされた灰色《グレイ》のパーカーを着ていた。肩を過ぎるくらいの長さの髪を緩くふたつに結んで流している。髪と同じく明るい茶色の眸《ひとみ》をした大きな眼で会話の相手を見上げていた。まるで崖の上に咲く高嶺の花を見つけた登山者のようだ。今はまだ遠くとも、いつかそこへ辿り着こうとする溌剌《はつらつ》さを宿している。

「何が起こるかわからなくても、何も起こらないようにするのがこの都市では当然のことよ。普通にすべきことをしている限り、眼を瞑っても穴に落ちることはないわ」

一方で上方に位置する黒い髪の少女——**識常末那**《しきじようまな》は大げさなため息を伴って答えた。

身体の優美な曲線に沿って綺麗に仕立てられた蒼いワンピースを着ている。前髪はきれいに切りそろえられていて、それ以外の髪全体は先端にいくにつれて軽くウェーブしている。全体に手入れが行き届いている艶やかな黒髪。頭には蒼い宝石のような装飾のカチューシャをつけている。まさしく高嶺の花である美しい少女だった。長らく孤独でありながらも、いつか誰かが自分の許を訪れるのを待ち続ける静謐《せいひつ》さを纏《まと》っている。

「ねえ末那」美弥はいつもどおり気軽な口調で言った。「考え方をちょっと変えてみたんだけど、これもあたしたちにとってはありうることなんじゃないかな」

「この脱線事故が？」

「そう」

「だとしたら、わたしたちはこれから先、こういう事態に遭遇し続けることになる」末那はいくらか苦い笑みを浮かべた。「深夜の、わたしたち以外は先頭車輛に乗っていない高架鉄道が、先のない線路の果てで落っこちた以上に大変なことが起こるかもしれない」

「それは……、勘弁かなあ」

でしょう、と末那は何でも思いつきで喋る妹に教え諭すように言った。そんな危ないことを考えては駄目よ、といわんばかりに。

すると美弥は少し考え事をするように黙った。そして、

「でも、だとしたら、末那が巻き込まれたのはあたしの――」

「せいじゃない」

末那は美弥が何かを言い終える前に声を被せた。自分の親友がこの都市において幾許《いくばく》か不利なものを抱えていても、それを意識せず笑顔のまま過ごせるように配慮できる存在でありたかった。そのための言葉と行動を選択したかった。

イーヘヴン市内における交通手段は専《もっぱ》ら、都市内の各所を繋ぎ、人間も物資も隅々まで行き渡らせる高架鉄道だ。あらゆる面において最適な制御が実行されるこの都市に相応しい定刻を守る鉄道網。

しかし、そうであるなら今の事態は結構、深刻なはずだった。

脱線事故が起きたのは三二分前のことだった。

【ここから動かないでください】

奇妙なそのメッセージが〈co-HAL〉から告げられるのと、車体がゆっくりと傾き出したのはほぼ同時だった。外からは不透明で内からは透明な都市の景観を見渡せる一方通行《アシンメトリック》の視界をもたらす多機能投影素材《ハイ・インテリジェント》は、すぐさま白く濁って外の景色を遮った。

真っ白になった視界の中で重力は九〇度ほど傾いて、わずかに揺れて定着した。

そのときふたりの距離は離れてしまった。ちょうど他に利用客もいないということで美弥が席を立って車内を移動しながら、いくつもの角度から都市を捉えようとしていたからだ。気づいたときにはもう遅かった。

二両目との連結部が近い席に座っていた末那はそのまま、美弥は先頭近くの席に慌ててしがみついた。そして、今や宙吊りとなった車輌は、すりガラスで覆われた温室のような薄ぼんやりとした不透明度で静止している。

「わたしたちはそれぞれ、自分で選んできた道程の収斂《しゅうれん》した先に進めるように導かれているわ。ここから動かないこと――それがわたしたちに与えられた道筋よ。この不測の事態に対処するための」

この都市は、脱権力のひとつの到達点と謳われている。

都市内の認証システムの設置数や何をするにも収集される行動履歴の点で、世界各国の大都市がいくらセキュリティの強化を繰り返しているといってもイーヘヴン市には敵《かな》わない。だからこの都市は管理社会と言われることもある。

しかし、イーヘヴン市には管理を担う政体も権力者もいない。〈Un Face〉の仕組みは環境管理的で徹底的だ。けれどその行動制御は、ひとりひとりに最適化され完全に自動化されている。自らを自ら制御することに他人が割り込む余地はなかった。

そして人間《アカウント》ひとりひとりの行動を最適化するように、この都市もまた最適化され続けている。

だからこそ、都市にとっても予想だにしなかった事態に遭遇したのなら、それに対処するための方針《プラン》が提示されることがある。

「誰かがわたしたちを助けに来る」末那はこの場において最適な言葉を口にした。できるだけ身体を屈め美弥を見つめるようにした。「そのために多分、わたしたちはここにいなければならない」

「この都市は最大直径七㎜のなかに存在するそうだ」

乗の傍らに立つ逞しい身体をした短い金髪の男――**ダニエル・J《ヨシフ》・チカマツ**は流暢な日

本語で言ってから、冷氷色の瞳をウィンクした。乗と同じく装いは黒で纏められている。襟の立った開襟のシャツから筋肉の稜線に茂る金の鬚が覗く。

「現実の視界に情報層《レイヤー》を添加《オーグメント》するUI《ユニバーサル・インターフェイス》レンズ。そうして層現都市の景観は、万華鏡のように一〇〇万通り以上に最適化されるというわけだな」

「なるほど」乗は言われてみればそうだという相槌を打った。「利用する列車や予約した席によって観える都市景観が変わるように、僕たちの視界はひとりひとり違う」

間違いない、とダニエルはうなずいた。

乗たちは都市内の各所を繋ぐ高架線が折り重なって交差する位置にいる。頭上の線路には、今しがたこの事故現場に駆けつけるために乗自身と彼が用いる特殊装備一式を運搬した臨時の貨物列車とコンテナが停車している。

乗とダニエルは、第二層の封鎖された高架線上に立ち、先のない線路の終端で停止したままの列車を見据えていた。先頭車輛は脱線し、都市の合間を流れる運河の上で宙づりになっている。

この都市において高架線路は、無駄なく効率よく制御されたハイウェイに等しい。迅速に的確に都市のどこへでも人間と物資を送り届ける。

それこそ緊急事態に対処する人員であっても例外なく。

「今の状況は見た目以上に厄介だ」ダニエルは、殊更に深刻にはせず、ブリーフィングを開始した。「管制システムのアップデートプログラムに、未完成路線が正式な路線として含まれていたバグに起因する脱線というのは、確かに大事故といってもいい。しかし今のところ軽い負傷者のみ。宙づりになった先頭車輛以外の乗客たちは、イーヘヴン市警から派遣されたオレたち以外の民間保安企業《PMSCs》の誘導に従って避難済みだ」

　民間保安企業《PMSCs》は言うまでもなく、かつては民間軍事会社《PMC》や軍事力供給会社《MRS》と呼ばれたものに等しい。二〇四五年の現在において、警察・治安維持に関わる公共業務であっても民間委託《アウトソーシング》されることは珍しくない。特にイーヘヴン市はその先進実験区として積極的に多くの公共業務を外注していた。

　この都市には行政府なるものは存在しない。少なくとも表立って何かの役割を担ってはいない。あっても裏方での調整《メンテナンス》程度だ。教育も医療も福祉も民間企業に委託され、けして平等ではないが、人々は提供した行動履歴の分だけ不足ない恩恵を被っている。

「――残るは取り残された先頭車輛の乗客を救助すること」

「理解が早くて助かる」とダニエル。「イーヘヴン市は想定外の事態を回避すべく行動制御を行っているというのに、いざ不測の事態に遭っても対処が極めて素早い。そして手抜かりはない。正直、オレたちは必要ないのではないかというほどに」

「必要なはずです」

　一方通行の視界をもたらす投影素材は、外からでは車輛内を窺い知ることはできない。

半面鏡《ハーフ・ミラー》のようなものだ。そこで視えるのは自分が何を考えているか、ただそれだけだった。

「〈co-HAL〉が僕らに対処を命じたというなら」

「まったくもってそのとおりだ」

ダニエルはこの都市独特のルールに異邦人ながら理解を示すようにうなずき、層現内に新しい情報層を表示させた。赤と青の数値。まるで互いに拮抗し合うようにその桁数を変動させている。赤が減るだけ青が増え、その逆も然りだった。不安定で停止することがない。

「この脱線事故はイーヘヴン市にとって極めて甚大な打撃を与える事態だ――と〈co-HAL〉は言っているわけだ。その評価がどのようなアルゴリズムによって算出されるかを理解しなくても、オレたちにはシンプルな事実が提示される――この事故は都市の価値を大きく下げている」

「あらゆるものに価値がある都市が、そうではなくなる」

「極端に言えば、この都市では銀行強盗やテロであっても、それが何らかの価値を生み出すなら歓迎される。無論、対策は講じられるだろうがな」

「リスクとリターン」乗はかつては自分もその法《ルール》に沿って暮らし、育ってきたことを思い出した。「失うものより得るほうが大きいなら、それを選択し続ける」

しかしこの街では間違いが起きることは少なかった。〈Un Face〉による行動制御は自らを自らによって管理し、律されたリズムを崩すような事態に遭遇することを抑止する。快適な日常生活に入り込もうとするアクシデントは遠ざけられ、隠され、回避される。

　当然、世界の先進都市を名乗るには必須条件とさえ言われるテロも起こらず、犯罪もほとんど発生することはない。この都市の地上を闊歩《パサージュ》する遊歩者《フラヌール》たちの軌跡は折り重なっても触れ合わない。彼らの行動履歴の集積はルソー的ひきこもりの模様を描いて、それぞれが安全で快適な暮らしを享受していた。

「一部の当事者と緊急対処の役割を与えられたオレたち以外、七㎜の層現都市に暮らす住人たちや観光客たちのまなざしには、この事故現場は映らない」

「しかし事故は確かに起きていて、助けを待つ人間がいる」

「そうとも」ダニエルは宙づりになった車輛を指差した。「オマエの助けを待つ少女たちがそこにいる。そしてオレたちはこの事故の価値を最大化しなければならない」

「厄介ですね。この都市では出動することはないと思っていました」

「予測できない事態が起こったのなら対処しなければならん。そのための環境管理型インターフェイス〈co-HAL〉であり、彼女が発令する緊急対処命令《プロトコル》——**シグナル９１１**だ」

　シグナル９１１——本来は武力投入を前提とした対テロ法令のことだ。武器を所持することのない通常対応を命じるシグナル１１９に対し、高威力の兵科を有する戦力の投入を許可し、速やかに事態の解決を命じる都市防衛手段の第二段階《レベル》。

「オルタナティヴ・ハガナー社の契約者《コントラクター》は、シグナル911の作戦要員としてこの都市に派遣されている。幸運にも前任者たちは一年間の休暇《バカンス》としてこの都市でショッピングを楽しみ、のんびりと過ごしてきたが、どうにもオレたちはそうではないらしい。部隊員が全員揃う前だというのに早速、仕事の依頼が舞い込んできた」

「そのほうがいいですよ。僕たちを必要とする事態は起こってほしくはない。しかし、ここでなくても世界のどこかでは必ず起こってしまっている。そのことを忘れてのんびり過ごすには……、世界を巡りすぎました」

「DT小隊《ダークツーリスト》」

ダニエルは自らが指揮し、乗の所属する部隊《ユニット》の名前を言った。民間保安企業《PMSCs》オルタナティヴ・ハガナー社の機甲実験小隊は、戦禍の土地を巡る旅人《ダークツーリスト》と呼ばれている。こなしてきた仕事に相応しいあだ名だ。二〇三〇年代の第七次中東戦争以降に拡散した無人兵器の破壊および回収を任務として、世界各地の戦闘・紛争地域を旅してきた。

「こういっては取り残された乗客たちに悪いのだろうが――」ダニエルは乗の背を叩いた。「幸運だ。この都市での初出動が、まさしく誰かを助けることだというのは」

乗はただうなずき、そして右手を掲げた。

機械の腕。その内側から、強い赤光が漏れ出した。避難場所へ向かう輸送列車に乗り込む乗客たちやイーヘヴン市警の契約者たちが、夜闇に咲いた真っ赤な花のような光に気づいて視線を送ってくる。

七㎜の世界に確かに映し出される——まだ誰も知らない何者かの正体を知ろうとして。

「さあ行くぞ」ダニエルが言った。「とっくに出動許可は出ている。オマエがこの都市を去ったことで得た力がどういうしろものか明らかにしよう。そして誰かを助けよう」


「着装《フェイス》——〈黒花《ブラックダリア》〉」


力強く宣誓するわけではない。何度も繰り返し、その度に自分の一部にしていったものを、今ここで再び起動するための言葉《コード》だった。

乗がそう言った瞬間、層現による情報層の付与によって隠されていた物体《モノ》が姿を現した。黒い門——厚みを持った板状《モノリス》の構造体が三枚繋がって乗の前に出現する。

乗は身に着けていた黒の作業着を剝ぎ取り、ワーク・ブーツを蹴り脱いだ。しかし露わになるのは赤銅《しゃくどう》の裸体ではない。髪と同じ灰色。グラフェン素材を主としてメッシュ構造に編まれたデバイス・スーツが身体をぴったりと覆っている。

乗が黒の門に達すると傷一つないように見えていた表面に微細な亀裂が生じ、その本来の装甲部位へと分割され、磁力誘導によって乗の身体の周囲を浮遊する。

掲げていた右腕を降ろし、両の手を握り締める——鋼《はがね》と肉の一対の己の拳を。

直後――腕部／胸部／腹部／脚部と黒の装甲が立て続けに正確に吸い寄せられ、その位置を次々と確定《アジャスト》、数秒の間を置いて首から上を除くすべての部分が装甲で覆われた。

「ジョウ」ダニエルは呼びかけ、手にした仮面のようなパーツを放り投げた。

摑む《キャッチ》――鎧武者のように鋭角で、漆黒に輝く鋼鉄の仮面。

顔に装着。頭部ユニットから生体認証《バイオメトリクス》の光が眸に照射され、広江乗という正しい着装者であることを証明する。この都市に数多ある認証機構と同じ手続き。

ただ、それで得られる力は、きっと唯一無二のものだった。

仮面が自らの面積を拡大するように側頭部《サイド》・後頭部《バック》を防護する装甲が展開し、乗の頭を完全に覆った。それに連動し赤の放熱索が背部に展開――鋼鉄の棺《ハートロッカー》を包む屍衣のように。

一瞬、目の前が真っ暗になるが、すぐに夜が明けるように視界は開けた。各種センサーが周囲の状況を走査《スキャン》する。

装甲の狭間で紅い光の描線が奔《はし》り、視覚素子に輝きが灯る。

そして、

ダニエルからの鋭い無線通信。

《〈黒　花《ブラックダリア》〉――出　動《ショウタイム》！》

その声が「力」を解き放つ認証の刻印となって乗の背中を押し出した。

悠然と勇壮に、漆黒の鎧武者然とした強化外骨格〈黒花〉は、その姿を現し一歩を踏み出す。そして眼差しはゆっくりと――到達すべき場所を見下ろした。

黒い何かが近づいてくるのが察せられた。

相変わらず対処指示は【ここを動くな】の一点張りだった。

末那は一度、美弥から眼を離して視線を上昇させた。連結部の扉は大きく面積が取られている。乗客が近づくことで――正確にはその車輛内の座席予約情報を所持している場合に限るが――自動で開閉する。今の末那が座っている位置は先頭車輛でも最後尾の席だった。つまりとても脱出口が近かった。

「あたしは置いといて先に脱出して大丈夫だよ?」下から美弥の声が聴こえた。

「わたしが美弥を置いていくわけないでしょ」末那は再び視線を戻しながら言った。「何か、よく分からないけど空気が変わった気がして……」

「空気」美弥はちょっと身を乗り出し、末那が見ていた場所を見つめた。「……雰囲気?」

「そんな感じかしら」

「あたしにはよくわからないけど、末那は何かに気づいたってことかな」

「多分、〈Un Face〉が実行されている」

自分だけが気づいたというより、自分だけに視えている何かがあるのではないかと末那は考えた。

そして眼を凝らし、じっと今さっき自分が見つめていた連結部分を再確認した。面積は縦にも横にも大きい。徒歩であろうと補助用の移動手段を用いていようと、難なく通り抜けられるだけの余裕がもたされたデザインをしている。

層現のなかで何かしらの加工がなされているわけでもない。都市内の高架線路を走り、一部は地下の路線に乗り入れることもある標準的なこの列車の形状を、末那は詳細なところまで記憶していた。鉄道に興味があるわけではなかった。この都市のこの形式の列車のみ詳しく調べるだけの特別な理由と出来事が、三年前に一五歳だった末那に起こったからだ。過去の記憶がふいに甦ろうとしたが、今は振り返るときではないと意識が漂泊するのを押しとどめた。

「何もない」と末那はひとまずの結論を告げた。少なくとも簡単に気づかれるほど単純な誘導はしていないためかもしれないし、本当に何もないのかもしれない。

しかし、末那がこれ以上の違和について考える必要はなかった。

「――」

これは何なのだろうか、と末那は頭上を見上げたまま、それだけを思った。

最初に訪れたのは風だった。完璧に空調管理され一定以上は空気の流れが変わらない車輛内に、新鮮な空気がどっと吹き込んでくる。連結部の自動扉が全開にされたからだ。

春の風は桜の香りを含んでいるかと思ったが、実際には何かが焼けるような熱そのものといった匂いを纏った空気を、末那はぽかんと開けたままの口に含んだ。そうしてやっと呼吸したことに気づいた。問いかけを発することができた。

「あなた、誰？」

連結部には、膝を曲げ身体を軽く折りながらこちらを見下ろす漆黒の強化外骨格がいた。しなやかで鋭い真っ黒な機体形状。一目で軍事用の機体だと直感した。全身の装甲の隙間から赤い稼動光が明滅している。だが微妙に両腕の形状が違った。

なぜ、そんなことが分かったかといえば、黒の強化外骨格が、まるでこの手を取れと言わんばかりに右腕を差しのべているからだった。

『助けに来た』と電子音声に変換されているが人間だと分かる声がした。そんなに年齢が離れていないと思える若い声だ。『シグナル911の発令に基づき緊急対処を命じられた。僕が君たちを救助する』

まずは君だ、と黒い強化外骨格は末那に赤い視覚素子を向けた。

自然と意識される位置に〈黒花《ブラックダリア》〉という機体名称を表示する情報層が浮かんでいた。民間保安企業の所属。特殊作戦要員――末那はイーヘヴン市警の新しい契約者だろうかと思った。しかしシグナル911という言葉は耳慣れなかった。

『掴まって、外に引っ張り上げる』〈黒花〉は告げた。

その手を取らない理由はない。いつのまにか層現に浮かぶ対処指示も【その手に掴まってください】と変更されている。だというのに、末那は少し躊躇した。

「ちょっと待って――美弥、あなたの対処指示はどうなっているかしら？」

すると眼下で美弥はごそごそとポケットから、ひび割れの多い携帯端末を取り出した。それぞれに最適化された着用型が普及している現在では珍しい。

「ここを動かないでください」と美弥はディスプレイに表示された文字列を読み上げた。

「だから先に行って！　あたしは大丈夫だから！」

「でも――」

『すまない、君たちふたりを同時に抱えることはできるが、その状態でこの後の対処に臨むのは推奨されることじゃない』〈黒花〉は言った。『信じてくれないか。僕は君たちを必ず助ける。いや、何としても助けたい』

「信じていいのかしら……」

『信じてもらうしかない。何しろ僕が、この姿においてイーヘヴン市で何かをするのは初めてのことだから』

「……分かったわ」

末那は、相手の率直さにゆっくりとうなずいた。そして〈黒花〉の右手を掴んだ。兵器的な硬度と頑丈さが窺える手触りだったが、驚くほど繊細な手つきで末那の身体を持ち上げた。ちょうど自分が立ち上がった瞬間を捉えて力を貸すように的確で、難なく宙吊りになった車輛から脱出できた。

『そのまま二両目の車内を進んでくれ、線路にイーヘヴン市警の対処要員が待機しているから』

事実、そのとおりに〈co-HAL〉も対処指示を出していた。末那は何度も振り返りそうになったが、それがかえって危険を招くことになるかもしれないと思い、急ぎ足で地面と平行になった床を進んだ。そして高架線路上に降りた。

やっと振り返ったときには、すでに漆黒の強化外骨格は美弥の許へと降下していた。

末那は自分がその役割を担えないことに、わずかに悔しさを覚えた。しかし任せるしかなかった。信じるしかなかった。自分たちを助けに来たという黒い鎧武者――〈黒花〉を。

《どうした〈黒花〉。心拍数が乱れているぞ》耳骨に移植された通信機を通してダニエルからの無線通信が聴こえた。《久しぶりの着装だが、敵はいない。安心しろ》

《――いえ、そうではないんです》〈黒花〉＝乗は返答した。

後腰部に装着された鋼糸《ワイヤー》を命綱にして、崖に突き立った座席たちを伝って降りて行く。

座席たちはこの後の対処策実行のため、その配置を変更していった。ちょうど〈黒花〉が通った後は縦穴のようになっている。

ゆいいつ配置をまったく変えない座席に座った少女——美弥の許へ迅速に駆けつける。
《それにしては動作パターンが定常よりもかなり速い。一体どうした》
《知っている人間なんです》
《どちらだ？　さっきの少女か。それとも——》そこまで言ってからダニエルは、訊くまでもない質問をしたことに気づいた。《その子か、お前が三年前まで一緒に暮らしていた少女というのは》
だとすれば、とダニエルが無線通信の向こうで唸ったのが聴こえた。
《これから先の廃棄処分《ショウタイム》に付き合わせるべきではなかったな》
《仕方ありません、〈co-HAL〉が指示したことですから》
冷静に答えながらも乗は、自らの声が〈黒花〉によって電子音声化のフィルタがかかっていることをありがたいと思った。
本当の声は震えていた。この後には〈co-HAL〉が導き出し、脱線事故という著しく都市の価値を下げる事態を好転し得ると判断された対処策が実行される。
それは本当に大丈夫なのか。万一の失敗というのは起きないのか——かつてこの都市にいたころには一度たりとも感じなかった未知への恐怖があった。まだ起こっていないことが絶対に上手くいくと確信することはできなかった。
しかし誰もその密かな恐怖について考慮することはなかった。いくつもの鋼鉄に覆われ、隠された震えが漏れ出ることはない。

　ここまで来たのならこの先も大丈夫だと、自らに言い聞かせた。乗は〈黒花〉という力を纏い、この場において最適な対処を実行する人間であると告げられ、事実そのとおりに遂行している。差し伸ばした右手で少女の手を摑み、そのまま抱き寄せた。けして離すことはないと誓った。最後まで過《あやま》たず助けきることを改めて決意した。

《——要救助者を確保。緊急対処を次段階に移行させてください》

《了解だ》ダニエルがあくまで冷静な声で告げた。《これより連結を解除し先頭車輛を落下させる》

　事故の幕引きは新たなヒーローの救出劇として演出されようとしていた。

　炸裂の音はない。

　ぱっと手を離されたように先頭車輛の巨体は重力に引かれて運河へと落ちていった。

　数瞬間の静寂。やがてこの都市の地上においてもっとも低い場所を流れる水面から、衝突の轟音ではなく盛大な水飛沫が上がった。しかし、その水柱も高架線から鋼糸で吊るされた〈黒花〉とその腕に抱かれた少女の許までは届かない。脅威が放った最後の一手も、水滴ひとつ辿り着くことはなかった。安全に、完璧に、すべては終局に向かっていた。

　わずかに風が吹き、夜空から吊るされた灯火のように〈黒花〉がその駆動光を明滅させながら揺れた。鋼糸はゆっくりと巻き取られていく。高架線上からダニエルと黒髪の少女が身を乗り出してこちらを見下ろしている。

そして〈黒花〉はその腕に抱いたままの少女を見つめた。

「還装《アン・フェイス》」解除される頭部装甲＝露わになる相貌――そっと呟いた。「ただいま、美弥」

三年ぶりに帰還し、それが初めてこの都市で再会した相手に告げたことばだった。

001 Thousand Faces

ホームと車輛の床面の高さは等しく、この都市を訪れる者が誰であろうと、その移動は制御しても阻害することはないよう配慮がなされていた。

イーヘヴン市の玄関口は外縁ではなく中心にある。

東西南北それぞれから市街地を貫くように敷かれた主要四線の高架鉄道は、それぞれの列車に様々な属性《ペルソナ》の人びとを載せて運行する。東と西、それと北からの列車は千葉・神奈川・埼玉の関東州三県から通勤・通学、観光客を送り届ける。それに対して南の列車は湾内に建造された国際空港や途中にある外国人居留地を結ぶため、観光客がそのほとんどを占めている。顔ぶれは多種多様で白人と黒人、アジア系とアラブ系、世界の人種分布図を車内でモザイク状に描いている。

今しも中央区画のターミナル駅に到着した列車から降りてくるのはそうした人々だ。通勤や通学の時間よりも少し遅い四月の午前に柔らかな陽光。のんびりと観光やショッピングを楽しもうという人びとの流れのなかで、灰のように白い髪と赤銅《しゃくどう》の肌をした青年もまたホームを歩いていく。改札口というものはなく、ホームの終端はそのまま広い空間に接続されている。運賃の支払いはすべて電子化され、自動で決済手続きが行われる。

だから、乗もジーンズのポケットに手を突っ込んだまま、身体に薄くフィットするシャツにジャケットという軽装で待ち合わせの場所へ向かっていた。

ホームから広い空間――都市内最大のショッピングモール〈ベース・エール〉の玄関ホールに移ったとき、層現《レイヤード・リアリティ》の視界内には指定された口座から運賃が引き落とされた通知が表示された。乗がそれを確認し、視線を外すと通知の情報層《レイヤー》は閉じられる。

完全な非表示にもできるが、乗はなるべく自分が何を利用したか／購入したのかを確認することにしていた。消費は確認するのが面倒なほど多いわけではない。むしろ少ないほうだった。派遣期間中の基礎給与に加えて先月の緊急出動によって追加の手当てもでていたが、自分にとっては手に余る額だったし、それを費やすほどの趣味も相手も乗にはいなかった。だとすると、その意味で今日はいつもとは違うのかもしれない。

相貌検索《ビジュアル・サーチ》を実行――と乗は呟いた。

するとUI《ユニバーサル・インターフェイス》レンズを介して層現が付与された玄関ホール内の視界で探査《スキャン》が実行された。敵味方識別のポイントのような円が端から端へと人びとの顔を走査し、乗が検索結果として求める相手を探し回る。壁面に投影された大きな青い色彩の複製絵画を目印として恋人や友人を待つ人びと。ホーム側から赤ん坊を抱いたりベビーカーを押す家族連れも視界に映ると、走査対象として認識された。

ほどなくして検索完了――まだ到着していない。代わりに位置情報が表示された。

【社美弥さんは現在、列車に乗車中です】

乗の層現にイーヘヴン市を含む関東州の地図が表示され、美弥の顔がサムネイル表示されたピンドロップが、ちょうどイーヘヴン市と関東州各県との間に存在する中間地帯を点滅しながら移動している。到着までおよそ二〇分。

別に美弥が遅刻しているわけではない。乗のほうが早く来すぎただけだった。約束した時間は一一時で、今は一〇時半を過ぎたところだ。

どうしようか、と乗も何となく他の人びとがそうしているように壁面に投影された青い絵画の下に立ち、壁に寄りかかった。

ターミナル駅と接続された〈ベース・エール〉の玄関ホールは横幅こそそこまで広いわけではない。しかし天井は高かった。採光に用いられているのは見る限りでは継ぎ目のないような巨大なガラス素材だ。合間合間に通されているフレーム部分は情報層によって隠されている。

春の日差し。四月を迎えて人が働く場所や通う学校が変わるように〈ベース・エール〉

も模様替えをしているようだった。壁や床はうっすらと朱が差したような薄桃色で統一されている。この季節になると都市内の自然公園は、緑よりも桜の色で埋め尽くされていることを乗は思い出した。三月の初めから四月の半ば過ぎまで、品種改良された桜木は可能な限り長くその花を咲かせる。そしてちょうど今頃に花びらを散らす。

四季一二ヶ月――イーヘヴンは装いを変え続ける。そして今のトレンドが何であるかをこの玄関口で示しているのだ。ご家族、ご友人、恋人と桜吹雪の見物はいかがですかというメッセージを、景観のなかにさりげなく溶かし込みながら。

乗はそうした仕組みを理解しつつ、この柔らかな光と空気に満たされた場所で行き交う人びとを眺めつつ、美弥を待つことにした。

イーヘヴン市はショッピングモールで出来ている。

あるいはショッピングモールの種が播かれて都市空間に拡張したと言えるかもしれない。それは何も都市の玄関口となるターミナル駅が直接モールと繋がっているからだけではない。訪れる異邦人たちの多くが家族を伴っているからだ。

彼らは消費者のなかでも極めて厳格に旅先の安全を欲する人びとであり、異国情緒とはその前提条件をクリアしたうえで要望される追加オプションだった。

情報的行動制御〈Un Face〉は住人だけでなく、都市への訪問者にも適用される。世界各地の大都市圏において面倒かつ頻繁に繰り返されるセキュリティ認証がもたらす見せかけ《フィクション》の安全とは違い、不必要な接触は抑止され、快適なショッピングとバカンスのための時間と場所が、提供される。

そしてこれこそがイーヘヴン市が商業都市として栄えた理由といえた。紐　育《ニューヨーク》や巴里《パリ》、倫敦《ロンドン》や上海《シャンハイ》、モスクワ、ドバイといった都市に差異を見出すのが難しくなる均質化《フラット》のなかで、東京は自らを商業空間《ショッピングモーライゼーション》に特化させてイーヘヴン市になった。そして都市間のユーザー獲得競争に勝利したのだ。

主要ビジネスはショッピングと観光——ここは世界の均質化の先にある。

他の都市ではここまでの改造はできなかったことも有利に働いたかもしれない。

都市は言うまでもなくヒト・モノ・カネの極度な集積によって成り立つものであり、総じて誕生から今に至るまでの歴史というものを内包する。

だが、それがイーヘヴン市には二〇年分しか存在していない。東京はその名前を冠してからも一〇〇年以上、それ以前にも江戸という名で二五〇年近くの歴史があった。しかしイーヘヴン市は、その歴史の切断点のこちらに植えられた新しい若木のようなものだった。

二〇二一年に起こった災害はそれほどに多くを破壊したし、喪失させた。

それを二一世紀の消費者たちのニーズに最適化した都市として再興させたものが、イーヘヴン市だった。正式名称は新東京特別商業実験区。しかしその名前は検索結果にほとんど表示されない意味のないものだった。

極東の楽園《イーヘヴン》──それがこの都市を意味する言葉だった。住むにも訪れるにも清潔で安全で快適な街。情報的行動制御によってひとりひとりに最適化された楽園をもたらす場所。

そう考えていたところで再び、人の流れが増した。

規則正しい波のようなものだ。列車が到着すれば空間を満たす水のように人びとがやってくる。やはり家族連《ファミリー》れが多いな、と乗は思った。

だから乗も美弥と連れ立って〈ベース・エール〉を散策するのは、ある意味でこの場に相応《ふさわ》しいことなのかもしれない。血の繋がりはなくとも家族だ。今、自分が名乗っている広江乗とは別の名前で、美弥とともに彼女の両親に育てられたのだから。

定刻どおりに列車は到着し、美弥がやってきた。

乗の格好も気楽だったが同じようなものだった。明るい茶色の髪は緩くまとめ、灰色のパーカーにリュックサックを背負っていた。履き慣れたスニーカーでたたたと小走りに乗の許に辿り着く。

「お待たせー」と美弥は言いつつ、ちょっと視線を泳がせた。何かことばを選んでいるようでもあった。「……待ち合わせて会うのって、何だか慣れない感じ」

「もしかしたら初めてかもしれない」

乗も過去を振り返ってみて、そう返した。

三年前に乗がこの都市を去ることになるまでは、住んでいた家が同じなら通っていた学校も同じだった。出かけるにせよ、別々に外出して合流というのはなかった気がする。

「未知との遭遇は身近なところにあるもんだねー。で、今日はどうするの？」

「実は、特に考えてないんだ。何というか話ができればいいな、と思ってね。この前の事故のときもその後の美弥の卒業式のときも、まとまった時間は取れなかったから」

「なるほど」美弥はうなずいた。「じゃあ、とりあえずモールのなかを見て回ろっか」

それでいい、と乗は答え、二人は歩き出した。

玄関ホールを抜けるとき、鮮やかな青い制服を身に纏《まと》った案内役《アテンド》の女性が、にこやかな笑顔でモール内の探索方法を紹介しようと話しかけてきた。しかし初めて利用するわけではないから大丈夫ですと断った。彼女は深く頭を下げ、それは失礼いたしましたと告げつつ、見送ってくれた。〈ベース・エール〉全体を管理し、都市内の多国籍企業のなかでも最大手の巨大多国籍企業キュレリック・エンタテイメントに雇用され、都市の玄関口で訪問者を出迎える人間として完璧で、丁寧な対応だった。

イーヘヴン市最大のショッピングモールである〈ベース・エール〉はその建築様式に、情報層を付与した層現《レイヤード・リアリティ》の利用を前提とした万華鏡式《カレイド》を採用している。一見すると複雑怪奇に分岐し、自分が何処にいるのか分からない迷路のように敷かれた通路・テナントの配置をしているが、層現と組み合わさることで利用客それぞれに調整された動線制御が実行される。それは一〇〇万人の市民に一〇〇万通りの最適な生活プランをもたらすのと同じように、個別に最適化された快適なショッピングの時間を提供してくれる。

あるいは、その迷路のような構造を逆手にとって動線制御を利用せず探検気分でモール内を散策すれば、特に目的のテナントや飲食店を決めなくても、ただ歩くだけで陳列された商品・立ち並ぶテナントをいくらでも目にすることができる。どこに入るか、何を利用するかは、歩く途中に思いつくままでも問題なかった。

玄関ホールから〈ベース・エール〉の構造体に入ってすぐはファッション関係のテナントが左右に並んでいる。自分たちにはおよそ縁がなさそうな値段とデザインの衣服が並ぶ高級ブランドのショップもあれば、手ごろな価格帯の大量生産の既製品がずらりと並ぶショップもあった。道往く利用客たちに何の興味があるのか可視化されているため、店員たちが話しかけてくることもない。

乗と美弥は衣服にまったく頓着しないわけではなかったが、特に興味があるわけでもなかった。若いカップルが層現を用いて、着替えずとも様々な試着をして互いの外見の変化を楽しんでいるのが見えたが、同じことをしようという気にはならなかった。

代わりというように美弥は乗の服装について訊いてきた。

「軍隊にいるっていうから軍服とか着てくるのかと思ったけど、意外と普通な格好だよね」

「民間保安企業」乗は若干の訂正をしつつ答えた。「僕が契約しているオルタナティヴ・

ハガナー社には戦闘服はあっても制服というものはないかな」

「どうして？」

「特に必要がないからだと思う。戦闘はあっても式典はない。成果を上げれば給与は増えるけど、勲章がもらえるわけでもないから」

一時期、軍事力は国家しか保有しないと考えられていた時代において、各国の軍隊には自らを特徴づける服装があった。今でもなくなったわけではない。日本であれば自衛隊、米国であれば米軍、それぞれに制服というものがある。

しかし戦争業務における民間保安企業のシェアが拡大し続ける現代において、軍事作戦行動に関わる人間たちの格好は普遍的だ。ユニクロのシャツとジーンズにナイキのシューズ。それにプレートアーマーを重ね、小銃を携《たずさ》える。

装備を持たなければ普通の市民と見分けはつかない。戦争が戦争として、戦場が戦場として分かりやすい時代がとうの昔に去ったのと同じように、兵士が兵士らしい格好を与えられる時代ではなくなっていた。

「じゃあ、乗はその格好で戦ったりするのかな」

「もしも今ここで市街戦が起こるとしたら、そうせざるを得ない」

「そのときは守ってね」美弥は冗談めかして言った。「この前みたいに」

「わかった、約束する」

そう答えたが、しかしそんなことはあり得ないだろう。乗は平和そのものといった目の前のモールの風景を見つめた。ここに迫撃砲が打ち込まれることもないし、地雷が埋められているということもない。定期的に小型の清掃用無人機によって磨かれた床は清潔そのもので、どこに足を踏み下ろしても危険はなかった。

むしろ、この光景のなかに自分が異物として映りこんではいないだろうかとも考えたが、もしそうなら何らかの行動制御が他の人々に実行されているはずだ。

乗の外見は少しばかり普通ではない。白髪とも違う灰色の髪は生まれたときからそうだったと聞かされているし、赤銅の肌もどこの地域の人種とも明言しにくかった。顔立ちは日本人に類型されるようだし、眸《ひとみ》は黒い。

どことなくモザイクのような組み合わせだ。層現によって髪や肌の色、眸の色をファッションの一部として置き換えるように。ただし、それが乗の場合は実際の肉体として構成されている。ひどく特徴的な外見だが、今ここで素顔を晒《さら》していても乗が強化外骨格〈黒《ブラ》花《ックダリア》〉の着装者だと気づく人間はいなかった。話す内容にしても民間保安企業の契約者ならこの都市にもごまんといて、そうした人間のプライベートとして回収される。

しばらく歩くと、フードコートに差しかかった。

向かって左側には飲食テナントが並び、右側にはカラフルなテーブルや椅子が配置されている。そのまま抜ければ別のエリアに繋がるように通路は延びていたが、ひとまず座って話すにはちょうどいいと空いている席に座った。

そう広いスペースではないが、モールを巡っていて最初に遭遇するフードコートのためか、ここで休憩は取らずに通過する客も多く、席には余裕があった。

〈ベース・エール〉において、ちょうど一休みしようという地点には必ずフードコートか喫店や休憩スペースがある。そこで利用客は喉を潤すか、その後のショッピングにコーヒーや紅茶のフレーバーを添えるためテイクアウトのドリンクを選択《セレクト》する。気に入ったものを持ち出すだけでいい。まるで都市マラソンの給水所のように〈ベース・エール〉を訪れた客たちは、テナントごとの従業員から手渡されたり、棚からさっと手に取ってショッピングの行軍を再開していく。

水に紅茶にコーヒー。カフェイン入りにカフェインなし《レス》。ジュースの類も色とりどりにあった。どれも各メーカーが試供品《サンプル》を無料で提供しているから値段は無料となっている。無論、まったくタダというわけではない。ドリンクごとのＲＦＩＤが情報端末を介して行動履歴の一部として収集される。これが一定量にパターン化されれば、以降のモール内でのショッピング時にはそのユーザー属性に応じた飲食店や、それに類する道具《ガジェット》などの購入を勧められることもある。コーヒーにこだわりのあるお客さまには家庭用バリスタマシンはいかがでしょうか。ハーブティーをお飲みになったお客さまにはアロマの専門店もございます――といった案内が自然となされるだろう。

美弥は生絞りのオレンジジュースを選んでいた。新鮮な果物を扱うショップからスタッフがわざわざ出張しており、細やかな説明をされるのを美弥は分かったか分かっていないのか、相槌を打ちつつ受け取っている。

乗は水を選んでいた。それもミネラルウォーターでもないただの水道水だ。誰も手に取ることはない、あくまで一応は置かれているだけのもので並ぶこともなかった。先に席に着いて美弥を待った。乗は水の入ったコップを眺める。なみなみと注がれた水が、たっぷりと縁の近くで揺れている。薄っすらと色のついたミント・フレーバーや果実の風味を移した香りつき水《フレグランス・ウォーター》と違い、口に含んでも無味無臭で喉を潤すだけのそっけない透明な味だった。

ふと、蟲がわき、藻で鮮やかな緑色に染まった沼が脳裏に浮かんだ。赤茶けた大地で水はそこにしかない。傷だらけのバケツで水を汲む。蟲も藻も一緒だ。汚染され、飲料には適さない水だ。しかし飲める水はそれしかない。爆撃を受け水道も何もかも寸断された石造りの町の廃墟において、タバコの吸殻が一面に浮かぶブリキのバケツに入った水を飲む以外には渇きを癒すすべがないのと同じように。

DT《ダークツーリスト》小隊の一員として訪れたアフリカの某国のある小村の記憶だ。名前までは覚えていない。たった一日しかその村にはいなかった。近隣地域で掃討作戦を続けるなかで、小型の野良無人機《ワイルド・ドローン》を取り逃がしたのだ。それを追跡して訪れた、あるいは横切っただけかもしれない小さな村の記憶は、戦闘より、そこで目にした水のほうが印象深かった。毒に塗《まみ》れた水。それがゆいいつの水である場所。発見・通報された無人機の回収は速やかに行われたため、乗たちは次の場所へと向かった。

目にした光景に心は痛んだが、戦うすべは豊富にあっても救うすべはなかった。水を浄化する力はなかった。ただ自分はその光景を目撃して、そして去るだけだった。

水――そう、この都市には潤沢に水がある。それこそ過剰なほどに。

乗はイーヘヴン市の創成期より以前、ただ混沌だけがあった時代を知識としては知っている。世界が創り出される以前の混沌は、神以外には物語を介してしか知ることができないのと同じように。

二〇四五年――今年はイーヘヴン市誕生二〇周年にあたる年だ。そして東京という都市を壊滅させた災害から二四年が経ったことになる。

二〇二一年に発生した災害は、多くのいのちと建造物を喪わせただけではなく地盤そのものを沈下させた。海水面より下がった地域は海水と淡水が流れこみ水没した。災害直後は無数の蛇が暴れ回るように、都市中を破壊して回った。それが現在、都市を細かく分断する無数の運河が生まれた原因だ。

湾からの海水と平野部からの淡水が入り混じる運河は、飲料には適さないものの、水の都のようにゴンドラが通され観光客で賑わっている。負の遺産も有用な価値を与えられ、この都市を潤していた。

「お待たせー」

美弥は手にジュースのカップを持ってやってきたが、乗の手許には水の入ったコップしかないのに気づき、回れ右をして自分と同じものを取りに行った。

何事かスタッフに説明する。快い笑顔で応対され、戻ってくるときにはカップは二つに増えていた。

「はい、乗の分」とテーブルにカップを置いた。自分だけジュースというのも何だか困るといったように。

「ありがとう」

乗は素直に受け取った。生物由来プラスティックのコップの表面は薄っすらと汗をかいていて、注がれたジュースは氷はなくともよく冷えているようだった。

互いに席に着く。周りには心地よい喧騒があった。楽しげに今日の予定を相談し合う声。

「ひとまず乾杯」美弥はコップを持ち上げた。

「ん」と乗もコップを突き出し、軽く当てた。ジョッキやグラスのような音はしないけれど、それは十分に乾杯の音色だった。

腰を落ち着けて話をするにしても、乗が語れることは少なかった。自らが着装する〈黒花〉については軍事機密の塊だし、その運用部隊であるＤＴ小隊の一員として各地を巡ったときのことを話すわけにもいかない。

だから専《もっぱ》ら乗は美弥の話を聞いた。うなずき、驚き、あるいは時おり笑顔を覗かせて。

三年間の物語だ。乗の知らない、美弥の物語。

まずは高校進学を機に美弥は家族とともに南関東州に引っ越していた。それまで暮らしていたイーヘヴン市内の集合住宅の一室は引き払われている。乗もそのことは知っていた。脱線事故からそう間を置かずに高校の卒業式があった。乗は同じ一八歳の少年少女が制服を着て卒業証書を受け取るのを保護者席で見ていた。少し不思議な気持ちだった。自分が三年の間、民間保安企業の契約者として各地を旅してきたように、誰にとっても月日は流れていた。

そういえば、と乗はひととおり話を聞いてから思い出した。

卒業式の光景。三月の桜の木の下で卒業証書を手にした集合写真。クラスメイトも一緒に映ったその写真には、乗が三年ぶりに美弥を見たとき――脱線事故のときにいた少女が映っていなかった。

親しい様子だったから同じ学校の親友かと思ったが、そうではなかった。どこにもあの黒髪の、怜悧ですっきりとした容姿の少女はいなかった。

脱線事故のあと乗も美弥も、あの少女もそれぞれの帰路に就き、以来どこかで偶然に顔を合わせるということもなかった。

多分、あの少女は美弥のとても親しい相手。彼女は誰だったのだろうか。

そういう疑問が裡に湧いたのは、この場所のせいかもしれないと乗は周りを見渡した。ターミナル駅のホームでも感じたが家族連れが多い。あるいは、恋人や友人など誰かと一緒にいる人ばかりだ。行動履歴解析によって最適なパートナーというのを見つけやすいせいもあるのだろうか。この〈ベース・エール〉にひとりでいる人間は見当たらない。必ず傍らに誰かがいる。モール内のスタッフでさえも最低単位の二人一組《ツーマン・セル》で行動していた。誰もが平和で満ち足りた笑顔をしている。

この都市を再訪した乗も例外ではない。傍らには美弥がいる。

ただ、どこか乗は疎外感を感じていることに気づいた。

それは異邦人のような感覚だ。DT小隊の一員として世界各地を巡り、どこかの都市や街、村を訪れたときのように、故郷であるはずのイーヘヴン市もまた、乗にとっては立ち寄った場所という感覚があった。

派遣期間は一年間——過去最長だが無限ではない。二〇四五年の一二月三一日をもってDT小隊はまた別の何処かに派遣されることになる。

再び大都市に派遣され、対テロ要員となるのか、それとも紛争地域に派遣され、野良《ワイルド》無人機《ドローン》の駆除作業に追われるのか——乗はどこでもよいと思った。民間保安企業に属するようになって三年。かつてこの都市にいたのとは違う意味で、何故とは問わなくなっていた。

そして美弥も乗に、『この三年間、連絡もせずに何をしていたの』とは訊いてこない。当然の疑問であるはずだった。右腕を機械化義肢に、身体を鋼鉄の鎧で覆った理由は何か――軍事機密によってほとんど美弥に語ることはできないためか、あるいは何となくそのことについて触れるのは避けているのかもしれなかった。この三年間の乗の足跡を知っていくのは最終的に三年前に行き着くことになるからだ。

それをお互いに避けているような気がした。治りかけた傷の瘡蓋《かさぶた》のようなものだ。そこに触れ、かきむしってしまえば傷は開き、再び血を流すことになる。

ふいに激痛――右腕にもたらされる幻肢痛。カップを握った掌全体に焼き鏝《ごて》を押しつけられたような痛みだ。皮膚が高熱でぼこぼこと粟立ち、大量の水脹れができる。手を離しても遅い。拳を開くという動作によって水脹れが破れ、大量の水が飛び散り、露わになった皮膚は風に触れるだけでひりひりと痛む。

無論、そのすべては存在しないはずの痛みだった。

肩の付け根から指先までの義腕に皮膚はなく、焼き鏝を握り締めたところで火傷をすることはない。むしろ、その握力で粉砕することもできるだろう。

しかし痛みは確かに存在していた。自分がここにいる限り、けして消えることのないもの。何処にいようと伴う影のように。

乗は美弥に気取られないよう注意しつつ、もうひとつのカップに残っていた水に右の指先を沈めた。どのような表れ方の幻痛であれ、水に触れることでその痛みは和らいだ。

「……乗？」

美弥がこちらを見つめながら心配そうに呟いた。まずい。もしかしたら安堵した瞬間の深い呼吸で、幻痛について悟られたかもしれない。自らさらなる痛みを招き入れるような過ちを犯すわけにはいかない。

「――そういえば」乗はたまたま思いついたように問いを口にした。「この前の脱線事故のとき、一緒にいた女の子って誰かな？　末那って呼んでいたけど……」

まるで言い訳のようにそう訊いたことに少し罪悪感を覚えた。

「やっぱり末那のことは気になっちゃうよね」美弥はとても嬉しそうにうんうんとうなずいた。「あの子、ちょー美人だから。仕方ないね」

フードコートを抜けてから美弥は、途中でちょっと探し回ってから見つけた果物専門店で特価品のオレンジをどっさり購入したとき以外、ずっとそのはなしばかりしていた。

心底、自慢の親友について余すことなくその魅力を伝えようと語ってくれた。話は何度となく繰り返され、飛躍することもあったが乗は終始、穏やかに耳を傾けた。痛みの理由を誤魔化せるからではなく、そうして美弥が何かについて一生懸命に話す姿を見ること、聞くことは、乗にとって久しぶりに快かった。長く続いた習慣を取り戻したようなものだ。病気をしてできなくなっていた日々の散歩を再開したような心地よい落ち着き。

そうだ、こうして歩きながらよく話を聞いたものだ。学校の登下校。公園や図書館への行き帰り。多分、美弥と多く会話したのは、どこかを一緒に歩いているときだった。

「つまり識常末那という女の子は美弥にとって唯一無二の親友……？」

「だといいなって思うね」と美弥。「少なくともあたしはそのつもり。会ってまだ半年だけど何となく、この先もずっと仲良くやってけるんじゃないかなって」

美弥が末那と出会ったのはこの〈ベース・エール〉だという。半年前の夏休みの頃だ。進路選択のためイーヘヴン市を久しぶりに再訪した美弥の案内《アテンド》をしたのが彼女だった。

〈ベース・エール〉にはイーヘヴン市の各企業や高等教育機関の出張所がいくつもある。そこで興味を持ったら直接、見学に行ける。そのときに付き添ってくれたのが、ちょうどインターン・シップとして案内役の仕事に就いていた末那だったのだ。そしてそれ以来、少なくとも週一回のペースで会っているとのことだった。

この前の脱線事故も〈ベース・エール〉で会った帰りの出来事だった。

「末那は〈ベース・エール〉のお姫《プリンセス》さまなんだよ」

年齢は同じ。学校には通わずに自宅とモール内の施設で教育プログラムを履修していたというはなしで、幼い頃からずっとここで育ってきたから〈ベース・エール〉は彼女の庭のようなものだった。モール内の各施設を仔細に、そして優雅に案内してくれた。

美弥はそうした彼女のことをお姫さまと表現したが、事実そうなのかもしれないと乗は思った。救出のときの凛とした姿、どこか品のある口調が思い出された。多分、都市内の名家の娘なのだろう。識常——その名字を乗はどこかで聞いた気がした。

「二人とも就職を選んだのはどうしてかな？」

「んー、何だろう……」美弥はオレンジでぱんぱんに膨らんだリュックサックを前に回して抱きかかえながら、どこかに視線を飛ばした。「——というよりは猶予期間をもらったんだと思う。ほら、あたしは一五歳になってすぐにイーヘヴン市を出ちゃって行動履歴の収集が不規則になったし、末那も一時期外出できない時期が続いたらしくて進路選択の最適化が完了してないんだよね。だから、かな」

「自分が何者であるか知るために、ひとまずイーヘヴンで何かをすることにした……」

「そんなとこかな」美弥はうなずいた。

美弥も末那も四月から非常勤としてそれぞれ都市内で職を得ている。乗が都市内の非常事態に対処するための職に就いているように、誰もが何らかの役割を与えられていた。

自分に最も相応しい仕事は何なのか、それが決まるまではまだしばらく時間が掛かりそうだ、と美弥は言っていた。

そんなことを話しているうちにモールはひとまずの終点に辿り着いていた。

〈ベース・エール〉の中心部。そしてイーヘヴン市の中心部が今の乗たちが立つ場所だ。

地上から生えたいびつな大樹のような形状の四つの複合高層建築が、天へとその枝先を絡め合いながら延ばしている。その交差位置には展望台が備えられ、その上には都市内の〈Un Face〉に使用される層現《レイヤード・リアリティ》のためのデータ送受信塔が突き立っていた。

都市復興のシンボルとして建造された塔《タワー》〈ミハシラ〉は、その頂点を一一一九mの空に触れさせている。市街地のどこに立っていても目に入る現代のバビロンの塔といった風情の〈ミハシラ〉は、間近で見上げるとその天辺《てっぺん》が窺い知れない。

しかし、そうした光景に圧倒されたいという要望《ニーズ》が多いのか、〈ミハシラ〉の根元を囲む広場はバチカンのサンピエトロ広場《ピアッツァ・サンピエートロ》やメッカのモスク《マスジド・ハラーム》に匹敵するほどの観光客で溢れかえっていた。

当初の予定では、イーヘヴン市を見下ろす一一一九mのタワーの展望台へ行く予定だったが、直通エレベーターの前には長い列ができており、時間指定で展望台へ行けるパスが配布されている。層現で確認してみると事前予約分はすでに埋まっており、当日分も夜までほとんど空きがない。

「ねえ、乗。もしかして上には昇れなさそうな感じ？」

「かなり混み合ってる。どこかで時間を潰したほうがよさそうだ」と答えてから、乗は何かに気づいたように言った。「――やっぱり今も層現の認識は上手くできないのか？」

「相変わらずだねー」美弥は何でもないことのようにリュックから赤いフレームのU《ユニバーサル》・I《インターフェイス》グラスを取り出し、目の前に掲げた。「一応、これを使えば視えないことはないんだけど、遠近感とかぐちゃぐちゃになるから疲れちゃって無理無理」

美弥が手にしているUIグラスは本来、まだ幼い児童や眼の性質上、眼球にUIレンズを装用できないユーザー向けに販売されている層現投影用のガジェットだったが、美弥が抱えているのはそれらとはまた違う問題だった。

ごく稀にだが、現実の視界に情報層を添加《オーグメント》する層現に適応できない人間もいる。

その感覚は様々で本人でないと正確な違和を知覚することはできないが、美弥の場合は層現内の現実部分と情報層部分の区別を上手く処理することができず、遠近感が摑めなくなる。美弥はそれを世界が平面化《フラット》すると表現しているが、いずれにせよその状態になると、ひどい負荷がかかるため、滅多に層現を使用しない。

それがこのイーヘヴン市で暮らすうえで、年を経るごとに別の負担を強いるようになっていた。層現を応用した設備はどんどん増える一方だからだ。

この広場ひとつとってもそうだ。乗がざっと周囲を見回すと、飲食テナントや土産ショップのユーザー評価が☆の数で表示され、ある一店を数秒見つめていると詳細な店舗情報やメニュー内容、現在の混雑状況や、あと何分ほどでどこの席が空きそうかなど、事細かな情報が情層になって表示された。

ある意味では情報過多の時代でもあり、市販されているUIレンズ向けのカスタムアプリには、普段チェックする情報に関連した情層以外は遮断するものもあるが、いずれにせよ層現で世界を視ることを前提として多くの物事は扱われている。

大多数が享受する技術を前提に環境が設計《デザイン》されていく。

その最前線ともいえるイーヘヴン市は、観光客向けの〈ベース・エール〉においても市街地においても、その傾向は顕著だった。

だが、事物に付与される情層を閲覧できるかどうかよりも、切実な問題があった。

「あ、そうだ。一応、末那のこと呼んでみる？　挨拶するくらいなら何とか時間が作れるかもしれないし」

美弥はいつのまにか取り出した携帯端末を操作して通話アプリを起動すると、連絡先のリストから末那のアカウントを呼び出し、通話ボタンを押した。ことばと行動が一致する速さで、乗が制止する間もなかった。

だが。

「……あれ、発信してない？」

「ごめん」乗は右腕をかざしながら言った。「〈黒花〉の着装者に関する情報は都市防衛に関する機密だから、それを明かすような行動が記録されれば、美弥の社会評価《ソーシャライズ》にも響く」

美弥のスマートデバイスの背面に乗の右腕、機械化義肢の指先が触れていた。

つねに待機状態にあるそれが立ち上がり、わずかながら〈黒花〉の特殊兵装《ちから》が行使され、瞬時に美弥のスマートデバイスの制御を奪い取った。

「えーと」美弥は眼を瞬かせながら呟いた。「つまり、あたしが……乗が〈黒花〉の着装者であることを知っている状態で、第三者の末那にそれを教えようとしたって〈co-HAL〉が認識したってこと……？」

美弥は突然のことに動揺しつつも、正しく自分が何をしたのかを把握していた。

と、層現に通知情層が浮かび上がった。

〈黒花〉が美弥のスマートデバイスを制御下に置いているため、〈co-HAL〉から美弥への通知《メッセージ》が視えているのだ。

【警　告《ATTENTION》：社美弥さんにマイナス評価が与えられました。なお、現在の社美弥さんの社会評価値は〈Sociarise=B〉となっています】

あなたの行動は都市防衛において重大な悪影響を及ぼす——そう警告するようにメッセージが通知されていた。乗の対処は少し遅かった。発信は停止せず、都市内の情報ネットワークを巡回するエージェントプログラムによって発見・遮断されていた。

そしてこれこそが、層現を利用できないがゆえに美弥が抱える最大のリスクと言ってよかった。

都市内において危険行為や違法行為を抑止するため、〈co-HAL〉は事前に警告する情層を表示する。それは直接的に警告を告げるものかもしれないし、あるいは別の行動を促すため景観そのものを情層で変化させることもあるが、どちらにせよ都市内での今後の生活に影響を及ぼす社会評価の数値ができる限り変動しないように行動制御を実行してくれる。これがいわゆる〈Un Face〉であり、イーヘヴン市内で生活するうえで必須といえる情報技術だった。

それを美弥は利用できない。

正確に言えば、携帯端末に通知そのものは送られてくるものの、意識せずとも自然に行動制御されるのと、意識的に確認しなければならないのでは、その抑止効果に大きな違いがあった。

「……まさか、あたし降格《フォール》させられたりするかな？」

「それはない……はずだ。社会評価がBランクにいる限り問題はないと思う。マイナス評価の数値もそう大きなものではないはずだから」

とはいえ、その総和が一定を超えれば降格——軽度の犯罪更生者として定義される可能性がまるでないわけではなかった。そうなれば都市内での行動が大きく制限されるため、より厄介なことになりかねない。

「〈黒花〉に関する情報は、誰にも言わないようにしてくれ。特に、この都市《イーヘヴン》にいる限りは」

「わ、わかった」真剣な顔で美弥は頷いた。

行動履歴の収集と解析、そして反映はイーヘヴン市をかたちづくる基幹技術といってよく、特に〈ベース・エール〉はそれらの技術が惜しみなく投入されている。

それは多くの人にとって安心と安全を与えるものだが、それだけ不用意な行動は、もうひとりの自分からの警告を無視した行動として記録され、不利をもたらす。うっかりをあまり許容しない——その意味では窮屈でもあるのが、二〇四五年という時代だった。

「美弥を助けるのはいいけど、捕まえるのは勘弁だよ」

偽らざる願いだった。都市防衛の任務に就く立場としてだけでなく個人としても、守る側から対処する側に美弥の役割が移るなど考えたくもなかった。

「そりゃあたしも同意するってば——って、あれ？」

すでに美弥への通知情層は消えていたが、乗が美弥の層現を共有するということは、美弥が乗の層現を共有することも意味していた。

そして美弥のスマートデバイスに、本来なら乗にだけ視える情層がアイコンとなって表示されていた。

【召集《コール》】

そう記された文字情層《テキスト・レイヤー》が点滅し、乗たちの会話を中断させた。

環境管理型《アーキテクチャ》インターフェイス〈co-HAL〉が都市防衛任務の契約者に下す命令だった。

「ねえ、乗。これ何？」

美弥の視界ではデバイス内に映ったアイコンを指差した。

色は青《ブルー》――緊急対処よりは緩やかな、武力を伴わない出動を命じている。

層現に、目的地の位置情報とそこまでの推奨移動ルートが表示された。乗は美弥のスマートデバイスから指先を離し、共有された視界から美弥を離脱させる。このまま作戦行動上の情報を見せ続ければ、それだけ美弥はリスクを冒すことになるからだ。

「ごめん、仕事みたいだ」

「〈黒花〉に変身――、また着装するってこと？」

「わからない。そうなるかもしれないし、ならないかもしれない。ただ、呼ばれたのなら往かないといけない。それが、僕の役割だから」

「わかった」美弥がどっさりとしたリュックを抱えたままうなずく。「行ってらっしゃい。あたしはとりあえず大人しくしてるよ、また何かしたらヤバそうだし」

それから美弥は、戻ってこられそう？と訊いてきた。

難しそうだ、と乗は素直に答えた。与えられた任務内容は緊急性はないものの夜遅くまで掛かりそうだった。

「ごめん、僕が呼び出しておいて。また日を見て時間を作るよ」

「OK。そのときは末那も呼んで三人で会おうよ。あたしも話をしておくから」

「そうなるといい。美弥の親友には僕も会ってみたい」

「末那もきっと同じことを言いそう。——あなたの幼なじみに会ってみたいわって」

乗は踵《きびす》を返して〈ベース・エール〉外周部分のターミナル駅へ向かう。指示された行動ルートに従って乗車する列車を確認していく。

美弥も駅まで見送るといってついてきた。乗は振り回してばかりだと申し訳なく思いつつ、指定された列車の待つホームに到着した。

そして電車とホームにそれぞれ立ちながら軽く別れの挨拶を交わし、出発のベルが鳴ったとき、

「ねえ、乗」美弥は別れを告げる前にこれだけは訊いておこう、というように呼びかけてきた。「いつか帰ってくるよね？　あたしも、お父さんもお母さんも、待ってるから」

どこか切実な問いだった。

だから乗は、言うつもりのないことまで、気づけば告げてしまっていた。

「……やり残したことがあるんだ。それが落ち着いたら僕も家に帰る。だから今はまだ、もう少しだけ待ってほしい」

「やり残したこと」と美弥は繰り返した。そうすることで何かが理解できたかのように、それ以上、何も問わずにいてくれた。

そして乗は美弥に見送られ、往くべき場所へ向かった。

1

断続的にやってくる白の照明以外、車窓は地下の闇に閉ざされていた。地上の高架鉄道と同じく人間《ヒト》と物資《モノ》を目的地に遅延なく到達させるため、地下輸送網を列車は休むことなく走り続けている。

乗もまた、そうして定められた軌道を運ばれる人間のひとりだった。

イーヘヴン市の地下を北西から南東へと貫き、金のラインカラーを車体外装に投影した地下鉄に揺られ、目的地へと向かう。視界の隅に表示された道標情層《ガイド・レイヤー》は点滅を繰り返しており、推奨の移動ルートを表示していた。

イーヘヴン港湾区《ディストリクト》街に位置する指定停車駅である月島《ツキシマ》までしばらく時間がかかるらしく、乗客もまばらな車内で、乗はじっと地下の光景を見つめていた。地下ホームを出発してからずっと変わらない光景だった。

〈ベース・エール〉を終着駅とする主要四路線は都市内をそれぞれ貫く高架線を経て、巻きつく蛇のように〈ベース・エール〉と一体化したターミナル駅に辿り着く。

だが、乗が利用した地下ターミナル駅は少し離れた位置にあった。深く潜るエスカレーターとトンネルによって旧い地下鉄路線のホームへと接続されている。トンネルの途中から構造材の外見がくすみ始めた場所が切り替えのしるしだった。かつて大都市《メトロポリス》の地下鉄として多くの人びとを都市内の至るところに運んでいた各路線は、今では限られた人間たちしか利用することはない。

イーヘヴン市のすべての交通機関は、利用時に商品購入と同じく自動の認証手続きが行われる。そして場合によっては移動《アクセス》が制限される。環境管理型《アーキテクチャ》AIユニット〈co-HAL〉による行動制御が、外部からの来訪者が行くべきでない場所へといたずらに踏み込むことを防ぐためだ。

そして乗がエスカレーターと階段の複雑な交差を抜け、地下ホームに辿り着いたところには〈描写攪乱《サウザンド・フェイセズ》〉が起動しており、外見は匿名化されていた。元来は証人保護プログラムで使われる技術が乗の姿を隠蔽していた。作戦行動中、乗の外見は〈描写攪乱〉によって一般市民には何者でもない誰かとして認識される。

周囲に存在する人間の外形情報《アカウント》を解析し、もっとも〝普通〟な外見が導き出される。

肌の色は陽に焼けているがところどころがまだらで、髪の色も茶と黒が混じっていた。暗緑色のアーミージャケットを羽織った姿は、美弥と逢っていた乗とはまるで違っており、そうすることで地下の鉄道を利用する人びとに溶け込んでいる。

普通、イーヘヴンといわれて想像するイメージとかけ離れた煤けた姿。様々な言語と人種が奏でるいくつもの喧騒は、まったく聞こえてこない。地下深くに地上の遊歩者《パサージュ フラヌール》たちはやってこないからだ。

国際都市やメガ消費地域と呼ばれるイーヘヴンをはるか頭上において、暗闇のなかを列車は金切り声を上げて駆け抜けていく。使われている車輛そのものは、地上の路線と兼用されているから古めかしさがあるわけではないが、周りがひたすらに闇であり続ける限り、車内の照明もどこか冷たく硬質だった。

地下に張り巡らされた鉄道網は物資を運ぶことを専門としている。かつて地下を通る鉄道は公共交通機関として多くの人びとを送り届けていたというが、一〇年代と二〇年代に連続した災害の爪痕が深く刻み込まれた地下道は、安心で快適な輸送網としては機能しづらくなっていった。

そして決定的となったのは、三年前に発生した地下燃料輸送列車の爆発事故だった。そのときに発生した崩落によって都市内の運河の水が大量に流れ込み、事故の発生した箇所を中心に広範な路線が使用不能になった。それ以来、地下鉄の利用者は〈Un Face〉によって限られた範囲・限られた相手としか接触しない人々のみになっている。たとえばそれは、犯罪更生業務に従事する人々だった。

視界のなかに文字情層が浮かんでおり、いまこの場に順応するために、都市での役割が再び切り替わったことに気づいた。

〈Sociarise=C〉そして——、〈Role=crimer〉

役割《ロール》はイーヘヴン市内の各エリアを訪れる際のアクセス権限として機能している。そのエリアに相応しい役割でなければ立ち入ることはない。そして今、乗に本来付与された役割は隠蔽されていた。

同じ車輛内には二人の利用客がいる。

〈Sociarise=C/Role=crimer〉——視界の左。こざっぱりした格好の初老の男。

〈Sociarise=C+/Role=crimer〉——視界の右。着崩した制服の一〇代と思しき少年。

その周囲にまるで蠅がたかっているかのように大量の文字情報層《テキスト・レイヤー》が浮遊し回転を続けている。それこそが、乗だけが一方的に視ることができるものだった。

イーヘヴンでは個別の行動解析である〈個読《パーソナライズド・リーディング》〉によって社会的地位《ソーシャライズ》を分類され、それに応じて個別の行動補正である〈Un Face〉の設定が割り振られる。

老人と少年の個人情層《パーソナル・レイヤー》が——氏名／性別／現住所／職業のほか——犯罪履歴《クライム・レコード》まで余すことなく記載されていた。蠅の群れは、そうした彼らが隠したいと思っている事柄の噴出だった。

乗は彼らの過去の一部を盗み見てしまったことを、少し後悔した。

都市内で犯罪更生者に区分される人間は個人情報保護《プライバシー》というものと無縁だ。面と向かえば個人情層が一切の配慮なく明らかにされる。好むと好まざるとにかかわらず、必要な情報は容赦なく暴かれる。しかし〈Un Face〉によって無駄な接触が回避されるため、一方的に自分の情報だけが覗かれるという機会は少ない。

しかし犯罪更生者ではない乗は、一方的に彼らの情報を閲覧していた。彼らにとっては納得ずくのことかもしれないが、無遠慮に彼らの裡へ踏み込んでしまったような厭な気分になった。

更生の可能性があるならば、行動の管理と監視によって支援する――。

イーヘヴンの現行法では性悪説よりも性善説のほうが優勢とされている。犯罪者であろうと誰であろうと、すべての市民に再起《ライズ》のための機会を与える。社会評価値《ソーシャライズ》の綴り《スペル》が〝socialize〟ではなく〝sociarise〟と表記されることもそれを意味していた。

周囲の乗客たちに付与された社会評価値は、いわゆるランクCで、現在進行形で犯罪更生業務に就いていることを表している。必然として個人情層のなかに記載された所属先は揃って矯風産業だった。犯罪更生者の支援と彼らが従事する都市内の様々な仕事を斡旋する大企業。モール事業のキュレリック社と双璧をなす存在だ。

イーヘヴンで暮らすすべての人間には、基本的にA《アルファ》・B《ベーシック》・C《クライム》のいずれかが割り振られている。もっとも数が多いのが〈Sociarise＝B〉であり、一般市民であることを意味していた。日常生活を送っている限り、普通はここから上下することはない。実際、美弥がちょっとした失敗をやらかしたときも、十分に許容される範囲だったように。

それに対して〈Sociarise＝A〉は、上限数が設定されたエリート階級とでもいうべきものだった。イーヘヴンでも要職に就く者は、このソーシャライズ評価を受けるのが当たり前とされていた。そうでなくとも、このランクにいなければ従事できない業務も多い。たとえば都市の玄関口として訪問者からの第一印象を大きく左右する〈ベース・エール〉の従業員《スタッフ》たちはすべて〈Sociarise＝A〉で占められている。

一方で都市の影の住人と呼べる人々が〈Sociarise＝C〉に区分される犯罪更生者だった。彼らは、港湾業務や都市インフラの保守点検などを中心に多岐に渡る業務に就いているが、〈Un Face〉によって行動制御され都市の表舞台に上ってくることはない。

服役ではなく管理・制御のもとで通常の仕事に就きつつ、労働で得られる対価から賠償を行う犯罪更生業務のアイデア自体は前世紀から存在してはいたが、実際に用いられるのは二一世紀が四半世紀を過ぎたころからだった。最初にこのシステムを導入したのは、人口増を抑制するために施行されてきた一人っ子政策によって極端な少子高齢化を迎えていた中国だった。労働人口の減少に対処しつつ政府の運用コストを下げるものとして犯罪更生業務は、過去の社会主義に見切りをつけ市場主義に完全移行する当時の政策の一環として施行されていった。

同じく深刻な少子高齢化に直面している日本においても、二〇四五年現在、イーヘヴン市はその先進実験区として、創成期から犯罪更生業務を採用している。

キュレリック社のショッピングモール事業が華やかな表舞台であるなら、嬌風産業の犯罪更生者支援事業は舞台裏の地味なものでありながら、確かにイーヘヴン市を下支えする基幹産業といえた。

いま、乗の視界に入っている地下鉄の利用者二名は、それぞれ別の犯罪更生業務に就き、指定された職場へと向かっている。何が理由でここにいるのかを問う必要はなかった。為すべきことを為せば、それだけ早く恩恵に与《あずか》れるというシンプルなルールだった。

そして、港湾エリアで搬入される大量のコンテナの点検にも多くの犯罪更生者が従事していることを思い出したときだった。

「……あんた、何やらかしたの？」

乗の耳にひどくしわがれた声が届いた。乾き切った落ち葉に穴を開けて笛にしたような掠れた声色だった。

まるで自分が考えていたことを逆に訊き返されたように。

強いて視ないようにしていたのに、お前は本当は知りたくて仕方がないんだろう、と指摘されるようで、少しドキリとした。

声の方向を見ると、年老いた男が乗をじっと見ている。

凝視。まるで撮影でもされているかのような。

「……あんた、何やらかしたの？」

再び老人は問い掛けてきた。さっきよりも余計に乾いた声だった。

「僕は――」乗はどう答えるべきか逡巡した。

「……あんた、何やらかしたの？」

それでやっと理解した。

老人はこちらを見てはいなかった。

ただ、うわ言のように繰り返しているだけだった。

犯罪更生業務において視認できる人間の設定が皆無ならば、世界はずっと荒涼とする。誰かがいたとしても誰もいない世界に書き換えられてしまうなかで、それでも孤独であることを拒むには、誰もいない空間に問い掛けるしかないのかもしれない。

彼の罪を知ろうとは思わなかったし、どこか不気味なものを感じて、乗は顔を背けた。そうすることで繰り返される空虚な問いかけから逃れようとした。

だが、声は追いかけてきた。

「びっくりしたっしょ？」からかうような声。「でも慣れてくると、あんたみたいに驚くやつを見ることができるから、けっこう楽しいもんなんだよね」

代わりというように、二両目の連結部付近の座席に座った少年が話しかけてきた。小学生が高校生の制服を間違って着てしまったような着崩し方だった。

「――僕が視えるのか」

「いや、視えてないよ、ほとんど」

そう言って笑う少年の眼差しは、それでもこちらをしっかりと貫いていた。

視えてなくても誰かいることくらいは分かる、そう示すように。

「珍しいね、そんならしいカッコしたひとは久しぶりだよ。もしかして区街《ディストリクト》のオプションツアーに来た観光客《ビジター》？　それとも――通報係《リーク・オブ・リーク》？」

「どちらでもないよ」

「ふうん、でも犯罪更生者《クライマー》じゃないっしょ？」

イーヘヴンはすべてのひとに基本的に平等だ。訪れる者が誰であっても拒まないし、暮らす人間に対しても同じだった。消費を続け、経済を回し、都市の灯を燃やす薪をくべ続けるものは、誰であろうと都市を構成するのに不可欠な要素だった。

「罪を犯したことはある」

「でも、それは今には繋がってない」

少年もまた老人と同じく暇つぶしにこちらに話しかけているようだった。妙な格好をした新参者がいるから、からかっているようなものだ。

とはいえ乗は、少年の問いに少しばかり答えることにした。まだしも会話が成立するなら、そうして時間を過ごすのもよいと思った。

「――そうなのかもしれない」

「この都市じゃあらゆるものが流されやすいからね」

「違いない。三年ぶりに帰ってきたけど思い出せないことばかりだ」

「まったくもってそのとおり」

訳知り顔といった調子で少年は同意した。こちらのことは視えないはずなのに、自分がどう視えているかは心得ているようだった。

「大丈夫、覚えてなくても都市は記憶し続けてるよ。アンタが本当は何者なのかも、今この瞬間だってあらゆる行動は記録されてる。どうしてきたか、どうするのか、どうなるのか――機械仕掛けの女神さまは何でもご存知さ」

少年は視界を巡らした。車内の天井や側面部には監視カメラが空白を生まないように配置されている。アナウンスを告げるスピーカーは集音マイクでもある。どれもイーヘヴンに張り巡らされた情報ネットワークを介して、都市近郊の海底に設置された記憶領域《ブック》に貯蔵《プール》されていく。しかるべき時に、環境管理型インターフェイス〈co-HAL〉が参照するために。

「そういえば――」と少年は視線を動かし、瞳がある一点を捉えた。「あのじーちゃんが、どうして犯罪更生者になったか知ってる？」

「いや、知らないし、知る気もないよ」

他人の罪に興味はない。穴の中を覗き込むときは、こちらもあちらから見られている。

「変わり者でね。どこであっても踏み込むべきか否か頓着しないから一向に社会評価がBランクに届くこともない」訊いてもいないことを少年は語りだした。「もっともそれを気にしてはいないみたいだし、都市も都市で何らかの役割を与えている。どう、その役割についておにーさんは知りたいかな？」

「知る気はない、と言ったつもりなんだが」

乗は少し語気を強めた。無理に黙らせるつもりはないが、聞く気もないことを延々と話されても困る――そう相手に伝わればいいと思った。

「ふうん、なるほど」

少年は話を遮られて不満そうな顔をするでもなく、かといって申し訳なさそうな顔をするでもなかった。あなたはこういうとき、そういう風になるんだ、と観察するような調子だった。

「この都市では、みてくれ《フェイス》がどれだけ変わっても、本質《トゥルース》は変わらない、変われないものばかりだ。アンタの耳に届けば、どんな声だって助けを求めるように聞こえたりしない？」

「それは――」はた、と気づいた。「いや、そういうことか」

この少年がどういう類の人間なのかを。

「どこからついて来たのかは分からないが……」

乗は席を立った。少年から離れるのではなく、近づいた。そして少年の前に立ち、彼を見下ろしながら乗はその右の掌を差し出し、肩に触れた。見た目よりもずっと小さく華奢だった。

次の瞬間。

ガラスが無数の破片になって砕け散るように、あるいは、氷の彫像に灼熱の鏝を押し当てて溶かすように——少年を覆っていた情層《レイヤー》が解除され、剝がれ落ちた。

「……ここは君のような子が来る場所じゃないよ」

そこに座っていたのは少女だった。高校生どころではなく、小学生でも通用するような小さい女の子だ。その顔に浮かぶ笑みだけがひどく大人びていたが、見開いた眼は爛々と好奇心に溢れていて子どもっぽく、全体の雰囲気はちぐはぐだった。

「こりゃ驚いた。何となくそうじゃないかと思ってたけど、ビンゴだったとはね」

「いつから尾いてきた」

乗はシートに座った少女を立ったまま見下ろした。

着古した黒いシャツと黒いズボンに、やはりボロボロの軍靴。春先だというのに、何か絵画のような図柄が刺繡となってあしらわれた赤い大きなマフラーを首に巻いている。

「地下ホームに着いたらすぐに見た目が変わったから気になったんだよ。でも、それだけじゃないね。その前から目はつけてたんだ。だって、そりゃあ注目したくもなるよ。広江乗――アンタとオレは、随分と似てたからさ」

少女の肌は浅黒かった。よく言えば赤銅で、悪く言えば赤錆のようだった。

髪の毛は灰色の茨めいたツインテール。乱雑な銀細工のようでもあったし、煤けた灰を塗り固めたようでもあった。

それはまるで、乗のようだった。

自分と同じ部品で組まれた人間を、乗は初めて目の当たりにしていた。

「最初は、あ、何か珍しいなーって思ったんだけどさ。いきなり見た目が変わるひとってそんなにいないからね。ね、そうでしょ？〈黒花《ブラックダリア》〉のおにーさん」

歯を剝くような笑みだった。犬歯がやけに尖っていて、煤けたものだらけのなかで、そこだけは白く清潔だった。

「まいったな」乗は困惑した。

多分、目の前の少女は〈ベース・エール〉を訪れた観光客のひとりだ。両親と来たのかもしれないし、ひとりかもしれない。

どちらにせよ、本来であればこんな場所に入り込むことはないタイプの人間だった。乗が美弥と会っているときに見つけられたのだろう。それでこの少女は、地下へ降りる乗を追ってきた。そして、〈描写攪乱《サウザンド・フェイセズ》〉が起動する過程を見続けていたのだ。

外見が変化する過程は瞬間的なもので、ちょっとでも眼を離せば完了している。だが、少しも眼を離さなければ、別のシーンを切り貼りした映画のように誰かが消えて誰かが唐突に出現する。少女はじっと自分を見つめていたらしかった。

そして、姿が変わる光景を目撃し、ある予想に達したのだ。

この男は――〈黒花〉の着装者なんじゃないか、と。

「ネットで買った仮装情報層《コスチューム》の設定をちょっと弄《いじ》ったものなんだけどさ、けっこう優れものじゃない?」

そうやって、これから踏み込む場所に相応しい格好に化けた少女が、ここに座っているのだった。モバイルデバイスによる認証はどうしたのだろうか。強引に突破したのか、もしかしたらフリーウェアで通過《パス》したのかもしれない。

〈Un Face〉によって踏み込むべきでない場所は、あらかじめ避けられているというのに、あえてそこに入り込もうとする人間も少なくない。

少女もそんなひとりなのかもしれない。

しかし、いずれにせよ、このまま放置しておくわけにもいかなかった。

「君には悪いけど、次の駅で一緒に降りてもらう。君がどこに行きたいのかは分からないが、ここは自由に振舞っていい場所じゃないんだ」

「おお、それっぽい喋り方だね。ホントに〈黒花〉《ブラック・ドライバー》の着装者みたい」

「みたいじゃなくて、そのとおりだ」

「ヒーローみたいにオレを守ってくれるんだ。悪いヤツがきたら倒してくれるの？」

「正当な理由があると、この都市が判断したのならね」

「あれ、いつでも着装できるわけじゃないの？」

「自由に使えるものじゃないんだ。僕に与えられた力というのは。過ちを犯せば、すぐに剥奪される」

都市の防衛機構を司《つかさど》る〈co-HAL〉は、乗に〈Sociarise＝A＋/Role＝hero〉という特権的な社会評価を与えている。基本的に都市内のあらゆる場所・施設への立ち入りを許可。役割によって立ち入ることが可能なエリアが定められているなかで、こうした行動範囲の広さは大きな「力」として認識されていた。

「広江乗」――それはかつて、この都市のどこにも存在しなかった人間の名前だ。

だから自分の個人情層はどこまでも真っ白だ。もし今この瞬間に犯罪更生者になったとしても、何も曝け出すものはないだろう。過去の自分が記してきた一五年分の足跡は、今の自分とは繋がっていない。あくまで別の人間として、今ここにいた。

だとすれば過去の自分の行動履歴は、更新されることもなく、都市の記憶領域の奥深くで誰にも見えなくなっているのだろうか。

乗は少女との会話を止めて、しばらく車窓越しの闇を見つめ、沈黙した。

やがて闇は去り、光が差し込んできた。

「地上に出たみたいだね」

少女が銀色の髪の毛先に夕暮れを含ませている。

暴力的なまでに明るいオレンジの光が、車窓の向こうからやってきた。

夕焼けを滲ませる東京湾と、逆光で真っ黒に染まった埋立地の建造物の群れに遭遇する。

まるで炎のなかに闇が揺らめくようだ。

列車は速度を緩めつつあり、それに応じるように乗の視界のなかで道標情層《ガイド・レイヤー》が下車を促し始め、わずかに遅れて指定停車駅である月島《ツキシマ》への到着を告げる列車アナウンスが聴こえた。

「それじゃ、一緒に降りてもらうよ」

「了──解っ！」

少女は元気よく頷き、手を額に当てた敬礼をしているつもりのようだった。

乗はドアへ向かう。少女は後ろからついてきている。念のために手を繋いだ。放っておいても困るのは、結局彼女だけかもしれず、責任も彼女自身にあるにせよ、それでどうなってもいいと思うわけもなかった。

すると、停車後の静寂に、老人の虚空への問いかけが再び滑り込んだ。

あんた、何やらかしたの、と。

もしも彼の問いに答えていたらどうなっていたのだろうか。

今更になってそんな考えが浮かんだが、それまでだった。風に乗り、風によって弾けるシャボン玉のように。選ばれなかった選択の結果が、見えるはずもなかった。

乗と少女は、駅のホームに降り立った。他に客の姿はない。

列車側とホーム側それぞれの扉が乗の背後で閉じ、列車は去っていく。地下独特の黴《かび》のような臭いがわずかに鼻についたが、階段を昇るころには気にならなくなっていた。

かつて港湾エリアは江東区と呼ばれており、この月島もいくつかの地下鉄の路線が交差する要所のひとつで名物は——。そんな記録が改札を出るときに、決済通知とともに表示され、駅名変更を巡る来歴が解説されかけたが、

「状態《ステータス》を任務遂行《アクション》に変更——」

そう呟くと、道標情層の矢印とステータス表示といった必要最小限の情報層以外は非表示になった。

途端に周囲が静かになったような気がした。実際には視界内の情報密度が低下しただけなのに、それ以上に物寂しい雰囲気を帯びていた。

乗と少女が地下改札から地上へと昇る間、誰一人として出くわさない。ただ、エスカレーターの駆動音がやけに大きく響くのみだった。二人の足音だけが、規則的なリズムに混じるノイズだった。

地上に出ても、無人の廃屋めいた静けさが留まり続けている。

車道には全自動操縦の電動《EE》トラックが行き来していたが、けして事故を起こさない滑らかな走行はCG映像のように現実感がなかった。このエリアは港湾区画といってもコンテナ港そのものからは離れているために、純粋に人間の数が少なかった。

多くの倉庫が林立しているが、〈ベース・エール〉などの都市内モールへ供給される商品を保管しているわけではない。都市で使い古され破棄され、運ばれていく廃棄物たちの終着点。ゴミ処理施設もこの付近に集中している。しかし厭な臭いはなかった。むしろ微かな潮風以外に匂いのない場所だった。

しばらく歩いていると海岸に出た。水深は深くなく、目を凝らさずともかつての道路や施設跡が水底となっているのが見えた。災害によって水没した場所のひとつだ。東京湾は昔よりも面積を拡げていた。

ここから先は埋め立て地がほとんどで、水没している地域も多かった。

しかし乗の目的地は、そのなかで水没していないが、辺鄙《へんぴ》な場所であることは変わらない位置にある。昔の名称は豊洲。現在はそういう固有名で呼ぶ人間は少なかった。

「――どこまで着いてくるつもりだ？」

「帰り道がこっちなんだよねー」

少女はつかず離れず乗の後ろを歩いている。

　駅を出た時点で自動運行のタクシーを手配し、実際黄色く丸っこいデザインのリース・タクシーがやってきたが少女は乗車を拒否した。必要ないとすたすた歩いていくから乗は追いかけるしかなかった。それから前後を入れ替えつつも、一緒に歩き続けていた。

　行き先は乗と同じ方向にあると少女は言ったが、それがいつまでも一緒であるとも思えなかった。ただでさえ人口密度が低いエリアに近づいており、観光地もなければ宿泊施設もない。このままだと最後まで連れていくことになるかもしれなかった。

　見渡す限り、誰もいない。周囲を走査《スキャン》しても、誰かが使い捨てた携帯端末の反応が水に沈んだ残骸のなかにあるだけだった。

「このあたりは君みたいな子どもには危ない場所だよ」

「大丈夫だって、賭けたっていいよ」

　ほんの少し前まで、あれほど多くの人間がひしめく場所にいたのに、今はそうではなかった。どこかで降りるべき駅を間違えて、廃墟と化したイーヘヴンに放り出されたような寂寥感を覚えた。

　だから耳許にそっと囁かれるような通信は、むしろほっとするものに聴こえた。

《誰だ、その子どもは？》

　渋く茶目っ気ある声が囁かれた。

　識別コードは【DT01】――隊長のダニエル・J・チカマツだった。

《彼女に隠れて密会する愛人にしては年齢差がありすぎるな……》
《美弥は彼女じゃなくて幼なじみで、家族ですよ》
乗は無線通信で答えた。
喉の震えのパターンを解析して、発声されるはずの内容を生成して相手に伝達する。普段の会話内容を常時録音してデータベースを更新しているため、その精度はほぼ口から紡がれることばに等しい。
まるでダニエルが実際に目の前にいて会話しているような気さえした。
発信者の個性が強調される傾向になるから、より脳裏に映像が浮かびやすいのだ。
《それに、一緒にいるのは保護した少女です。間違ってエリアに侵入したらしく同行させています》
少女のことについて正直には話さないことにした。
《なるほど、まあ分かった。オマエがそう言うなら、それでいい》
ダニエルがどういう意味で納得したのかをあえて問うことはしなかった。
《――どちらにせよ、延々と歩かせるのは紳士のすることじゃあないな》
すると背後から一台の車が近づいてきた。
このエリアに相応しいようなEEカーの静かな駆動音が緩まり、やがて歩道の傍の路肩に停車した。付与された情層には【送迎】と記されている。

《これはダニエル隊長が？》

《オレも今日は休暇だ。ドライブのつもりだったが都市内では走らせにくい。だから日光浴に変更した。これから食事《ディナー》の予定だ》ダニエルが無線通信に周囲の音を載せた。潮騒。

《その付近で人間が歩いていると自動で感知して駆けつけるそうだ。そこを歩く人間はおよそ目的が限られている。いずれにせよ、緊急性のある任務ではないが、文明の利器には頼っておけ》

そしてダニエルのことを親しげな口調で呼ぶ女性の声がしたところで、通信は終わった。

乗は少女を連れて、歩道から車道側に抜けた。乗たちの位置情報を感知して扉のロックが外れ、自動でドアが開く。運転席にも後部座席にも空白だけが乗車していた。

乗は前に、少女は後ろに。ともにシートベルトを着用するとEEカーは発進の許可を出した。乗はフロントパネルに表示された【発進】のアイコンに触れた。

そして車は走り出した。

海岸沿いを往く。やはり人間の姿はほとんど見かけず、対向車線からやってくる車もない。等間隔に並んだポールの影だけが、往来する人影のように現れては背後に消えていく。

「それにしてもイーヘヴン内は車を運転するのに不便だよね」

ふと、後部座席から少女が呟いた。

乗は運転席から少女のほうを振り向いた。ハンドルには一切、手を触れていない。

フロントガラスに表示される道標情層に従って、車のハンドルが自動で切られていた。イーヘヴン内では車輛の完全自動操縦が実現しているため、手放しで車を運転していても、見えない手に操られるようにハンドルは的確な動きをする。

市内では高架鉄道やリース・タクシーなど座っているだけで目的地へ送り届けてくれる交通手段が整備されている。

「目的地に、行きたいように行くことって今は難しいっしょ？」

つまりハンドルを自分で握り運転する人間にとって、イーヘヴンは決められた道順しか基本的に走行できないという、選択肢がひどく少ない都市だ。

気ままに運転するということを認めない。無駄を削ぎ落とした最短・最速といった一本の道すじが無数に交錯するなかで、自由奔放に動き回るものがあれば、たちまち美しいパターンが台無しになってしまうからだ。

「君と同じようなことを僕の隊長も言っていたよ」

「おにーさんは、どう？」

「僕は車にはそこまで興味がない」

「そりゃ〈黒花〉を使えるならそっちのほうがいいけどねー」

「あれは運転するものじゃなく、纏うものだよ。自分の身体の一部みたいに」

「なるほどねー」

そういって本当に納得したのか、少女は会話を打ち切ったので、乗も身体を前に戻す。

フロントガラスには道標情層だけではなく、各種の数値も表示されている。

速度や燃料電池の残量など。そのなかには走行距離も含まれていた。

桁を増やしていく数値の上には、逆に徐々にゲージを減らしていく砂時計型のアイコンがあった。推奨走行距離の残りがいくらであるかを示すものだ。

この砂時計が空になったところで買い換えられることが多いが、この車が役割を終えるにはまだ十分に時間があるようだった。

乗は、増える数字と減る色を視界に置きながら、その向こう側の景色を見通した。再び少女が話し始めた。今度は振り向かず、ただ聞いていることは示す素振りで対応した。

「たとえばここって廃棄されるものが集まる場所だよね。用済みになって捨てられて、そういうものが集まる場所——んで、そこからさらにどこか別のところに送られていく。そのさき何があるんだろうね。おにーさんは見たことがある？」

「さあ、どうだろうね」

「オレはないんだ。おにーさんは〈黒花〉の着装者だから、もしかしたら世界中を旅するなかで見たことがあるんじゃないかと思ったけど」

「僕が見てきたものは、少ないよ」

実のところ破壊された無人機たちが葬られる場所を訪れたことはあった。毒を含んだ煙が絶えず燻《くすぶ》り続ける焦土のような真っ黒な土地。しかし乗は、その光景について話すことはなかった。軍事機密を教えるべきでないし、語りたいとも思わなかった。

とはいえ、

「もしかしたら、新しい派遣先で訪れることがあるかもしれない」

「だとしたら教えて欲しいな。こう見えてオレってばイーヘヴン市を出たことがないから」

気休めに言ったつもりだったが、少女は嬉々とした笑みを浮かべながら層現を操作して、何らかのアプリを起動した。こちらが了承する間もなく、乗のアカウントが保有する連絡先一覧に強制的に少女の連絡先が登録される。

【ここに連絡4649】というふざけたアカウント名とアドレスだけが記載されていた。

「本来は周囲のアカウントに勝手に連絡先を送っちゃうウィルスプログラムなんだけどさ、こういう風に使うと楽なんだよねー。相手のアカウントを知らなくても送れるし」

「……こういうことばかりしていると社会評価値がまた下がるよ？」

乗は呆れたように言った。少女はまるで都市のルールを気にしていないようだった。

「まあ、オレってば有能だから社会評価値なんてすぐに戻しちゃうけどねー」

「随分と自信があるみたいだね」

「冷静に見た結果ってヤツかなー」少女は呟いた。「ホント適当にやっててもこの都市じゃ何とかなるみたいだしさ」

　鏡越しの少女の微笑みにちらりと視線を向け、再び前方へ戻すと、フロントガラスに目的地周辺に到達したことを告げる通知が表示された。

「やっぱり君を送り届けようか？　僕の任務はそう急ぐものではないようだから」

「何で？　もうすぐオレん家だよ？」

　少女は両手を頭の後ろで組んで、くつろいだ様子だった。居直るわけでも申し訳なさそうにするわけでもなく、むしろ、どうして分かってくれないのかと本気で不思議がるように。ついには後部座席のシートを倒して寝転がり、猫のように丸まった。

「……君の家？」

　一瞬、どういうことかと思ったが、それでやっと乗は少女の目的地を理解した。

　二人を乗せた車は、すでに海岸沿いの道路から海上に架けられた橋の上にいた。

　あまり幅に余裕のない鉄製の橋の上を往くEEカーの車体は、走行ルートを細かく調整しながら、どこか窮屈そうに駆け抜ける。古びて、しかし頑健な鉄橋を抜けて、乗はついに目的地に到着した。そして、そこは少女にとっての目的地でもあった。

　かつて豊洲と呼ばれていた埋立地は現在、まるごと私有地として買い取られ、ひとつの巨大な邸宅として住所登録されている。ルート案内を終了し、ナビゲートプログラムが別れの挨拶を告げた。

「家まで送ってくれてさんきゅー」少女は言った。「そしてようこそ。――イーヘヴンを統《す》べる大富豪のひとり。伊砂久《いすなひさ》の屋敷へ」

車外に出た乗に、少女はそう言った。両手を広げて深々とお辞儀をし、歓迎の礼とでもするかのように。

そして巨大な鉄扉が、わずかに軋《きし》んだような音を潮騒に混じらせた。

2

少女は乗を先導するように本邸の玄関扉を開けた。その家の住人が、いつも帰ってきたらそうするように。玄関を抜け、邸宅内に足を踏み入れたところで、どこからかスピーカーを通して聞こえた声は幼いものだった。

『ほんじつはごらいてん、まことにありがとうございます。もうすぐへいてんのおじかんです――』

無線通信などで用いられる合成音声ではなく、あくまで年齢どおりの子どもの声だった。

しかし、哀愁の音たちに重なると、その無邪気さがどこか奇妙な調べになった。

二千年の希望《ハテイクヴァ》を背負った物悲しい旋律が流れている。

離散と流浪を続けた人びとが彼の地へと帰ることを願う歌だ。

歌詞はなく、編曲されたメロディーだけが電子オルガンによって奏でられていた。透明人間でもいるかのように、鍵盤が独りでに弾かれている。そのくせ、機械制御ではない人間らしいムラが演奏には含まれていた。ふとした拍子の感情の高ぶりが見え隠れするようだった。

伊砂邸は、住居というには奇妙なかたちをしているが、その内装や設備そのものはイーヘヴン市においてはよく見られるものだ。

そこはショッピングモールだった。〈ベース・エール〉よりは小規模であるものの、間違いなかった。伊砂久は孤児院を運営していると聞いていたが、まさかこんな形態を取っているとは思わなかった。

巨万の富を築いた人間が慈善事業を行うのは珍しいことではないが、子どもたちにモールの消費活動のまねごとをさせている理由を推し量ることはできない。

伊砂邸の内部は、かつてのSCだった頃の様子がそのままに残されていた。

その意味では屋敷の主の懐古的《ノスタルジック》な趣味といえるかもしれなかったが、各所に入ったテナントで店員の扮装をしているのは、まだ幼い子どもたちばかりだった。一階・二階・三階の各フロアにいるのは、年齢こそ五歳程度から上は一五歳まで開きがあったが、あくまで子どもだけ。大人の姿は皆無だった。

女性向けファッション／男性向けファッション／アクセサリ／ドラッグストアがあり、玄関近くには人魚をモチーフにしたシンボルのコーヒーチェーンの店舗があった。

多分、海側に行けばフードコートもあるだろう。おそらく日々の生活を、消費を、ほとんどここだけで完結させることができる場所。

よく見ると、子どもたちは店員だけでなく、客の役割も演じているようだった。

服装もばらばらで、複合職場環境《オフィス・コンプレックス》に入っている多国籍企業のビジネスマンといったスーツ姿をした小学生くらいの少年がオープンテラスの席に座り、むつかしい顔をして腕を組んでいる。視線が左から右に動くのを見ると層現《レイヤード・リアリティ》でニュース記事でも読んでいるのかもしれない。その一方でスポーツウェアのような灰色のスウェットを上下に着た、乗より少し年下くらいの少年や少女が夫婦のように連れ立って、それぞれ小さな子どもの手を引いていた。

他にもグループを組んでショッピングを楽しんでいるようなふるまいをする一〇代前半頃の少年や少女たちの姿もある。

まったく不規則に役割が与えられているかのように、身長も体型も、年齢もバラバラな子どもたちが、伊砂邸を舞台に奇妙なパフォーマンスをしているような光景。

それぞれの体型に合わせて特別に発注したかのように、子どもたちのどの格好も大きすぎたり小さすぎたりということがない。テナントごとに扱う商品もままごとではなく、正規の商品が流通しているように見える。それに加えて屋敷のなかを観察していると、同じ背格好の子どもが何箇所かに映っていることに気づいた。記録された映像を投影し、層現内の光景を加算する。多分、孤児院で暮らす子どもは相当数いるだろうが、ショッピングモールにひしめくほどの莫大な人数ではないのだろう。

伊砂邸という舞台、そこに住む子どもたちという演者は、完璧にイーヘヴンのどこかで行われているであろう光景を再現していた。あまりの精緻さに、奇妙に遠近感の狂ったモールのように思えてくるほどだった。

「あの子たち、学校には？」

「通ってない子もいるね。最適な教育方法——認可さえ受ければ自宅で最初から最後まで勉強したって問題ないってヤツ」

「君もそうなのかい？」

「ばーちゃんはオレの自由にさせてくれたよ」

乗は理解したようにうなずいたが、この屋敷にいるのが全員この少女のようだったら困るなとも思った。

「それで、あの子たちは何をしているのかな？」

「テストだよ」少女は答えた。「成長段階で職業適性をテストしてるんだ」

「職業適性？」と乗は疑問をそのまま口にした。

少女はいつのまにか両手に紙コップを持っており、香ばしいコーヒーの匂いが一気に漂った。差し出されたひとつを手にとって口に含んだ。

奇妙な世界でコーヒーの熱さと苦味は実感としてもたらされた。

「イーヘヴンで使っている行動履歴の解析……何だっけアレ？」

「〈個　読《パーソナライズド・リーディング》〉」

イーヘヴン市における行動解析のかなめ――〈co-HAL〉による市民たちの行動への参照行為を意味する言葉。一五歳になり社会評価値を付与されるまでは恒常的な行動解析を受け――しかしこの時点では〈Un Face〉に適用されない――そこで得られた行動履歴からその後に最適な進路が提示されるようになる。ちょうど乗くらいの世代が、生まれたときからずっと行動履歴を収集されてきた最初の世代に当たる。

「そう、ソレ。それと同じやり方で普段の行動の履歴を解析しつつ、様々な職業を一定のスケジュールでテストしてるんだよね。ほら、みんなが着てる服――」

少女は屋敷内でそれぞれの役割を演じている子どもたちを指差した。何度も同じ説明を繰り返したように淀みのない口調で説明した。

「層　現《レイヤード・リアリティ》だとテナントごとの制服っぽく見えるけど、裸眼だと真っ白な服の上下なんだよ。情層の投影だね。ちょうど、おにーさんの〈描写　攪乱《サウザンド・フェイセズ》〉みたいに」

乗が伊砂邸に入ったとき、〈描写攪乱〉が再び起動していたが、周囲の人間たちから外形情報を引っ張ってくるのではなく、作戦行動時の標準姿形《ベーシック・フェイス》が投影されている。

程よく黒い髪に程よく白い肌の青年――それが、今の乗の姿だった。

〈描写攪乱〉のように視覚的な欺瞞だけではなく、イーヘヴン内における「広江乗という存在そのもの」の情報を暗号化処理しているのに比べれば、伊砂邸の内部に張り巡らされた層現の投影システムは、シンプルなものだが、その範囲と数はあまりに膨大だった。

屋敷内の各所に、層現を投影する機構が埋め込まれているのだ。互いに投影範囲を補う視覚効果によって舞台装置は完全に隠蔽されている。

屋敷内の延べ床面積約一六五〇〇㎡が適用範囲になっているのだから、人間ひとりをまるごと包み込む〈描写攪乱〉とはまた別種の途方もない情報処理が必要となる。必然、莫大な運用コストが発生しているはずだった。並外れた資産を持つ者でなければ実行不可能な道楽とさえいえた。

乗は投影される情報層の下がどのようになっているのか想像しようとしたが、上手くいかない。

そのときだった。

突如、少女の悲鳴が聞こえた。

直後に少年が飛び出してきた。エスカレーターのベルト部分を滑り落ちながら一階フロアまで一息に降りてきたが、勢いを殺せずに床を転がり蹲《うずくま》った。

かと思うと、すぐさま起き上がる。周りの子どもたちが何が起こったのかと怪訝《けげん》そうな視線で集まってくるのを掻き分けるように、少年は手に何かを摑んだまま一階フロアを駆け抜ける。眼差しは玄関へと向いていた。まるで、屋敷の外へと脱出を図るような猛進ぶりだった。あっという間に乗たちの前を通り過ぎていき、制止する間もなかった。

「これは――」

咄嗟に乗は何が起こったのか把握しようとした。そして、この屋敷の普段の様子をよく知っているであろう傍らの少女のほうを見た。

「おにーさんの言いたいことは分かるよ。とりあえず何もしなくても大丈夫」と少女は乗の問いに含みのある返答をした。「まあ見てなって」

そう少女に促され、乗はなおも逃走を続ける少年のほうを見つめた。

すると玄関近くの壁が、鋭いナイフで切り裂かれたように縦と横にそれぞれ線が入り、ドアが出現した。屋敷内に投影されている層現の、ひとつ下の位相にあるものが明らかになっていた。

そしてドアから量販ブランドのシャツにズボン、スニーカーという格好に小銃の模造品を提げた子どもの集団が現れた。装備だけなら民間保安企業の契約者と言えるだろうか、小さい体型でそうした扮装をされると、少年兵の一団に遭遇した気がして、乗は少しぎょっとした。

彼らは少年の前に立ち塞がり、瞬く間に拘束、壁際に引っ張っていく。少年は抵抗する素振りを見せたが、やがてゲームに負けたような残念そうな顔を浮かべると、一緒にドアを潜り壁のなかに消えていった。

制止する間もなく、子どもたちは消え去った。

乗はしばらく継《つ》ぎ接《は》ぎのすべてが消えた壁を見つめていたが、何も起こらない。

「どういうことなんだい、今のは」

乗はそっと呟いた。その理由を知っているはずの少女に向けられていた。

「テストだよ、これもね」

「それで犯罪の真似事かい？」

「現実にもまだ、そういうことって起こってるっしょ？　そうじゃなかったら、おにーさんはこの都市にいないはずだ」

「この屋敷の適性テストには、犯罪適性まで含まれているってことかな」

「幸運にも、今ここにその適性がある子どもはいないけどね」

「今後もそうあって欲しいね」

「まったく同意」少女はうなずいた。「それより、一通りのアトラクションが済んだから案内するよ。おにーさんが会うべきひとのもとに、ね」

「――伊砂氏か」

「そのとおり。あのひとなら、きっと乗の疑問にも答えてくれるんじゃないかな。いろんなことを知っているひとだからね」

真っ白い壁に面して吹き抜けになった大階段を昇り、一階から二階、二階から三階フロアへ導かれていく。設計の段階から客が自然とすべてのショップに眼を通せるようになっているために、多くの子どもたちに出迎えられた。

乗たちが前を通るたび、子どもたちは、仕事の素振りや買い物の演技を止めてお辞儀をしてきた。最初こそ微笑ましい気もしていたが、何度も何度も続いていくうちに、子どものかたちをしたからくり人形に見えてきた。それほどに彼らの動きは、決められたとおりの動作を繰り返しているようだった。

そう考えているうちに、乗は自らの疑問についていくらかは回答してくれるであろう相手の前に辿り着いた。

「ありがとう、リューサ。あとは私が案内します」

穏やかだが、よく通る声だった。その言葉で、やっと傍らの少女の名前を今まで聞いていなかったことに気づいた。

少女――**伊砂リューサ**は、その声に頷いた。

「それじゃ、オレはこのへんで。また、会おうね、おにーさん」

敬礼めいた仕草をして階段を駆け下りていく。

「──あなたの来訪を歓迎します。〈黒花《ブラックダリア》〉の着装者と逢えて光栄だわ」

階段を上がったところで、初老の女性が立っていた。

仕立てのいい褐色の婦人用スーツを着こなしており、短く整えられた髪は灰色がかっている。一見すると品のいい柔和な老婦人だったが、その瞳は、イーヘヴンの富を二分する大富豪に相応しい怜悧な知性を湛えていた。

彼女は乗が何かを言おうとするのに先んじて、握手を求めるように手を差し出した。

「私の名は伊砂、──伊砂久。この屋敷のあるじをしています」

†

乗が案内されたのは三階フロアにある飲食テナントのひとつだった。

展望が売りのレストランだったのか、室内の一面はすべてガラス張りになっており、通されたのも窓際の席だった。東京湾が見渡せる。すでに日は沈み夜を迎えていた。同じ湾岸地域でも人工海岸やリゾートホテル、カジノが並ぶ南西側と比べ、こちらの南東側は港湾エリアに含まれ煌びやかな装飾の類は少ない。しかし物資を満載した貨物船がコンテナ港でスケジュールに沿って積み荷を降ろし、あるいは載せるために稼働する光景は、都市を陰で支える舞台裏の夜景としてひっそりと輝いていた。

「ここではあらゆる仕事が当番になっているわ」

乗の疑問に答えるように伊砂は言った。

「私も例外ではなく、ちょうど今日が食事当番だったの。料理は好きなほうだけれど、段取りが下手なようで時間が随分とかかってしまうわ。残念ながら私は料理人の適性はないのでしょうね」

伊砂久はそう言いながら厨房スペースから料理の大皿を持ってテーブルへとやってきた。後ろにはウェイターの格好をした子どもたちがそれぞれ別の料理の皿を持ってついてきている。立ち上がって彼らを手伝おうとする乗を視線の動きで制止すると、伊砂は子どもたちとともに手際よく料理を並べ、白いクロスが敷かれたテーブルを瞬く間に食卓に変貌させた。

「――とはいえ、配膳の適性はそう悪くないかもしれないわね」と対面に座った伊砂は冗談めかして笑みを浮かべた。「では食事にしましょうか。あなたの来訪を歓迎して」

しかし、乗はすぐに口にすることはなかった。状況がまったく読めないなかで飲み食いができるほど呑気ではなかった。

「失礼ですが」乗は前置きした。「僕は都市の管理インターフェイス〈co-HAL〉から、あなたに逢うことを命じられ、ここを訪れました。指示内容はただそれだけ。教えていただきたい。なぜ、僕をここに呼んだのですか?」

曲がりなりにも都市防衛システムを司る〈co-HAL〉による出動命令として、ここにいた。もしも伊砂が単に〈黒花〉の着装者と食事を取るためだけに呼んだとしたら、〈co-HAL〉を介する理由がない。公式に要請すれば、それで事は済むはずだからだ。

オルタナティヴ・ハガナー社と都市防衛の業務に関して契約を結んでいるのは、都市内の民間保安業務を統括するイーヘヴン市警《EHPD》だが、実際の費用を負担しているのは二つの多国籍企業――ショッピングモールの運営と各種の娯楽産業に携わるキュレリック・エンタテイメントと、犯罪者更生業務の管理とインフラの保守点検を一手に引き受けている矯風産業だ。

そして目の前に座る女性――伊砂久は矯風産業の創業者であり、会長を務めていた。

「そうね……」伊砂は一向に食事に手をつけない乗を見ながら言った。「正確には私があなたを呼んだわけではないの」

「それは、どういう――」

「〈co-HAL〉にね。私が彼女に、ある問いをしたの」

「問い、とは?」

「――英雄はまた現れたのか」

伊砂は奇妙なことを口にした。

「……おっしゃっている意味が、よく分かりません」

「英雄は法の外を歩く者――」伊砂は呟く。「この孤児院で行われているテストのことはリューサから聞いたわね？」

「はい、職業適性を導き出すものである、と」

「それで概ね間違っていないわ。ただし、職業にかぎらず、社会においてどのような役割を担うようになるのかを調べています。しかし、なかには想定されたいかなる方向性にも当て嵌まらない場合もある。たとえば、そう――あなたが〈co-HAL〉から与えられた〈Role=hero〉というのは、本来であれば規格外の役割として設定されていたことはご存知？」

「いえ――、僕以外にも付与されているものと考えていました」

「実は、そうじゃないの。都市創成期において〈co-HAL〉による行動解析が用いられるようになった大きな要因のひとつとして、犯罪更生者への支援があった。もう二〇年ほど前のことになるわ。社会復帰の可能性を少しでも高めるために、その行動履歴から適性を導き出そうとしたわけ。でも、当時は今に比べて解析精度が低かったから、どれにも適性がない場合もあったの。――〝空白《ブランク》〟と呼んでいたわ、そうしたいずれにも属さない人間のことを。でも、〈co-HAL〉の正式稼動や履歴《データ》が蓄積《プール》されていくことで〝空白〟は消えていった……」

「ですが、今でもなくなっていない、ということですか」

「あなたが訪れたことで再び生じたというべきかしら。精度が飛躍的に上昇した現在ではありえない空白の〝役割《ロール》〟――〈Role=hero〉とはそういうものよ」

「初耳です」

「私も外からやってきたひとに話すのは初めてよ。ともかく、〈co-HAL〉が設定した〈Role=hero〉は、未だに解析が必要であることから、あらゆる行動を許可してしまうの。何者になるのか――それを解き明かすために」

「……僕は、認められたというより、試され続けているということですか？」

「そういうことになるわね。あなたにとって、本当に相応しい役割はいかなるものなのか。〈co-HAL〉は今もあなたの行動を通じて調べ続けている」

　この都市では誰もが役割を与えられる。相応しい仕事。相応しい立場――為すべきことが何なのか、誰もが自分は何者であるかを理解する。

　だが、乗はそうではなかった。

「広江乗」は恒常的にテストされ続けていた。

　言葉を発しようとして、それを言ったことで何が定義されるのだろうと思い、飲み込んだ。だが、それさえも行動だった。何もしないということさえ、ひとつの選択の結果として回収されるのだから。

今日、自分は何をしただろうか。

〈黒花〉の干渉能力を二度も行使したことは果たして正しかったのだろうか？

使うべきでないときに使ってはいなかったか。

犯罪更生者のエリアで、少女の正体を露見させたことは正しかったのか？

問いが膨らみ、不安へと容易に反転した。

これまで、あらゆる行為は認められたものだと思っていた。だが、そうではなく、試されているものだった。〈黒花〉の着装者は、都市においていかなる役割を果たし得るのか
――都市がそういうふうに問いかけてくる気がした。

「さっきは言い方を少し間違えていたかもしれないわね」伊砂は乗の動揺などまるで気づいていないように言った。「私は、〈co-HAL〉にこう尋ねたの。〈Role＝hero〉が復活したのかしらって。最近、都市内でその空白の役割が復活したという噂を耳にしたから」

「そうしたら、〈co-HAL〉は僕を呼んだ」

「まさしく」伊砂は頷いた。そうして話すべきことは話したというように顔を上げた。

「それじゃ、今度こそ食事を始めましょう。広江乗――いま、私が教えたことをあまり気にし過ぎてもいけないわ。だって、私があなたくらいの頃にも、同じようなものだったのだから」

「同じだった……」

「あなたが生まれる前から私は生きているということ。それこそ、今では常識になっている技術の多くは、ちょっと昔にはまだ生まれていなかったのよ」

そういって伊砂は料理に手をつけた。乗に食べ方の見本を示すように。

テーブルの器には豆を使ったディップのようなものが盛られていた。

フムス。ヒヨコ豆を使った中東エルサレム地域の郷土料理だ。乗もハガナー社の訓練キャンプにいた頃には馴染みの味だった。食品の来歴《トレーサビリティ》を示すため付与された情層には、今日の食事当番の子どもたちの故郷の味であること。第七次中東戦争の煽りを受けて彼らが、戦災孤児受け入れプログラムによってこの孤児院にやってきたことも追記されていた。

伊砂は手にしたピタにフムスをたっぷりと載せて、追加でさらにオリーブ油を垂らし、口に運んだ。

「おいしい」伊砂は素直な感想だけを告げた。そして同じものを再び作り、今度は乗に手渡した。「あなたも食べて。あの〈黒花〉の着装者、広江乗が来るからって子どもたちが張り切っていろいろなものを作ったのよ。どの料理も私の腕では到底およばない、素朴で素直な味をしているんだから」

伊砂は育ち盛りの子どもと食事をする母親のような顔をした。たくさん食べなさい、とでも言うように。

「……いただきます」

乗はしばし手渡されたものを見つめ、やがて口にした。味のひとつひとつを嚙みしめながら咀嚼《そしゃく》し、そして嚥下《えんげ》する。そうすることで膨れ上がった不安の空白が埋められていくような気がした。

次々と新たな料理が出された。小豆色をしたシチューのような南米料理や水餃子に似たものが入った東欧のスープ、デザートは生の無花果《いちじく》だった。それだけ、この孤児院には様々な出自の子どもがいるということだった。

食後しばらくして伊砂は乗を散歩に連れ出した。

といっても外に出るわけではない。元ＳＣを改造した本邸だけでもすべてを歩き回るにはけっこうな時間がかかる。

時刻はまだ九時前といったところだったが、伊砂邸のテナントたちはすでに店仕舞いしてがらんとしていた。まるで照明係でもいるかのように、乗と伊砂が歩くごとにエリアの電灯が点いては、離れるごとに消えていった。もうしばらくすると無人機による清掃作業が始まるという。

「知ってのとおり、私はイーヘヴン内における犯罪者更生業務の管理を委託されています」

「元々、その分野に明るかったのですか？」

「犯罪者だったとでも？」

「いえ、そういうわけでは……」

「ただの起業家に過ぎなかったわ。公共事業の尽《ことごと》くが民間に業務委託されるなかで、たまたま私は今の仕事を与えられたの。ただ、それがあまりに大きく成長したというだけなのよ」

「犯罪更生者支援業務は、それほど儲かるのですか？」乗は思わず訊いていた。乗がこの都市で暮らしていた頃、矯風産業の名前は知っていてもその業態については、モール事業で表立って活躍するキュレリック社に比べて知らないことが多かった。「孤児院の運営は、慈善事業と聞いていますが……」

〈ベース・エール〉などに比べればはるかに小規模とはいえ、ショッピングモールまるごとひとつ運営しつつさらに大勢の孤児たちを養うには、途方もない経費がかかる。

「これは慈善事業ではないわ。言ってしまえば、子どもたちと企業との間で行われる取引を仲介しているだけ」伊砂は至極まじめな顔をしてそう答えた。「この孤児院に入っているのは、層現の投影によってそれらしい見た目をしているだけじゃなくて、実際に各企業が正式に出店しているテナントなのよ」

　伊砂が視界を上下に動かした。

　彼女の層現にはそのリストが浮かんでいるらしい。

かと思うと、乗の層現にもそれが浮かんだ。視界設定を共有したのだ。

「犯罪更生者支援業務には、刑期を果たした後の社会復帰支援も含まれるわ」

具体的には犯罪更生者の行動履歴から導き出《パーソナライズ》される個人情報を企業に提供するとともに就職を斡旋する——乗の視界に、大まかなワークフローが図式化されて表示される。細かい用語の意味については分かりかねたが、単に企業へ犯罪更生者のデータを渡すのではなく、企業と犯罪更生者との間を取り持つことが業務の大部分を占めているようだった。行動履歴の解析そのものは〈co-HAL〉が行ってはいるが、人間同士のやり取りには、やはり人間が求められるのだろうか。

「どうにも人間は、途中で人間が介在しなければ不安になるみたいね。とはいえ、それで私は今の事業ができているのだから文句は言えないけれど……」

ひとを繋ぐにはやはり人間が必要なのだ——と伊砂は言った。

「犯罪更生者たちに立ちはだかる高い障壁は、実のところ彼らだけではなく孤児たちにとっても共通の問題なのよ。つまり、そのままでは社会に組み込まれない人びと……」

伊砂は誰もいなくなったテナントのひとつを見やった。

「あの子たちは今でこそ多くのものに守られて生きている。しかし、いずれは自らの手で自らを守っていかなければならない。楽園を出て自らの足で歩き、自らの手で土を耕し、自らの生活の糧を得ていくには、立ちはだかる壁はあまりに多い……。そこでわずかばかりの手助けをすることは施し過ぎだと思うかしら？」

「いいえ……そうは思いません」

乗は層現内のリストを見た。子どもたちへ開かれた扉が羅列されていた。

ざっと眼を通しただけでも〈ベース・エール〉に出店している企業の名前がいくつも確認できた。ここで蓄積されていく子どもたちの行動履歴は、ある種の適性値として算出され、スポンサーである各企業に送信されている。それを元に適性の高い子どもが卒院と同時に雇用されるケースもある――そうした説明が付記されていた。

「だとすると、さきほどの窃盗まがいの騒動も――」

「さっきの一騒動は、耐久試験《ストレステスト》のひとつよ。ここは施設ひとつで都市を再現する場所でもあるから。ごく稀になりつつあるとはいえ、イーヘヴンでも犯罪が消滅したわけではないでしょう？」

「はい、だからこそ僕のような存在が受け入れられています」

ハガナー社の契約者として、第七次中東戦争以降に世界中にばら撒かれた負の遺産たちを追撃し対処する。それを主任務とする自分たちがこのイーヘヴンという世界有数の商業特化都市に派遣された理由。

ほんのわずかな可能性とはいえ、一か月前のような緊急事態が起きることもある。そこにこそ自分たちの役割があるのだろう。

「――不測の事態に対してどのような行動を取るか。無意識の選択の糸を織り合わせていけばひとつのパターンになる。そしてそれが、子どもたちにとって最適の未来へと導くアリアドネの糸になるとよいのだけれど……、心配性も過ぎるということかもしれないわね」

これまでに幾度となく、糸がぷつりと切れていく光景を見てきたような調子だった。

「犯罪更生者支援業務を突き詰めれば、役割を失って誰でもない誰かになった者に再び役割を与え、誰かにすること――」

それはまるで自分に向けられたことばのように感じられた。〈Role＝hero〉であり続けることは、試され続けることを意味しているのだから。

「この絵をあなたに見せたかった」

そう伊砂は言った。けっこうな距離を歩いたはずだが、疲れた様子もない。歩きついた先は最初に伊砂が待っていた吹き抜けの大階段だった。

真っ白だった壁には一枚の巨大な絵が掲げられている。

青い絵画だった。

目の前にあるだけで吸い寄せられるような神秘さを湛えていて、同時に否応ない不吉さがこちらの視線を捉えて離さない。南国の人びとが描かれている。左側には老女がうな垂れていて、右側には赤ん坊が横たわっている。画面下の一組の少女はこの絵のなかで特に強く不吉さを孕《はら》んでいるようだった。中心で両腕を天に伸ばす女性は何者か。そして、彼女たちの背後に立つ青い神像は、まるでこちらを見定めているかのように強く、在った。

美しいが、どこか恐ろしくもなる絵画だった。

投影された複製画だというのに、乗はその異様さにしばし圧倒された。

この孤児院に隙間なく敷き詰められた層現――この絵画もそのひとつだった。どこか不穏な青の色彩も陰影も、手で触れれば細やかな感触を寄こすだろう――。そう錯覚させられるほどに見事な虚飾《トリック》だった。

「……われらいずこより来たり、われらは何者か、われらいずこへ去るのか」

まるで彼女自身の問いかけであるかのように、伊砂は言った。

それが絵画の名前だった。

「この絵はゴーギャンの後期に属し、最も重要な作品といわれているわ。そして、遺書に代わるものでもあったわ」

「遺書？」

ますます不吉な色を目の前の絵画が帯びようとしていた。そして、それを自分に見せようという伊砂の意図も測りかねた。

「彼はフランスで名声を得ながらもすべてを捨てて旅立った。ブルターニュの素朴さよりもさらなる未開の地、遠い南の島に楽園を求めたけれど、そこはすでに楽園ではなかったの。西洋文明が暴力的に浸透していた。つまり、タヒチとて彼が欲した心象風景をもたらしてくれたわけではなかった……」

この絵を描いたとき――と、伊砂はまるで自らのことであるかのように語り始めた。彼は絶望の淵にいた。病苦と深い幻滅に悩まされ続けていた。楽園は楽園ではなく、最愛の娘も死んだ。愛しいものがいっぺんに失われる――その絶望のなかで描かれたがゆえに計り知れない壮大さを宿していた。そしていずこかへ去ろうとする人間の紛れもない寂寥が満ちていた。

「この絵画を観るたびに、私は絶望のなかでこそ偉大なものは生まれると感じられる。それはとても悲しいけれど、そう思うことで再び立ち上がる意志が湧いてくる」

伊砂もまた愛しい誰かを失ったのだろうか。イーヘヴンの創成に関わっていたというなら、当然、災害にも遭遇しているはずだった。

「そして同時にこうも思うの――」伊砂は目を細めた。「私たちが何処から来たのか。私たちは何者なのか。そして、私たちは何処へ向かうのか――イーヘヴンは、機械の女神にそういう問いを与え、答えを求め続けている」

「その答えは出たのでしょうか？」

二〇年――その歳月を経てイーヘヴンは廃墟ではなく東の楽園と称されるようになって

いる。

「まだ問い掛けられたままね」伊砂は首を振り、そして乗を見た。「貴方がいることが、そのあかしのひとつ。でも、貴方が何者か分かったとき都市はまた一歩、前に進む。そうやってここまで進んできた」

何もない荒野でも、誰かが歩いて足跡を残せば、そこはやがて道になるように。

「この都市は新たな人間が訪れることを歓迎し続ける」

いや、本当はそうではないのだ――と、乗は思った。

今の自分は、誰でもない誰かかもしれない。

広江乗はそうだ。しかし、かつてこの都市に自分はいた。

違う名前の、違う人間として。

「かつて……、僕はこの都市にいました」

まるで告解するような乗のことばに、伊砂は少し困惑したように眉根を詰めた。

「でも、あなたは――」

「新たに与えられたんです。広江乗という名前は、僕がこの都市を去るときに名乗り始めました。そしていま、その名を持つ人間としてこの都市に生きることを許可されています」

「アカウントの再交付ということ？　そんな、どうして……」

信じられないものを見たという驚きが伊砂の顔に拡がった。

事実そのとおりだった。ひとりの人間をまるごと書き換えるような事態は、ほとんど起きるわけがないからだ。イーヘヴンにおいて過ちを犯しても、再び這い上がる機会は与えられる。善であろうと悪であろうと都市において意味ある人間はけして拒まれない。

だが、そうでない人間がいないわけではなかった。

「かつての僕は、追放されました」

「まさか……」

イーヘヴンの社会評価《ソーシャライズ》は基本的に三段階とされている。だが、時にはそのいずれにも属さないものも存在している。ちょうど〈Role＝hero〉という空白の役割があるように。しかし、これは空白ではなく、より切迫したものだった。

追放《エグザイル》を意味するとされる〈Sociarise＝E〉。

イーヘヴン内で日常生活を送ることも、特別に活躍することも、犯罪更生業務に就くことも、ましてや危険視され監視される存在ですらない。都市で存在することそのものが認められない、苛烈な処分が下される社会評価。

「それは、三年前のことかしら……」

都市の要職といっていい立場にある伊砂は、その前代未聞の事態を覚えているのだろう。恐る恐る確認するように訊いてきた。

「はい、そして僕は……、この都市《まち》を出ました」

静かに頷く乗を見て、伊砂は蒼白になった顔を必死で元に戻そうとしていた。

無理もない、と乗は思った。

どれほどの重罪を犯せばそうなるのか——知らないからこそ、恐怖はより強まる。それでもこの都市のシステムに深く関わっている人間にとって、乗にかつて与えられた処分がどれほどの重みによって執行されたのかは十分に理解されているはずだった。

だが。

「だとしたら、なぜ、貴方は帰ってきてしまったの……」

伊砂は、ひどく苦しみに満ちた声と表情を隠さずに言った。恐れるのではなく、憐れむように。刻まれた皺たちが無数の癒えない傷痕のように見えた。痛みが伝播してくる——それをもたらしているのが自分だ、と思わされる。もしかしたら、この女性は自分がこの都市を追放された理由を知っているのだろうか。

だが、口から漏れ出たのは、質問ではなく否定のことばだった。

「帰ってきてなど、いません」

今もきっと自分は放浪を続けている。

帰ってきたという実感はまるでなかった。

立ち寄ったという感覚。それはひどく悲しみを帯びていた。

それが多分、美弥の許に本当の意味で帰ることができていない理由だった。

自分にはいくつもの、自分でも分からない傷痕が、罪悪が宿り続けているからだ。

そのとき突如、目の前に美弥の姿が浮かんだ。

三年前の記憶——この都市で覚えている限り最後に目にしたのは、美弥だった。しかしそれは笑顔ではなかった。悲しみに暮れる顔だった。

なぜ、帰らないのか——なぜ、帰ってきたのか。

そのどちらの問いにも、今は答えるすべがなかった。

なぜ、自分が今ここにいるのか。

そもそも自分は何者なのか。

広江乗——お前は何者だ。自分でさえ、それが分からなくなるときがある。

三年前にこの都市を、この国を離れて、それからずっと世界各地を放浪するように転戦し続けてきた。それがずっと続くと思っていたのに。この都市にいなければ、広江乗という名前を名乗っている限り、その場所で自分が誰なのかを理解することができた。

なのに、突如としてイーヘヴンへの派遣が決まった。

自分が必要とされるとは、とても思えないような楽園に——かつての存在すら抹消された都市で、新たな役割を与えられた。

そしていまも、その役割に相応しい行動が促されようとしていた。

【召集】


視界の中央に黄と黒の文字情層が浮かび上がった。作戦行動に不要なあらゆる情層が取り除かれ、その黄色――即応が必要／現場へ急行／作戦開始まで装備完了状態で待機せよ、という〈co-HAL〉からのメッセージが届けられた。

《すまないジョウ》――DT01＝ダニエルからの無線通信。《〈黒花〉の出動が必要になるかもしれん。すぐに合流してくれ》

《了解》――短くそう返して、今度は自らの声を出した。

「申し訳ありません」

「構いません、往きなさい」

もはや伊砂の顔に悲しみの色は浮かんでいなかった。

言うべき瞬間《とき》に言うべきことを告げる冷静な声色だった。

「貴方を欲する者がいるなら往きなさい。かつて、貴方が誰であったとしても、いま、貴方は誰かの助けに応える誰かであるべきよ」

了解。そう告げて立ち去る。

このひとには訊くべきことがある。

しかしそれは今ではない。

何者であるかを試され続けるというなら、為すべきことを今は為すべきだった。

〈描写攪乱《サウザンド・フェイセズ》〉が、自分を誰でもない誰か――〈黒花〉の着装者＝広江乗へと変貌させ続ける限り、機械仕掛けの女神は、新たな任務を自分に下し続ける。それがいま、現在進行形で起こっている事態だった。

3

あなたのことなら何でも知っていると思っていた――。

もちろん、そんなことは口にしなかったし、本気でそう思っていたわけでもなかった。この半年間で自分にとって誰より親しい相手になったとしても、知らないことはいくらでもあった。

だから今、こうして自分が知らなかった彼女の過去の一部に触れながら、相談を受けるだなんて――少女、識常末那にとって思ってもみないことだった。

日も暮れた春の夜――少女二人は、イーヘヴン市の郊外は北東部に位置するタワー跡地にいた。位置情報によると押上《オシアゲ》という地名が記されていたが、その名前を呼ぶ者はもはやいない。タワーの正式名称についても同じだった。

ただ展望台と呼ばれていた。それもイーヘヴン市中央の〈ミハシラ〉に比べると低く、辺鄙な場所にある寂れた展望台。利用者は、その過疎具合が秘密の相談事をするにはちょうどよいことを知っている末那と、彼女に連れられてきた美弥以外に皆無だった。

イーヘヴン市の夜景には光の数だけ闇があった。しかし都市を分断する無数の運河の闇を乗り越えるようにヒトの流れは都市の流れとなって煌めいている。瞬く光たちが集合し、あるいは離散して絶え間なく移動している。

実のところ高架鉄道の無秩序に張り巡らされたような路線は、この都市内の川の上を多く通っている。だから今も、都市を細かくカッティングする闇の線に大粒の光が行き交っている。高架鉄道――あの事故以来、少し利用を控えている交通機関だ。

実際、ここに来るには自動操縦のリース・タクシーを使っていた。

〈ベース・エール〉において案内役《アテンド》の仕事をこの四月から務めるようになった末那にメッセージが届いたのは、夕方の休憩時だった。

そこからの動きは素早かった。末那は仕事を定時きっかりに切り上げることにして、美弥と会うことを選んだ。新人だから学ぶことは多かったが、こと〈ベース・エール〉の案内においては下手なベテランよりも豊富な知識を持ち、いつも真面目に仕事に取り組んでいた末那のことを止める同僚はいなかった。むしろ背中を押すくらいだった。

末那が待ち合わせ場所の〈ベース・エール〉の玄関ホールに駆けつけると、美弥は何だかいろいろなことを話したそうな顔をしていたから、もう少し落ち着いて話が聞ける場所がいいだろうと末那は考えた。

そして自動操縦のリース・タクシーを呼び出し、この場所——寂れた展望台を訪れていた。それからしばらくはお互いの近況について話した。それぞれ新しい場所と役割を得たことで忙しかったから、それについて話すだけでもけっこうな時間が過ぎた。

そして、一通り話して休憩するようにイーヘヴン市の夜景を眺めていると、

「ごめんね、いきなり呼び出したのに——」

美弥が新たな話題を始めようとするように呟いた。

「あやまらないでよ。親友を助けない親友はいないわ」

「うん、ありがと」

美弥は笑い、末那も笑みを浮かべようとしたが、何だかうまくいかなかった。元々、表情の変化が少ないことは自覚していた。感情を表に出すことは苦手だった。ちょうど正反対だった。美弥は自分と違って感情が素直に顔に出る。

だから、いつもどおりの笑みに含まれる寂しさのようなものに末那は気づいていた。

相談とは一体何だろうか？

とはいえ、どんな内容であれ立ち聞きする人間はひとりとしていなかった。

末那と美弥がいるピサの斜塔をより一層傾けたような鉄塔の展望台はひっそりとしている。都市の郊外——中間地帯には災禍保存地域と呼ばれるエリアがある。二〇二一年に首

都を葬り去った災害。その復興計画として推進されたもののうち、縮小・高密度な特区として都市を再生させるイーヘヴン市のプランとは別に、被災地域の一部を保存し、観光資源として後世に語り継ぐというプランがあった。

層現《レイヤード・リアリティ》を当時の状況を再現するために利用する。

末那たちがいる鉄塔も傾きは本当だが、極度に折れ曲がった先端部分や捻れた基礎部分というのは層現によって再現されたものだ。実際は、観光地として安全に訪れることが可能な補強や修繕が行われている。

とはいえ、それも今では最低限の保持以外は行われなくなっている。成功を収めたイーヘヴン市と違って、郊外の災禍保存地域は年々、観光客が減っていた。初めてここを訪れる人びとは感慨深げな顔をして帰っていくが、再訪は稀だったからだ。

それが明暗の分かれ目だった。再訪と継続利用率。その差がイーヘヴン市街に光を集め、都市郊外には暗闇をもたらしていた。

しかしその過疎具合が今の自分たちにとっては最適なものだった。

末那にとってここは、以前、父親と一緒に何度も訪れた場所だ。

あれが都市。わたしたちが暮らし、生きている場所——そういう風に父は幼い自分によく言ったものだった。繰り返し呟いていた言葉の意味は何だったのだろうか。

今では答えを知ることのできない問いのひとつだ、と末那は思った。

だから今は答えの返ってくる問いをしよう。

「ところで美弥、相談って何？」

「実はね、今日、乗と会ったんだ」

「乗……」末那はその名前を口にした。時おり話に上ることはあった。三年前まで家族同然に暮らしていた少年。「もしかして美弥の幼なじみの男の子？」

「そう」と美弥はうなずく。「乗は、広江乗なんだよ」

「〈黒花《ブラックダリア》〉の着装者――」

本当はそれ教えちゃいけなかったんだけどね、という美弥。末那は少なからずその事実に驚いたが、それを表情には出さなかった。

「その彼が、どうしたの？」

「うーんと、その別に何かあったわけじゃないんだ」

美弥は都市の夜景を見つめたまま、呟きを連ねるように言葉を重ねた。今日、〈ベース・エール〉で乗と会った。話をして買い物をして、そして任務といって彼は去った。聞く限り問題が起こったようでもなかった。

「ただ、分からないことがあるんだよね……。三年前のことなんだけどさ、乗はひどい大怪我したの。列車の横転事故、覚えてる？」

「……ええ」

末那にとっても、別の意味で忘れるはずがない出来事だった。あの事故では横転した列車の乗客で多くの負傷者が出た。広江乗――彼もそのひとりだったのだろう。

「――それからすぐに乗はいなくなった」

「失踪？」

「ううん、その……、都市を出ないといけなくなったの」

美弥は少し言葉に詰まったが末那は追及しなかった。

「でも今はあなたのもとに帰ってきた」

「ある意味では……、そうなんだけど」美弥はまた口ごもった。「もう、よくわかんないんだよね……。どうして帰ってこないのかなぁ……乗ってばさ」

「それはつまり、家に帰ってこないの？」

「別に住む場所があるから。――あと、やり残したことがあるから、まだ帰れない」

「なるほどね……」と末那は頷いた。

視線を変えて、イーヘヴンの夜景を見る美弥のまなざしに倣った。層現が利用できず視界を共有していないとしても、今は同じものを見ているはずだ。

やり残したこと――、末那からすると黒い強化外骨格で全身を覆った姿しか見ていないからどうにも想像できないが、中身が人間であるからには悩みもあって、放っておけない何かがあるのだろう。

それは何だろうか？

聞く限りでは、広江乗にとって美弥はもっとも心を許している相手のようだった。その美弥にすら教えられないことがある。あるいは、だからこそ教えたくないのか――。

「……帰ってきて欲しい？」

末那はそっと問いかけを口にした。

「……帰ってきて欲しい」

美弥はそっと答えを口にした。とても素直で、心の底からそう願っているのがありありと伝わってきた。なぜだか、末那の胸が疼いた。

「でも、彼はきっとそのやり残したことがある限り、帰ってこない」

「うん」

うなずく美弥の表情を、末那はどうしてか見ることができなかった。ふと思う。同じものを見ているとき、お互いは見えていないのだ、と。

「どうすればいいんだろ……」

美弥の呟きはこの都市においてほとんど聞かれなくなった問いかけだった。行動履歴解析によって相応しい言葉であったり行動であったりが指し示されるこの都市で、誰にでも助言を与えるはずの電子の女神は、無慈悲にも沈黙したままだった。

こんなとき、どう答えたらいいのだろうか。末那の積層視界もまた暗闇と沈黙に満たされている。都市ははるか遠くに輝いていた。

しばらくお互い無言のままでいた。

それからふいに、いつも思いついたことを口にするように美弥は言った。

「――乗のことを改めて知らないといけない。何かね……隠してるみたいなんだ。きっと何かがあって、それが今でも続いてる」

「そう……」とだけ末那は返した。

こうしろとか、ああしろとか的確な答えというのは浮かばなかった。それほど漠然としていた。しかし切実な問いであることは分かっていた。どうすればいいんだろう、その問いは問いのまま木霊していた。

「知られたくなくたって知りたい。あたしは、それでも乗に近づきたい。あのときした後悔は、もうしたくない」

かつて美弥と彼の間に何があったのか、末那は何も知らなかった。ただそれが、確かに今も影響し合っていることは察せられた。

「手伝うわ」

ようやく末那はそれだけ言った。視線は向けずに手を迷子のように彷徨わせた。すると美弥の手に触れるのを感じた。握り返された――そこにはいつもどおりの力強さが少しばかり取り戻されたようだった。

「ありがと」

美弥の声が聞こえた。その顔を今は見ないことにした。

手を繋いだ自分たちの影は、今、どんなかたちをしているのだろう。

002 Engage

夜の帳《とばり》。春先の冷気に指先を遊ばせて、青年は真っ白な外套《トレンチコート》の前を留めた。

新羽田国際空港――通称〝新羽《ニィバネ》〟のタクシープールは閑散としている。ダラス・フォートワース空港発の最終便。イーヘヴン南方の海上に建造された玄関口に降り立った乗客たちが、リアルタイムで把握される位置情報に応じて到着した無人タクシーに乗って、各々が指定したホテルへと向かった後だからだ。

そのなかで青年は置いてけぼりにされたように、あるいは海の向こうの都市をじっと見つめるように佇んでいた。

しばらくして、青年は軽く身震いをした。完全に密閉された施設内に比べ、春の夜の海風は、遠く水平線の向こうの冷たさを孕んでいる。凍えるほどではないが平気でもなかった。予想外の寒さを凌ぐもう一枚の外皮《コート》が必要だった。

襟を立てて顔のほとんどを隠した青年は、サングラスを外しながら告げた。

「〈描写攪乱《ハンドレッド・フェイセズ》〉」

するとわずかに覗いていた頬の無精ひげや荒く束ねられたくすんだ金髪の尾が空気に溶け込むように消えていき、代わりに隙なく整えられた金髪を風に流した白人そのものといった相貌《フェイス》へ描写が切り替わった。

確認《チェック》。肌は違和感が出るすれすれの白さ、滑らかさを帯びる。

本来在るべき顔の歪みたちが消えていく。髭の剃り跡も眉毛のかたちの違いも、黒子やしみなど、鏡を前に自分をじっと見つめていると気づく顔面《カンバス》に多く刻まれていたものたち。その一切合財が検知・修正されていく。

調整《アジャスト》。あらゆる歪みが覆い隠される。まるで陶磁器のような質感という設定。〈描写攪乱〉は使い方を誤ると人間でない何者かを描き出してしまう。普及版の場合は描写支援《サポート》を期待できないため、設定のさじ加減は使用者の勘によってしまうところが大きい。もっとも簡便かつ完璧ともいえる修正方針とは、元の顔の延長線上を心掛けることだ。

結果はまもなく訪れた。

「……少しやり過ぎたかもしれませんが、まあ、いいでしょう」

ひとまず納得の頷きをする冴え冴えたる美貌の青年が出現した。

〈描写攪乱〉の設定＝〝原型の長所を延ばし、短所は覆い隠す〟。

なまじ非現実的な容姿になるよりも、可能な限り気を使っていればここまで至ることができるのだ、と自らの怠惰を叱責されているようだった。他ならぬ自分自身によって。

苦笑を浮かべるだけでも、どこかサマになる姿。まるで道化《クラウン》の微笑み。そうすることで自らが何者であるかを反芻し、やや誇張気味の仕草と演技を心掛けることにした。

そのときタクシープールへ一台の車が滑り込んできた。先ほどまで大量に停車していた無人タクシーとは異なる赤いスポーツタイプの車だ。

《楽園へよく来たな《ウエルカム》》

車体前面の閃光《フロントライト》の拍動めいた点滅が、撮影開始を告げるように青年を照らした。

その眩しさに眼をすがめながら、青年はそれが迎えの合図であることを理解した。

目の前に停まったのは、真っ赤な旧未来的《レトロフューチャー》デザインの異様に車高の低いガソリン車。獰猛な駆動音は、主人がやっと到着して喜ぶ獣のようだった。

元になった車は五台しか製作されなかったトイカーだという。その復刻版が目の前にあったが、どのような改造が施されているのか。それを知っているのは運転手《ドライバー》だけだった。

遮光《ブラインド》されたフロントガラスの透過率が変化し、ハンドルを握る短髪巨軀の男が姿を現す。顔には笑みが浮かんでいたが、落ち窪んで影に縁取られた双眸は底のない深淵に宿る怪物の眼のように無機質だった。青年を捉えて離さない眼差し、そして訊いた。

《ひとまず疲れを癒すか、それとも再会を求めるか——、どちらが欲しい？》

「まずは何より再会です」

　青年は足元に置かれていた鋼鉄製のケースを手に取り歩き出した。旅行カバンというには巨大すぎる棺めいたケース。

　何もかもが真っ白く珍妙とさえ言われかねない格好を、持ち前の美貌でねじ伏せる俳優のごとき堂々とした動作だった。

《そりゃあいい》男が後部座席のドア／トランクの施錠《ロック》をそれぞれ解除した。《まったくお前さんらしい素直で一途な答えだ》

　どうも、と青年は返事しながら鋼鉄製のケースをトランクに押し込む。

　内部から補助アームが展開し、青年の手から受け取ったが、軋む音がその重量を物語っていた。棺を箱に閉じ込めると、青年は後ろの座席に身体を滑り込ませた。

　巨軀の男は振り返らずフロントスクリーンに表示される数値を見た。

「こりゃ後ろに重量が偏り過ぎだな。追跡《チェイス》には不利になるぞ？　追うにせよ、追われるにせよ」

「巻き添え《コラテラル・ダメージ》の発生について、契約時に伝えませんでしたか？」

「細かい説明など読むわけないだろう」巨軀の男は運転用《ドライブ》の革手袋《グローブ》を握り締める。「お前さんといると騒動に確実に巻き込まれる。分かっているのはそれだけだ」

「変わっていませんね、あなたは」

「誰も、いつまで経っても変わりゃしないさ。意識の上では別の誰かになったつもりでも、その下にいるのは、いつだって変わらないお前自身さ」

「〈描写攪乱〉では不十分ですか？」

「俺はお前さんをよおく知っている」

「もうかれこれ三年ですか」

「それこそ、長く相棒《バディ》を組んだみたいにな。どうやっても隠すことなんざできやしない」

「なら安心だ」

「だろうな」巨軀の男が逞しい脚でアクセルを踏んだ。

跳ねるように車が走り出す。手動運転《マニュアル》。フロントガラスに表示される免許証――無事故・無違反――完璧な送迎のあかしを掲げているわりに、男のハンドル捌きは粗雑で、しかし的確だった。いかに鞭を打つべきかよく心得ていた。

「正式なものですか、それは」後部座席でくつろぎながら青年が問い掛ける。

「あと少しの間はな。だが、もうすぐ意味を失う」

速度が増し、下降する道すじにテールライトの残光。頭上に都市へと向かう高架鉄道の軌道《レイル》。空からの玄関口と都市を結ぶ二層の橋。その下部を猛スピードで駆け抜け、あっという間に今日の最終列車を抜き去った。

自動運転では許可されない速度。たとえ手動運転であってもネットワーク接続により自動運転に切り替えられ、強制的に減速を強いられるものだ。

だが、その信号を受け取るための装置など、元から一切搭載していない。

車は、暴走に等しい速度域で、都市の地下高速道へ続く入り口に突入した。

違法改造車輛の接近を感知して下がってきたバーを突き破り、交通管制システム側の電子的干渉も跳ね除けて、荒馬めいて都市に押し入った。

巨軀の男が吹いた口笛は馬の嘶《いなな》きに似ていた。

そして、とても愉しげに、

「進め《ガンホー》！　進め《ガンホー》！」

声を張り上げながら、一層アクセルを強く踏み込んだ。

1

都市南方の国際空港と市街地のちょうど中間位置の湾上に埋め立てられた三　三　区《ゲーテッド・セツルメント》は、都市内の多国籍企業に勤務する従業員やその家族たちが多く暮らす外国人居留地だ。

そこにはオルタナティヴ・ハガナー社の契約者に宛がわれた住居もある。

乗と同じく休暇中だったD　T《ダークツーリスト》小隊の隊長――ダニエル・J・チカマツは、突然の呼び出しを受け、セミ・フォーマルな淡い灰色のスーツのまま指定ポイントへ向けて車を走らせていた。黒のスポーツタイプ。三三区とイーヘヴン市街を繋ぐ高架道路を制限速度目いっぱいに設定し走破。市街地側のＩＣで一般道へと降りるなり、ダニエルはフロントパネルを操作して手動操縦に切り替え、ハンドルを握り締めるとアクセルを踏んだ。

　そうしなければ減速するか、停止するだけの選択肢しかなかった。

　現在、都市南西エリア一帯の地上一般道において、自動運転システムの速度設定は徐行速度か路肩への一時停止に変更されており、高速度域で走行するのはダニエルの車だけだった。

　家族向けのスポーツワゴンやセダンタイプはほとんど一時停止を選択している。何かスポーツ中継でも見るように、路肩に停めた車内でフロントガラスに表示された映像情報層《ムービー・レイヤー》を眺めていた。一方で物資を輸送する大型トラックたちは、徐行速度のまま高架線路の基部まで移動し、到着した貨物列車から展開したロボットアームに背負った貨物コンテナを託しては、身軽になってその場を去っていく。

　どの車輛も交通管制システムの命じるままに最適な対処を実行するなかで、ダニエルの車はヘッドライトを輝かせ、猛スピードで駆け抜けていく。硬化投影素材によって成型された車体外装は青と赤の明滅を繰り返し、イーヘヴン市警に登録された緊急車輛であることを示している。

「――DT01からDT02へ。なんとも厄介な事態が再び起こった」

ダニエルは肉声を発しながら無線通信を飛ばした。

車内にいるのは自分ひとりだけだった。助手席には先ほどまで同乗していた女性の名残があったが、ダニエルが声を発するたびにその残滓は吸い込まれていき、やがて車内には任務に邁進する冷徹な呼気だけが横溢していく。

頭を切り替える――休暇は終了。緊急対処に出動する時間だと、気を引き締めた。

「状況を確認する。先刻、〈新羽〉から市街地への高架高速道路を暴走する車輛が発見された。当該車輛は大井JC《オオイジャンクション》でゲートを突破しつつ一般道へ侵入。現在、品川《シナガワ》を抜け、汐《シオ》留《ドメ》方面に向かっている」

ダニエルはフロントガラスに映るイーヘヴン市の地図に視線を向ける。赤いラインが市街地一般道をジグザグに走り、その後ろを複数の青いラインが重なり合いながら追いかけている。暴走車輛とイーヘヴン市警の緊急車輛だ。その台数は刻々と増加しており、ダニエルの車もその一筋に含まれている。

さて、とダニエルは言った。

「暴走車輛の目的地は、都市中央区画〈ベース・エール〉であると予測されている。単なる目立ちたがりの暴走行為か、それとも爆薬を満載して自爆テロを敢行しようとしているのかは判断できかねるが、いずれにせよ〈co-HAL〉は早期の事態収拾を要請し、すでにシグナル119を発令。イーヘヴン市警の交通機動隊に出動と追跡を命じた」

《目的地が〈ベース・エール〉だというならなぜ一般道を？》フロントガラスに映る通信アイコンDT02＝乗が疑問を口にした。《高架線路に接続された高速道を使用すれば短時間で到達できるはずです》

「高速道は市街地に入ってからは道路というより、車がずらりと並んだベルトコンベア状態の一本道だ。そこに侵入したとしても先に進むことはできんさ。たとえ交通管制システム側の干渉を拒絶したとしてもな」

《改造車輛ですか？》

「それも部品ひとつから手造り《ハンドメイド》のタイプだ。POSによって撮影された映像から車種を解析させた結果、いわゆるオープンソース・カーであることがわかった。おそらく自動運転システムを最初から搭載していないんだろう」

《ひどくアナログですね》

違いない、とダニエルは呟く。

暴走車輛を運転する人間が何者なのかは分からないが、自らのルールを貫き通すことに全身全霊を賭す性質のようだった。そして、自らの行為によって広範に影響を及ぼすことを求める愉快犯のようだった。事実、その暴走によって広範なエリアで走行停止措置や物資流通に滞りが発生している。

「まだオレたちの出番が確定したわけではないが、暴走車輛がイーヘヴン市警の追撃を振り切り、〈ベース・エール〉に突撃を図った場合は〈黒花《ブラックダリア》〉を出動させて対処することになる。ジョウ、オマエは輸送コンテナとともに待機地点に先行してくれ」

ダニエルは再びイーヘヴン市街の地図情層を見やり、DT02＝乗の現在位置を確認した。乗を示す青の光点はすでに伊砂久の邸宅がある豊洲エリアから一旦、貨物港のある有明エリアへ移動していた。臨時貨物特急扱いで〈黒花〉の輸送コンテナを搭載し〈ベース・エール〉へ向かう貨物列車にちょうど乗車したところだった。

距離はあるが、高架線路を用いた物資輸送網は最短・最速で目的地へと送り届けてくれるだろう。

《了解です》乗が無線通信の向こうでうなずいた。《ですが、DT小隊の出動が確定したわけではないとは？》

「何を言っている。シグナル911が発令されない限り、オレたちは――」と言ったところでダニエルは、フロントガラスにDT02＝乗以外の通信アイコンが表示され、点滅していることに気づいた。「そうか……、二人とも今日がイーヘヴン市への派遣日だったか」

DT03／DT04――そのうち視線をDT03のほうに固定した。すると無線通信が通話状態になる。そしてダニエルはイーヘヴン市への派遣以降、久しぶりに部下の名前を呼んだ。

「DT01からDT03――**ミヤビ**へ。イーヘヴン市警《EHPD》による追跡はどうなっている？　我が隊自慢の斥候《ポイントマン》の意見というヤツを聞かせてくれ」

同時にダニエルは新たな情報層――複数の角度から捉えた追跡現場の映像をフロントガラスに表示した。

市街地を爆走する赤の暴走車輌を追跡するイーヘヴン市警交通機動隊の緊急車輌に混じって、やけに長い形状《フォルム》をした黒の単車《バイク》。あるいは長大な鉄杭《パイク》。その前後に無理やり車輪《タイヤ》を括りつけたかのような畸形《フリーク》な乗り物が殿《しんがり》を務めている。

運転手《ライダー》は跨るというより、極端な前傾姿勢で縋《すが》りつくように操縦している。元々、そういう乗り方をするのか、それとも本当は別の乗り手がいるのか。いずれにせよ、ひどく操縦困難な代物をこの上なく乗りこなしていた。ヘルメットの後部から風に靡《なび》く長い黒髪が駿馬の尻尾のごとく舞い踊る。

《こちらDT03。大行進って感じで追いかけてますが、あン暴走車輌はかなり改造しているうえに運転手が手練《てだ》れみたいで、イーヘヴン市警の連中は追いかけるのがやっとみたいですね》

そして黒の二輪車の運転手。DT小隊の斥候――DT03＝櫻条雅火《おうじょうみやび》が部隊長からの問いかけに凜とした声で答えた。

「帰国早々に休まず仕事とは熱心だな」

DT01＝ダニエルが苦笑しつつ言った。

《あたしはバカンスを楽しむより、こっちのほうが性にあってますから。それにここ二か月ばかし、研修やら書類手続きやらで暇してたんで今は最高ーっスね》
「あいかわらずで安心した。だが間違っても公開チャンネルでそういうことは口にするなよ。オレたちは対テロ要員だが、暇であるほうが望ましい」
《そいつは何とも悩ましいジレンマですね》雅火はふてぶてしい声で返答した。《——で、どうします？　あたしが先行して強制停止させましょうか？》
「いや、待て」ダニエルは喧嘩っ早い飼い犬のリードを引くように言った。「まだ〈co-HAL〉からシグナル９１１は発令されていない。それ以前の介入は都市内の法に違反するうえに、イーヘヴン市警への心象もよくないからな」
《つーことは、それまで連中のご機嫌取りのためにのんびり見物していろと？》
さも不機嫌という調子で雅火が通信を返した。
「こらえどころだと思え。万全の準備と最適な機会にオレたちは介入する。それに〈黒花〉の着装準備がまだ整っていない」
《アイツも休日返上——、あいかわらず真面目ですね》
するとＤＴ02＝乗から無線通信が入った。
《事態は時と場所を選んではくれませんから——。ただ休暇そのものは半日で切り上げて嬀風産業の伊砂氏と会っていました。現在、イーヘヴン市街へ高架線路を移動中です》

《なるほどな》と雅火。

「――というわけだ」ダニエルは乗から会話を引き継いだ。「〈黒花〉の到着まで追いかけっこを見物する側にいろ」

了解ッス、とＤＴ03の通信がアウト。主観映像の中継だけは継続。やおら雅火が単車を駆って加速し、追跡するイーヘヴン市警交通機動隊を煽り始めたが、その程度であればダニエルは無視した。実際、そうした映像が流れるほうが、事態を観ている人びとにとっても退屈しないで済むからだった。

ダニエルはフロントガラスへ新たに中継映像のウィンドウを表示させた。

都市防衛システムのかなめである環境管理型《アーキテクチャ》インターフェイス〈co-HAL〉が事件の発生を確定させた時点で、イーヘヴン市警の出動を中継する役割を担っているキュレリック・エンタテイメント社にも事件発生が通知される。同社の映像配信部門〈Viestream〉は、自前の撮影チームを派遣し、事件を起こしている者と対処する者たちの行動を全方位からつぶさに撮り続けていた。

「民間保安業務をつねに監視し、違法行為を抑止せよ――」

ダニエルは、キュレリック社が民間保安業務を中継する〈Viestream〉の大義名分をつぶやいた。

だが、同社はモール運営事業と同等以上に娯楽産業《エンタテインメント》を中核事業としている。

〝素晴らしき新体験を《Feel Good Fiction》！〟——そうした謳い文句《キャッチコピー》とともに視聴者たちにスリルと興奮を提供するのが本当の目的だった。実際、〈Viestream〉において視聴数をもっとも稼ぐ番組は、この【種別《カテゴリ》：民間保安業務】だった。

そして、その種別内でもっとも視聴数を稼ぐ事態を、実のところ多くの人間が心待ちにしているはずだった。一か月前に発生した緊急事態——そこに出動した黒い強化外骨格がまた姿を現すのではないか、と待ち望むコメントが浮かんでは消えていった。

現在、中継されている映像はおよそ三つだった。

暴走車輌とそれを追跡するイーヘヴン市警の車輌を捉えた雅火の主観映像／その後ろから急行するダニエルの車輌を後ろから捉えた〈Viestream〉撮影班の映像——そして、高架線路を貨物列車によって牽引されている〈黒花〉の輸送コンテナの空撮映像だ。

しかし、ダニエルは、そのいずれにも映っておらず都市の影に溶け込みながら指定ポイントへ静かに急行する装甲車へと無線通信を飛ばした。

「DT01から、DT04へ。すまんな、オマエも派遣次第すぐに出動ということになってしまって」

《……構わん》顔を見なくても寡黙さが伝わってくる男の声がした。《シグナル911に基づく出動には特別手当が支払われるなら価値はある。この都市では最適な対処法しか発令されないと聞いている。なら拒む理由はない》

ＤＴ小隊の砲撃手《ガンナー》――ＤＴ04＝ヘヴェル・ノドが、迎撃ポイントとして指定された霞《カスミガ》関《セキ》エリアへ到着する寸前の装甲車から、駆動音の唸りを背後に返答した。彼が用いる言語はヘブライ語だが無線通信の段階で自動翻訳されている。

ダニエルが装甲車内部の映像を表示させると、しなやかな黒豹といった細く引き締まった身体をハガナー社の黒の作業着で包んだヘヴェルが、ちょうど砲撃体勢へ運転位置《ポジション》を変更しているところだった。

禿頭に髭を生やし、サングラス型のＵＩ《ユニバーサル・インターフェイス》グラスをかけたヘヴェルの顔の位置が座席が沈んだ分だけ下がり、両手はそれぞれ装甲車に搭載された機銃のトリガーを握っている。

「市街地で使用許可が出ていたか……」それを見てダニエルは少なからず驚いた。ヘヴェルが駆る装甲車の装備は対無人機戦を想定しているため、市街地内での使用許可は下りにくいはずだった。「〈co-HAL〉は何と？」

《事態が現状のままなら火器は使用せず》ヘヴェルは端的に答えた。《しかし準備はしておけとのことだ》

「了解だ」

ダニエルはうなずきつつも、部隊長である自分を通さずに〈co-HAL〉がかなりの対処指示を独自で発令していることに少し戸惑った。それともシグナル９１１発令前にこうしてすべてを自分が把握することを〈co-HAL〉は前提としているのかもしれない。

だとすればシグナル911は必ず発令されると〈co-HAL〉は予測しているのか？

ダニエルは疑問に思いつつも、それ以上考えても仕方ないと判断し、別の問いを口にした。

「暴走車輛の目的は不明だが、散々に逃げ回った挙句に〈ベース・エール〉に侵入して簡易爆弾《IED》となって自爆する可能性もゼロではない。連中の目的は何だと思う？」

《……俺なら玄関ゲートを潜るまでは大人しくしている》ヘヴェルがその暴走車輛を運転しているかのように言った。《これほど目立ってしまえば目標地点に接近しづらくなる》

「ならば自爆テロの線は薄いということか」

《……特攻《トッコー》ではない。愉快犯だろう》

「ただ混沌を欲する者、か。最も性質《タチ》の悪い敵のひとつだな」

最も忌むべき敵だ、というDT04の返答で通信終了。

ダニエルはDT小隊の各員の位置情報を示す光点の位置を俯瞰する。そのうちDT02＝乗を示す光点はちょうど市街地に差し掛かっていた。

そして意識を運転のみに向けようとしたとき、情報層の通知とともに新たなデータが転送されてきた。

急行のためのルート割り当ては高架鉄道の軌道《レイル》──一か月前と移動手段は同じだった。しかし今回は救助任務ではない。迎撃──兵装使用の可能性は大いにあった。
装甲車ごと貨物輸送列車に接続されている。〈黒花〉の輸送工房は四〇フィートコンテナ《コンテナ》と同形状。内部には〈黒花〉を運用するための整備機能が備えられている。鋼鉄の分厚い外装によって覆われた内部は、完全な軍事機密としてさすがに〈Viestream〉の中継映像からも逃れていた。
しかし、秘されているからこそ何があるのか見てみたいという好奇心が湧くのか、〈Viestream〉を介して事件の行く末を見守っている視聴者たちの関心は強い。漆黒の箱のなかで何が準備されているのか──事件現場を中継する各映像のなかでもっとも多くの視聴数が、〈黒花〉の輸送工房を空撮する動画に表示されていた。
《DT01からDT02へ》ダニエルからの無線通信。《今からそう遠くないタイミングで、〈黒花〉を投入する事態がほぼ確実に発生すると〈co-HAL〉は予測している》
「〈黒花〉を投入する事態……車輛の暴走だけではない、ということですか？」
《イーヘヴン市警は半信半疑のようだが、オレは十分に納得できる理由を〈Co-HAL〉から提示された》
線路の上を走行中とは思えないほど揺れの少ない輸送工房内で、乗は〈黒花〉の着装時に緩衝材《クッション》を兼ねる、防弾・防刃繊維と動作伝達用の回路がメッシュ状に編まれたデバイス

・スーツを着用している。首より下の全身を隙間なく覆うが、重さはほとんどなく柔軟性に富んでいる。

備えつけの長椅子から立ち上がり、鏡面情報層《ミラー・レイヤー》に映る着装準備中の自分の姿を視た。

これから試合《リング》に出場《イン》する選手のようにうっすらと汗をかいている。着装前の準備《ウォームアップ》は済ませてある。作戦行動に最適な心拍数・身体状況になっていることを確認する。

そして動作確認のため、機械化義肢である右手首に触れてシステムを起動した。

左の拳を握っては開くのを繰り返すと、すぐ横に収納され懸架状態の〈黒花〉の外装パーツのマニピュレータが誤差なく可動し、鋼の左拳が乗の動きと連動する。懸架状態で起動を待つ〈黒花〉の外装パーツのなかで、右腕部だけは、肩部・上腕・下腕の外装のみしかなく、拳部分は存在していない。そこには乗の機械化義肢がそのまま接続されるからだ。

《この映像を見てくれ。〈co-HAL〉が暴走車輛に関する資料として送付してきたものだ》

乗の視界に映像ウィンドウが立ち上がる。画面の右上には撮影時刻と、これが〈新羽〉のタクシープールの監視映像であることが示されている。明るい黄色の丸みを帯びたデザインの車がひよこの群れのようにぎっしりと停まっている。どれも全自動操縦のリース・タクシーだ。そして、そのなかに混じって一台だけ赤い車がいた。

《ダラス・フォートワース空港からの最終便が到着する前の映像だ。現在、暴走中の車輛が停車しているのが分かるか？》

「はい」
《こいつがまず奇妙でな。車輛登録されていない手造り車《キットカー》だというのに市街地から空港まで平気で走ってきたようだ》
「登録なしで都市内での交通が可能なんですか？」
《一時的に交通ルートの一部を私道として買い取るなんて馬鹿な真似をすれば可能だな》
「それをこの車はやっている……」
《そして、その金を払った誰かを迎えに〈新羽〉にやってきたようだ》
映像が早送りされ、最終便で〈新羽〉に降り立った乗客たちの流れが高速で再生されていく。まるでスーツ姿の競歩選手権という奇妙な絵面だったが、やがて流れが落ち着き、ひとりの男だけが残ったところで通常再生に戻る。続いてその白人男性にズームしていく。白いトレンチコートを着用しており、足許には巨大な白い鋼鉄製のケースが置かれている。旅客機の貨物室でも許可が出るか疑わしいサイズをしており、どこか棺めいた不気味な影を地面に落としていた。
『この拡大映像、そのまま見ていろ』
画素が荒れたが、すぐさま画像処理が働いて鮮明な映像に補正された。
そして、男は突然、まったく別の姿に変化した――いや、ほとんど元のままだが、頭部を中心にまるで画像補正を実行したように小奇麗になっていた。

「まさか〈描写攪乱《サウザンド・フェイセズ》〉……」乗は自らに適用されている技術を想起した。

《──その海賊版か民間普及版のいずれかだと考えられる。〈描写攪乱〉ほどのバリエーションはないが、ベースとなった顔をアップデートするかたちで外形を変化させているようだな。そして〈co-HAL〉はこの映像を根拠に、男性の拘束を命じている》

本来、証人保護プログラムの一環として開発された〈描写攪乱〉の使用は制限されており、無許可の場合、程度によっては厳罰対象となることもある。暴走行為への加担も含めて都市に損害を与えかねないと〈co-HAL〉は判断したのだろうか。

「つまり、今回の〈黒花〉に与えられる任務は、暴走車輌の停止と男性の拘束ですか？」

《何としてもこの男だけは拘束しろ──それが〈co-HAL〉からの指示だ》とダニエルは自分でも奇妙なことを言っている、という調子で言った。

《今回の事態は、同じシグナル911でも一か月前より脅威度が高い》

「暴走行為による騒擾《そうじょう》が引き起こされているからでしょうか？」

《いや、暴走そのものは大した脅威ではないそうだ。〈co-HAL〉は、この男が都市内に入り込み、野放しでいることを阻止しなければならないと警告している》

いずれにせよ、とダニエルは言った。

《この男が何者であるかは拘束後に調べるとしよう》

乗は拡大された男の顔を見つめた。ちょうど、カメラに気づいたかのようにこちらを向いた瞬間で、視線が交わされた。CGによる画像補正が行われているせいもあるのだろうが、整いすぎ、不気味な顔だった。

「しかし、そのために〈黒花〉まで出動させるというのは、少し過剰な気もしますが……」

《出動せずに済むならそれに越したことはない。だが、この都市にとって脅威であるなら、オレたちの手で迎え撃たなければならない。やるべき瞬間に、やるべきことをするのがオレたちの仕事だ》

「了解です」乗はそれ以上の問いは止めた。その代わり懸架されたままの〈黒花〉の外装を見やった。「装備は標準《マイティ》――着装を開始します」

《DT01からDT03へ》二輪車を駆り追跡を続けている櫻条雅火のヘルメット内にダニエルの声が響く。《〈黒花〉はDT04ともども所定の位置にもうすぐ到着する。暴走車輛の様子はどうだ？》

「余裕かましてますね。遊んでるみたいだ」

雅火は暴走車輛を追跡するイーヘヴン市警交通機動隊の最後尾にぴたりとくっつきながら、どこか妙な動きをする車輛の姿を見据えた。

追跡劇《チェイス》は品川《シナガワ》から汐留《シオドメ》に舞台を移しており、迎撃ポイントに指定された霞ヶ関《カスミガセキ》はもう目前だった。

イーヘヴン市街地のほとんどは一定エリアごとに運河によって分断されている。暴走車輛が汐留エリアに躍り出たために、品川やそれ以南の市街エリアに対する全線停止措置は解除されていた。

すでに何度かイーヘヴン市警側は車輛を見失いかけていた。それこそ雅火が指摘したように、追いかけてくる車列を弄ぶような素振りがなければ、とっくの昔に振り切られていただろう。暴走車輛は、直線で抜群の加速を見せるが、カーブとなると、わざわざ離し過ぎた後続グループを待ってやる先導役《ペースメーカー》のように急激に速度を落とした。しかし、追いつかれそうになるとまた一気に引き離す。粗雑に見えて丁寧《ソフトタッチ》に車を御する。緩急のつけ具合が抜群で市街地を縦横無尽に爆走していた。

現在、市街地一般道は速度規制だけでなく、物理的な通行規制も実行されつつある。

交差し合う各所の十字路には突破防止用のバリケードが展開され、暴走車輛の行く手を阻んでいたが、そのたびに小道や脇道を駆使しては着々と都市中央エリアの〈ベース・エール〉へと向かっている。

イーヘヴン市の地上道路は、無数の小河川たちによって土地が細かく分断されているため、完全な制御がなされている高架線路に比べ、迷路めいた複雑な経路を形成している。

自動制御された車輛は車輛対環境探査システムによって走行するため、複雑かつ不規則なぶつ切りの道の連なりであっても問題なく走行できる。だが人間の判断によって動く車輛はそうではない。気ままに運転するには妨げが多いのがイーヘヴンの地上一般道だった。

しかし暴走車輛は、細かな街路をすべて把握した熟練タクシー運転手《ドライバー》が操っていると言わんばかりに迷路のなかをひた走り、追手を翻弄し、まるで往くべき一筋が視えているかのように目的地へと接近していた。

イーヘヴン市警の緊急車輛たちはそれゆえ追いかけるのがやっとだった。赤の暴走車輛＝ディエゴ95の小柄で流線形の車体は追手が通れない狭い道も悠々と通過した。そして、また新たな追手を挑発して逃走を再開する。

そうしてイーヘヴン市警の車輛が翻弄されるなか、ゆいいつ離されることなく追跡を続けているのは雅火の駆る二輪車《ビークル》だった。

そして雅火は一時、自分だけが暴走車輛を追跡する瞬間で、相手の妙な挙動に気づいた。

コーナリング時の不自然なまでの減速――これは本当に弄んでいるのか？

雅火の二輪車は暴走車輛の真後ろを、接触寸前の距離までピタリと詰めて追跡した。他に追跡車輛はいない。だが、その状態であっても暴走車輛はカーブを曲がるときに極端な減速を実行してきた。

咄嗟に衝突を回避するため雅火も二輪車を減速させ、進路を逸らしたが、その隙にまた暴走車輛は直線を一気に加速した。加えて横合いから追いついてきたイーヘヴン市警の緊急車輛たちがまた殺到したため、雅火は二輪車を最後列まで後退させた。

「DT03からDT01へ」雅火は自らの予想を確認するため無線通信を起動。「あの暴走車輛──トランクに何かクソ重い荷物《ブツ》を積んでませんか？」

《こちらDT01。トランクには白い巨大なケースが積み込まれているのが確認されている》ダニエルからの素早い返答。《空港側から提供されたデータによると、やはりかなりの重量だ》

ヘルメット前部の視界に転送されてきた数値が表示された。中身が何であるかは不明だが、もし簡易爆弾なら〈ベース・エール〉の玄関ホールが軽く吹き飛ぶほどの重量であることを示していた。

それだけ文字どおりの過重《デッドウエイト》であるにもかかわらず、驚くべき逃走の手腕だった。

しかし完全に逃げ切る、姿を晦《くら》ますことができずにいるのは、雅火の二輪車による追跡もそうだが、何よりキュレリック社の撮影ヘリが市街地上空を飛行しているからだ。夜闇との境界を青白く縁取りながら指向性の強いライトを照射し、巨大な砲身のようなカメラを撮影班が装備して逃走劇を空撮し続けている。街路のほぼすべてを見下ろす空からの眼差しによって暴走車輛はつねに捕捉されていた。

だが、それをもってしても強制停止に至っていない状況は雅火の心を苛立たせた。

「コン畜生、さっさとあたしを前に出させろ！　ブチ壊して止めてやる！」

《落ち着け》ダニエルが逸る雅火を抑えるように言った。《オマエは仕事を完璧にこなしている。〈co-HAL〉の予測通り暴走車輛は迎撃ポイントに向かっている。停車勧告に応じないとしても、そこでオレたちDT小隊が迎撃すればいい》

雅火は歯噛みした――これ以上、無駄な追跡をするべきではない。さっさと気づけ。もうとっくにあたしたち全員が分かっていることだ。この暴走車輛は逃げているんじゃない――逃げ続けること自体が目的なのだ。おそらく何かの機会を窺っている。

そして暴走車輛は〈ベース・エール〉前の直線道路と交差する十字路を目前にしたとき、再加速を実行した。すでに迎撃ポイントは目前だった。エリア区分では霞ヶ関に入っている。虎ノ《トラノ》門《モン》の交差点へとまっすぐに突き進んでいく。

他エリアから駆けつけたイーヘヴン市警の緊急車輛たちが、挟み撃ちにしようと道路を逆走し向かってくるが、暴走車輛は一切速度を緩めない。正面衝突を回避するために緊急車輛たちが止む無くハンドルを切った。その狭い隙間を赤い車体が巧みに通り抜けていく。

逆に緊急車輛同士は互いに道を塞ぎ、停車を余儀なくされてしまう。加えて交差点には暴走車輛の接近に先んじてバリケードが展開されていたが、緊急車輛たちが集まるために一時的に格納されていた。車輛接近を感知し、バリケードが緊急展開されようとしたが遅かった。

暴走するディエゴ95は一足早く、強烈なスキール音を響かせて十字路を右折した。

トランクの荷重により後輪が流れ、車体が大きく振れる。曲がりきれずにスピンするが、それさえも制御のうちと言わんばかりに巧みなハンドル捌《さば》きで車体を一回転させ、車体前面を再び〈ベース・エール〉側に向けると全力で加速。後続を撒き、一気に目的地へ邁進する。

だが。

「どきやがれ――ッ!」

そこで雅火が一気に躍り出た。二輪車《ビークル》を巧みに操り、前輪を跳ね上げ、道を塞ぐ緊急車輛のボンネットを踏みつける――そのままの勢いで前進。まるで飛蝗《ホッパー》のように飛び越えて地面に着地――暴走車輛の後を追った。たった一人残った追っ手として、目標に食らいつくことだけを考える兇暴な猟犬のように。

暴走車輛を運転する巨軀の男は、完全に追手を振り切ったと思ったが、それでもなお執拗に追跡してきた黒の二輪車をバックミラー越しに確認し、口笛を吹いた。

「はっは、ガッツがあるのもいるみたいだな!」

「追っ手があれだけになったということは、もうひと頑張りですね」

後部座席の青年は層現《レイヤード・リアリティ》内に表示した〈Viestream〉の中継映像を確認しながら言った。〈黒花〉の位置情報を示す光点が映像ウィンドウとともに近づきつつあった。

いやむしろ、暴走する側である自分たちから〈黒花〉へ近づこうとしている。

「もう終わりか、意外と早かったな」

「最後まで気を抜かず……。よろしくお願いしますよ」

「任せておけ」接近しつつある追跡側の単車を振り切るように巨軀の男は車を加速させた。

「だが、――少しやり方を変える必要もありそうだぞ」

振り切れない。追尾してきた黒の単車はぴたりと張りつくどころか、先行するこちらの一瞬の隙を突き刺し、追い抜こうとするように迫ってきている。

先ほどまでは交通機動隊の群れの最後尾にいた単車だ。そして、ゆいいつ撒くことができない一台だった。

「ずっと我慢のしどころだったみたいに、はしゃいで走ってくるな」

巨軀の男はどこか心が弾むのを感じた。

いま車輛に突撃してくる単車は、今こそ枷から解き放たれた猟犬と言わんばかりだった。

やっと邪魔者が消えた――それを喜ぶように甲高い駆動音が響いた。

そして、あっという間に抜き去った。

漆黒の槍のような二輪車は、ディエゴ95を速度・位置ともに上回り、先を往った。

長い直線の道路。

行き着く先には〈ベース・エール〉の玄関ゲートがあった。

いつのまにか都市街路のメインストリートと呼ぶべき場所に達している。

橙色の照明が連なるなかを突っ切った黒の二輪車は、途中で身をよじるように素早く反転するとそのまま停止。迫る車輛を正面から見据えた。

衝角のように突き出した車体先端部の装甲部位が可変・展開し、内部から大振りの鋼鉄の花弁が咲き誇るように、紫電を奔《はし》らせる砲塔がせり出し固定された。

止まれ。そういう警告を発している。

これ以上の暴走を続けるなら容赦はしないと告げていた。

だが、そんなことは関係ない。

「ひとつ《イエス》、おっぱじめようぜ《ロックンロール》……ッ！」

無論、巨軀の男はアクセルをより一層強く踏んだ。

重量をはるかに上回る鉄塊で問答無用に跳ね飛ばし、轢殺《れきさつ》するつもりだった。止まる気など毛頭なかった。目的地は近い。そして目的の相手の登場も。

ならばいっそのこと、派手に往くのも悪くない。いや、むしろそうすべきだ。

自壊衝動に突き動かされるように、赤のディエゴ９５はとてつもない速度で迫った。

「度胸試し《チキン・レース》だ、お嬢ちゃん《ライダー》！」

単車を操る運転手が女であることを、巨軀の男は直感していた。コイツは肝の据わった女闘士だ。生っ白い新兵のひよっこどものタマを蹴り潰して服従させる類の溢れる闘争心を持っている。

何ともまあ――「気に食わん、男同士の逢瀬に女は不要だ」

まさしく暴走という速度域で相手の射線上へと邁進した。

おそらくあれは電子干渉砲塔だ。自動制御が標準装備の車輛であれば、その大口径の一撃によって配線のすべてを焼き切る電子の雷霆《いかずち》。

だが、操作系を止められようともいったん最高速度に乗ってしまえば、突撃するのに困ることはなかった。ボンネット内部には、門をこじ開けるための隠し玉が仕込んであるが、それも仕組みは原始的なもので起爆させることは容易だった。

赤のディエゴ95が往った。

そして、相手も急発進・急加速によって突撃を選んできた。

正面衝突を互いに望むように距離が縮んでいく。

まるで磁力によって引かれ合うように、黒の二輪車と白の車輛は衝突目前までどちらも譲ることなく邁進した。

しかし最後の一瞬で、単車は前輪部を大きく持ち上げ、ボンネットを踏み台にして大跳躍した。ギリギリのところで回避に成功する曲芸じみた操縦披露だ。

「――ふむ、やけにあっさり回避したたな」

巨軀の男は相手の驚異的な操縦技術を褒め称えつつも、拍子ぬけしたように呟いた。

しかし結果として、今度こそ邪魔者がいなくなっていた。

もはや止めるものは何もなかった。

このまま〈ベース・エール〉に突っ込んでやると言わんばかりにひた走った。

ぐんぐんと目的地が近づいてくる。長距離走の最後の直線のような気分。

「おい、もうすぐ飛び降りるぞ。俺もお前さんも自爆するつもりで来たわけじゃないからな」

「ええ」と後部座席の男はうなずいたが、続いて何かに気づいたように言った。視線は表示された〈Viestream〉の中継映像を見つめていた。「やけに暗くなりましたね」

「何？」

都市の暗黒に赤の車体がよく映えた——いや突然周囲一帯が暗闇に包まれていた。

橙色に照らしていた街灯が、一斉に消灯したのだ。

「あのハガナー社の単車。電子干渉砲塔を周囲に拡散放射し、都市側の照明設備を強制停止させたようですね」

「真っ暗にして何をしようっていうんだ？　ミスを隠すつもりなのか？」

「いえ——、そんなつもりはないでしょう」

後部座席の男は正面ではなく、ゆっくりと左手を見た。

車窓を通して見える、闇に包まれたイーヘヴン市街地の夜景を。

「ゴールを目前にして残念ですが、車はここで破棄することになる。しかし上出来です。彼は私たちの望みどおり現れる」

「そりゃ一体――」

釣られて巨軀の男も左を見た。

いつのまにか、ソレは十字路にいた。

〈ベース・エール〉の玄関ゲートの直前に合流する都市街路の一部。かつては政治の中枢や各種官僚機構のビルが林立していた狭間の通りは暗黒の四辻となって沈黙している。しかし突如として、そこに一際、強い光が射し、間髪いれずに答えが訪れた。

「正義の味方らしくない連中だぜ、コイツらは」

ドカンと容赦ない衝撃《インパクト》――黒の装甲車《タンク》が怒れる雄牛《レイジングブル》の猛進のごとく全速力で衝突《クラッシュ》してきた。左側面に装甲車の手痛い突進をモロに食らったために、直線道路上を激しくスピン。制御はまるで利かなかった。街灯を支える柱に弾かれながら、まるでピンボールのように吹っ飛んでいく。

その勢いはあまりに強く、そのまま〈ベース・エール〉内に飛び込まんばかりだった。

だが、それすらも止めるようにダメ押しの一撃が、降ってきた。

《〈黒花《ブラックダリア》〉――出動《ショウタイム》》

激しく揺さぶられる車内で、青年の手に握られたスマートデバイスが中継映像の音声を流した。視聴数は先ほどより、格段に増加していた。

次の瞬間、その名を冠した漆黒の人影が高架線路から跳躍し、暴走車輛の上に落下。正確無比に打たれる釘となって強制的に車輛を地面へと縫い止めた。

そして、青白い光とともに遅れてやってきたキュレリック社の撮影ヘリが、〈黒花〉の漆黒の外装を余すところなく捉えていた。漆黒だった直線道路に再び光が灯った。

2

《……暴走車輛の停止を確認》

黒の装甲車の砲座で身動き一つせずDT04＝ヘヴェル・ノドは無線通信を飛ばした。

〈Viestream〉で追跡劇が中継されるなかで、彼が搭乗する装甲車だけは隠蔽され暗闇で待機していた。そして、指定されたタイミングで暴走車輛を強行停止させたのだ。

連携の第二段階を完璧にこなした砲撃手は、目標《ポイント》を照準しつづけていた。衝突の瞬間さえ、そこから動くことはなかった。

「ご苦労」と現在は通常色《ベーシック》の黒に戻った車で現場に到着したダニエル・J・チカマツが言った。「都市内の施設に若干の損傷が出たが、許容範囲だろう」

被害は、直線道路の街灯くらいだった。根元から折れるほど深刻なものはないが、大きく曲がったものや、衝撃で内部の配線が切れたのか消灯したままのものが、整然とした区画のなかで異常を語っている。

とはいえ、どれもすぐさま修理・交換が可能なレベルに留まっていた。

それに比べて暴走車輛の破損ぶりはなかなかのものだった。

天井部分にモロに〈黒花《ブラックダリア》〉が落下したため、随分な車高短《シャコタン》になっている。押しつぶされたガラスは粒状になって白けており、半開きになったボンネットの内部からはうっすらと蒸気が昇っていた。

「……中の人間は無事だろうな？」

ダニエルが車から外に出ながら言った。肌寒さを和らげるためにジャケットの前を止めながら、停止した暴走車輛の許へ近づいていく。

『無事ではないにせよ、死んではいません』

ダニエルの前に駆動音とともに〈黒花〉＝乗が降り立った。

「根拠は？」

『身動きはできないようですが、息はしています』

機械音声と乗の地声が入り混じった独特の電子音で〈黒花〉が答えた。無線通信と同じ理屈で喉を振るわせる発声が読み取られ、ことばに変換されている。

「つまり気絶か。目覚めないうちに梱包作業を済ませたほうがよさそうだな」

『送り先はどうしましょうか？』

「イーヘヴン市警の拘置所《スイート》に送迎してさしあげろ」

『了解です』

そういって〈黒花〉は暴走車輛へ再び近づいていく。

変形したドアをこじ開けるには強化された膂力《りょりょく》が必要だった。

暴走劇の犯人逮捕と、その救助まで含めての任務といえた。

強引に叩き潰して放置というわけにもいかない。〈黒花〉の特性のひとつ――人間の身体能力を強化する。それに相応しく鋼鉄の拳がドアを摑み取り、一気に引き千切った。

「隊長、さっきのって〈Viestream〉的にはOKだったんですかね？」

鉄の皮を果物のように剝いでいく〈黒花〉を見ながら、傍らで単車に搭乗したままの雅火がヘルメットの前面部だけを開放して呟いた。

先ほどの強制停止についてだった。

雅火の単車が周囲一帯を不可視化し、ヘヴェルが装甲車で突撃。トドメを〈黒花〉が刺した。容赦のない連携だったが、その過程のほとんどを〈Viestream〉の視聴者たちが見ることはできなかった。

「何が起こっているかまったく分からない状態だったからな。今ごろキュレリック社の映像配信部には苦情が殺到しているかもしれん。だが、オレたちは楽しませる以前に、窘《たしな》める必要があるわけだ。暴走行為を行った犯罪者に対してな」

「まったく同意ですね。んで、〈co-HAL〉の判断は？」

「シグナル９１１が発令されん限り、こんな無茶は承認されないさ」

「あー、そりゃ確かに」

〈Viestream〉による常時監視は、場合によっては追跡対象に手の内を明かし続けることにもなるが、〈co-HAL〉はシグナル９１１要員である〈黒花〉やＤＴ《ダークツーリスト》小隊に戦闘許可を与えるとともに作戦行動の一部を秘匿化させていた。

「強行停止による物理的被害額は想定を下回っているな」

ダニエルは視界の片隅に浮かぶ二つの数字の列を見比べ、問題ないというように頷いた。

許容される被害額内でのみ破壊行為を伴う作戦行動を許可――それが〈co-HAL〉が与えたものだった。何より考慮されるべきは、作戦の遂行と被害額の最小化だった。

このまま追跡を続けることによって発生する損益と利益を比較。

追跡劇の過熱化によって順調に視聴者数は増えていたが、これによって増加する課金や広告収入は一時的なものであり、長期的に見た場合に都市に対する安心感が低下――都市を訪れる人間の数が減り収益の減少が予測されたため、短期的に最低限の被害額による解決を〈co-HAL〉は決定した。そして、結果として暴走車輛は都市設備の一部と引き換えに停止させられた。

合計八本の街灯と路面の損傷が、現時点での物理的な被害の総額だった。

「なーんか、その格好で銭勘定してるとビジネスマンみたいですね」

黒の二輪車から、ひらりと降車しつつ、雅火は冗談めかしていった。

ライダースーツ型の軽装甲服の頸部に接続されたヘルメットを折りたたみ、紫がかったポニーテールを風に流す。

「ふむ、そうか？　休暇のところをいきなり呼び出されたからな。仕方ないさ」

ダニエルは肩をすくめた。

開襟のシャツにジャケットを羽織ったラフな格好だが、そのままネクタイを締めればフォーマルに対応できそうだった。風に乗って香水の匂いがほのかに漂い、タイヤが擦過した焦げ臭い名残を洗った。

「事故現場に呼ばれた自動車会社の調査員みたいですね。リコールすべきか判断する感じで」

「確かに、オマエたちのやり過ぎが頻発すれば、再訓練《リコール》を検討することもある」ダニエルは頷いた。「それよりも」

話題を切り替えるように告げた。

停止した暴走車輛から片時も眼を離してはいなかった。

「〈黒花〉がようやく今回の主役二人を引きずり出してくれたようだ。それではさっそく両名を拘束し事情を伺うとしよう」

†

「ピーター」と青年は名乗った。

大破した車の中にいたとは思えないほど落ち着いており、むしろ不遜な雰囲気さえ漂わせていた。実際、〈描写攪乱《ハンドレッド・フェイセズ》〉によって隠蔽されているのもあるが、運転手と違ってこちらは無傷だった。

ピーター。

それが〈co-HAL〉が拘束命令を出した青年が、自らを何者であるか明かす名前だった。

彼の周囲を個人情層が回転している。この都市を訪れる外国人としてはひどく一般的な内容で占められていた。観光目的の滞在。ダラス・フォートワース空港発〈新羽〉行きの最終便を利用。ちょっと週末の休暇《レジャー》にイーヘヴンへ観光にやってきた訪問者の一人といえた。ただし、その情報だけを切り取ればのはなしだった。

『失礼ですが、この個人情層はあなた自身のものですか？』

乗は〈黒花〉を着装したまま尋ねた。

「さて、どういう意味でしょう……」

青年――ピーターは慇懃《いんぎん》な態度を崩さなかった。本当に心からの疑問を口にしているようでもあるし、笑顔という名の無表情《ポーカーフェイス》ですべてを覆い隠しているようにも見えた。

「まったくもって、そのとおりですよ」

『ピーター・Ａ《アレックス》・マクダウェル』と乗は相手の名前を言った。これで何度目かになる問いかけだった。『これがあなたの名前ですね？』

「いいえ、私の名前はピーターです。それ以上でも以下でもなく、それ以外の何者でもなく」

そしてこれまた何度目かになる同じ返答だった。

一瞬、乗はデバイスによる自動翻訳機能が故障しており、使用言語の違いによって意思疎通が上手くいっていないのかと考えたが、その様子もない。むしろ目の前の青年は流暢な日本語を話していた。若干のイントネーションの違いがないわけではないが、それこそ許容の範囲内だった。だが、言葉は通じても意味が通じていないという困惑はあった。

『……つまり、あなたはピーターという人間であるが、個人情報層に記載されているピーター・Ａ・マクダウェルは別の人間とでも言いたいわけですか？』

「そのとおり」青年＝ピーターは冴え冴えとした美貌でにっこりと笑い、そして今度は問い掛けてきた。「〈Quantum Network〉はご存知ですか？」

『ええ』乗はうなずいた。『僕らくらいの世代で、それを知らない人間はいないでしょう』

乗は青年の突然の質問の意図を摑めずにいたが、何にせよ自らを語るというなら聞き届けることにした。何となく、相手が信奉するものが見えてきた気がしたからだ。

「極度に簡易化された相互扶助システム！」ピーターは晴れやかな表情を浮かべた。「それが〈Quantum Network〉。支援される側と支援する側のやり取りは一つのボタンを押すだけといってもいい！」

乗はピーターの突然の昂揚にもあくまで冷静に質問を続けた。

『――あなたは〈Quantum Network〉の信奉者《ヘッズ》ですか？』

「もう少し進んだ位置にいます。私も、そのピーター・マクダウェル……云々でしたか？彼も同じく〈Quantum Network〉の積極的支援者《エヴァンジェリスト》だ。この都市を訪れるためにちょっとした助けが必要だったので求めてみたら、すぐにこうして融通してもらえました」

ピーターは左手を掲げ、人差し指を立てた。そこだけ部分的に〈描写攪乱〉が解除されると、手のひらと指で微妙に色合いが異なっていた。

積極的支援者。それは〈Quantum Network〉の有用性を布教するため、世界各地を旅する人々のことを意味する。彼らは助ける側と助けられる側を繋ぐ存在であると自らを定義していた。

「彼はパスポートと細胞のデータを送ってくれました。それを使って認証指を3D印刷《プリント》して移植したんですよ」

認証指《パス・フィンガー》――人差し指は、指紋や指先の静脈パターンなど生体認証《バイオメトリクス》に用いられることから、そうした名前で呼ばれることがある。

『ピーター』乗ははっきりと警戒の色を滲ませて名前を呼んだ。『理解しているでしょうが、多くの規制緩和が行われているイーヘヴン市内においても、すでにあなたはいくつもの犯罪行為を行っている。他人のパスポートによる渡航および、生体部品の作成は当事者間に合意があろうと重罪です。よって、あなたの身柄を拘束する』

「おや、車輛の暴走は含まれないのですか？」

『――言うまでもありませんよ』

「そう睨まないでください、冗談ですよ」とピーターは困惑するでもなく肩を竦めた。

「ところで貴方は〈Quantum Network〉についてどのようにお考えですか？」

『技術は使い方によって毒にも薬にもなる。それが叶えた奇跡もあるでしょうし、それが招いた悲劇もある。しかし――』乗はピーターの仕草を見ながら言った。『あなた方の政治信条はよく理解できない。〈Quantum Network〉の有用性を証明するためとはいえ、積極的に犯罪行為を行うのはパフォーマンスとしても認められない』

「他者を救うという行為は、つねに他者の領域へ踏み込むことでもある。そして人を助けるためには、規範からの逸脱を伴うこともある」

『ある意味で、積極的支援者《あなたたち》は英雄と呼べる存在です。僕自身、共感しないわけではない。しかし――』

そういったところで、乗はピーターがこちらをじっと見つめていることに気づき、言葉を止めた。

「英雄《ヒーロー》……英雄、英雄」ピーターは感慨深げにその単語を口にした。まるで舌で転がして味わうようにたっぷりと繰り返し、言った。「そう、英雄か――」

『今日あなたがしたことはただの愉快犯ですよ』

「ええ、無論、それは理解していますよ……」

ピーターは陶然としながら返答した。心ここにあらずといった様子だった。

『あなたが何者で、何を考えているのか。後でじっくりと聞かせてもらいます。右手を出していただけませんか？』

左手は別の人間であると主張している。イーヘヴン市警の拘置所に移送するにせよ、この生身の肉体として何者であるかを登録・解析する必要があった。

ピーターは大人しく応じて右手を出し、認証パッドの上に置いた。五指の静脈パターンや指紋、掌紋などの情報を複合的に解析し、生体認証を実行する。

これで管理ＡＩ〈co-HAL〉の記憶領域《ブック》に該当する人物がいれば、正体はすぐに分かる。いないとしても、この生体情報を保存して各国の政府データベースに照合を依頼すればいい。

さほど待たずして検索結果が出た。

該当なし。実際そのとおりだろうという結果だった。

乗は無線通信でイーヘヴン市警に連絡。移送用の車輌の手配を依頼すると、にこにこ微笑んだままこちらを見ているピーターに再びの質問をした。

『あなたがこの都市を訪れた理由は何ですか？』

狂人の戯言《ざれごと》だとしても現時点での証言を記録しなければならない。

するとピーターはその問いを待っていたと言わんばかりに満面の笑みを浮かべた。口角がゆっくりと吊り上がり、白い歯がのぞく。そしてぬらりと赤い口腔が蠢《うごめ》いた。

『――逢いに来たのですよ』

ピーターの返答はこれまでと同様に冷静で落ち着いていた。一貫して完璧な演技を通し続けるように抑制されているが、その笑みだけは嬉しさを隠せないようだった。逢いに来た――支援対象者のことだろうか。

『――あなたに』

金色の虹彩がまるで蛇の眼のように、乗を捉えて放さない。

「9・11以降、正義の味方の定義はずいぶんと変わったと思わないか？　二つの塔が崩れ去るまでは体制に反抗する者たちだったはずだが、今じゃそいつらはテロリストとして無差別殺戮を行う悪の権化にされちまっている。そこがどうにも納得できない。だから俺は——かつての正義に味方することにしたんだ」

血だらけの笑顔のまま、一言一句詰まることもなく巨軀の男は言ってのけた。それからぺっと血の塊のような唾を吐いた。夜半過ぎの暗闇は地面に落ちた赤褐色を飲み込んだ。

〈黒花〉が暴走車輛から引きずり出した後、ダニエルは運転手側の尋問に当たっていた。驚愕すべきことにあれだけの衝突のなかで、男は気絶することもなく、ダニエルたちに言い放った。

手当ては不要。話をさせろ——。

「ほう、それは何とも勇ましい限りだが……」

ダニエルは男から一定の距離を保ったまま言った。同意のうえで実行された生体情報の検索は、すぐにひとりの日本人に行き着いた。

「**周藤速人**《すとうはやと》　〝元〟三等情尉。理由はどうあれオマエは再び、悪事に手を染めた」

暴走車輛の運転手——巨軀の男＝周藤は、救急班の治療を拒否し、大破した車のトランク付近に背を預けながらニヤリと笑った。ギラギラとした笑顔はかつての傭兵稼業を想起させる凄みがあった。民間保安企業の従事者であれば、情報の程度はともかく彼の名前を聞いたことがない人間はいない。

ダニエルは視界に表示した周藤速人に関する情報を改めて閲覧した。海外派遣部隊にも組み込まれていた最精鋭の自衛官がなぜ突然、仲間殺しとともに脱走したのか。その後に紛争地域を転々とし、最終的に三年前の二〇四二年、イーヘヴン市に訪れるやなぜあっさりと拘束を受け入れ、犯罪更生者となったのか。どの転換期においてもその場の思いつきで行動しているような無軌道さが不気味だった。

「これでも、三年前からこの都市の区《ディストリクト》街で罪を償っていたんだがね」

「犯罪更生者としての刑期は二二世紀まで残っているぞ。中東、アフリカ、東欧、南米――オマエが関わってきた戦争犯罪を合計すればこれでも足りないぐらいだがな」

「今日のこいつで二三世紀までタダ働きが続きそうかい……」

「それを決めるのはオレではない」

「そりゃ確かに。ところで戦争犯罪といったが、俺は傭兵だ。必要とされた相手のために戦ってきた。雇われて戦うのは民間保安企業の契約者も変わらんと思うがね」

一二ラウンドで壮絶な死闘を演じた後のボクサーのように傷だらけの顔。周藤は額から流れ落ちてきた自らの血を舐め取ると、ゴクリと嚥下《えんげ》した。そうしてにっと口を開いて見せた歯は血混じりの赤褐色に染まり、紛争地帯の混沌めいたまだら模様を描いていた。

「それでも紛争拡大を招く民兵組織の教育などしない」

「神は自らを助ける者を助く——。政府軍だろうが民兵だろうが一般市民だろうが関係ない。本気で生き残りたい奴に、俺は生き残るための力を授けてきた。例外はなしだ。助けるつもりなら最後まで助けろ。見捨てるつもりなら最初から見捨てろ。そう自分に言い聞かせている。何しろ正義とは自らの意志を突き通すことに他ならない。中途半端な妥協は悪だ」

「どういう政治信条を持っているかは知らんが……、今度の雇い主は誰だ？　三年前には大人しく逮捕に応じたはずのオマエを心変わりさせるほどの道楽者か？」

「金額の大小じゃない。今言ったように正義の問題だ。貫くか貫かないか。けして諦めることを選択しない奴がいるとするなら、俺はつねに惜しみなく力を貸す」

「その結果が車輌暴走というのはあまりにお粗末だな」

「いいや、これで終わりなわきゃねーだろ」

　周藤は突然、砕けた口調で言った。それどころか、くつくつと笑いながら、そして遂には盛大な哄笑を上げた。可笑しくてたまらないと、全身で表現する嗤《わら》い。

「——この車、作るのに結構な時間と手間がかかった。金の問題じゃない。人間だけならそのままでいいが、もっと重い荷物があるとなると独自の改造が必要だったわけだ」

「改造……、何を言っている」

ダニエルは視線をトランクに移した。

その超重量を輸送できる車輌の到着を待ってトランクに置かれたままの荷物——鋼鉄製のケース。その形状はまるで真っ白な板《モノリス》。

雅火いわくその重さゆえに操縦を極端に難しくするほどのしろもの。当初、想定されていた爆薬ではないという解析結果が出ているものの、簡易な解析ツールでは中身までは窺い知れない。

「なあ、契約者《コントラクター》さんよ」周藤はダニエルを見上げた。「俺が情報自衛隊の派遣部隊から脱走したとき、手土産を持参していたことは知ってるか……？」

「……手土産だと？」

「ふむん」周藤は少し落胆するようにため息を吐いた。「情報化社会っていっても案外、隠蔽できる情報も多いみたいだな。そうだ、この機会に知っておくといい。お前さんらが使ってる強化外骨格〈黒花〉だが——、そいつにゃ対になる機体があるんだぜ」

「ああ、やっとあなたに逢えた……！」

突如としてピーターは壮絶な笑みを浮かべた。

今まで押し殺していたものを一気に曝け出したような、逢いたくて逢いたくて仕方なかった相手を前にして、今度こそ欲望の一片たりとも隠すことなく露わにしたような。

『何を——』

〈黒花〉＝乗が豹変した青年の様子に戸惑いを覚えた瞬間、突如として壮絶な幻肢痛が到来した。いつもの比ではない。鋼鉄の強化外骨格が灼熱の棺桶に変貌した。右手だけではなく腕全体、そして全身に炸裂の爆炎が襲い掛かってきたかのような焦熱と激痛。悲鳴さえも出なかった。

ただ右腕を伸ばした。まるで癒しを求める亡者のように。

その鋼鉄の五指にピーターが触れ、優しくいたわるように撫でてから、そっと離した。

それからピーターは懐から携帯端末を取り出した。あまりに強く握り締めたために画面には無数の罅《ひび》が入っており、そのため画面に映る赤く大きなボタンを模したアイコンは、殴打の末にぐしゃぐしゃになった血塗れの頭のようになっている。

「——本日の《トゥディズ》、出し物《エンタティンメント》を披露しましょう」

とっておきの台詞を口にするように、両腕を掲げ、歓喜に満ち溢れた顔で、ピーターはそのアイコンに触れた。

楽園に侵入を果たした蛇のような金色の双眸に、愉悦の色が浮かぶ。

乗は今なお全身を苛《さいな》む苦痛によって膝を屈し、身動きが取れなかった。

直後に炸裂。

半壊状態だった車のボンネットから火柱が突き立ち、爆風が街路を駆け抜ける。

大質量をもった白の鋼鉄製ケースがピーターのもとに吹き飛ばされた。〈黒花〉は焦熱の幻痛に加え、視覚素子に突如として強烈な閃光を受け、動作を停めている。

それは十分に危機を招くに足る隙だ。

そしてピーターにとってはこの上ない好機だった。


『着装《フェイス》――〈白奏《ホワイトジャズ》〉』


真っ白な板状《モノリス》のケースに手を翳す――掌紋認証を実行。

炸裂を超えてなお傷一つないケース表面に無数の亀裂が刻まれた。

展開――細かな部品として確かなかたちを保ちながら、ケースが外部装甲へと変形。

ピーターは白の外套《トレンチコート》を脱ぎ捨てると3ピースのスーツの投影を解除、青白く輝く鎖《くさり》帷子《かたびら》のようなデバイス・スーツを露わにした。

両の手首を重ねるように前に突き出すと、ケースが分解された外部装甲たちが磁力誘導によって浮遊。続いてピーターは両腕を横に大きく拡げる――すぐさま腕部／胸部／腹部／脚部と白の装甲が立て続けに吸い寄せられ、その位置を精確に確定《アジャスト》した。

そして顔以外は白の外部装甲に覆われたピーターは、剝き出しのフレームだけを残したケースに右の掌を翳した――蜘蛛が糸を射出し、獲物を絡め取るように半球状のパーツを引き寄せ、両の手で持ち上げながら、戴冠するようにそれを被る。大型獣の顎骨の化石めいた頭部装甲が眼より下を覆ったかと思うと、左右から装甲が迫《せ》り出し、完全に頭部を覆った――着装完了――そして、真っ白な強化外骨格が出現した。

『それではゲームを始めましょう。ルールは簡単――、私を止めてください。都市の守護者として、人々を守る鋼鉄の英雄として。それができないなら……』

〈白奏〉＝ピーターは白銀の指先で前方を指差した。

直線道路の向こう――天に伸び行く鋼《はがね》と硝子の大樹といった〈ミハシラ〉と〈ベース・エール〉があった。

『殺戮《ころ》します』

この上なくシンプルな意志表明だった。

それに対して苦痛から脱した〈黒花〉は再起動を果たし、返答より雄弁な回答をした。

猛然と突撃を敢行。

『接敵《エンゲージ》！』

突如として出現した脅威に対して〈黒花〉は困惑は捨てて、戦意だけで前進した。

繰り出すのは機械化義腕――握り締めた右拳のストレート。

対するように〈白奏〉は手首に突き刺さった杭のような装置を震わせながら掌を掲げ、〈黒花〉が繰り出す拳撃の軌道に重ねた。

結果――装甲車であろうと貫徹する〈黒花〉の一撃が阻《はば》まれる＝見えない壁に遮られるかのように。

驚愕――〈黒花〉の攻撃はまったく押し留められていた。目の前で展開する事態の意味を理解――途方もない脅威の出現。

〈黒花〉と対になる機体がある――爆発の直前に共有されていたダニエルと周藤という傭兵の会話。そこでもたらされた情報。

目の前の白い強化外骨格――自分の片割れ。

そして即刻、制圧しなければならない目標となった。

無線通信は途切れており、何の指示も寄こしてこない。

だが、今、目の前に脅威があった。そこに立っていた。

止めなければ殺す――その言葉を現実にさせないため、〈黒花〉は果敢に殴打を連続する。

『近接格闘戦用《インファイト・スタイル》に動作補正設定《メディア》を変更――機能拡張《プラグイン》を実行』

着装者＝乗の要請に〈黒花〉の輸送工房が応じた。

直後――何者かが憑依するような感覚。

着装者の戦闘形態の変化に合わせ、〈黒花〉側が動作補正を開始した。

〈黒花〉の輸送工房内電子書庫《ライブラリ》に格納《アーカイヴ》された、現時点で最適とされる格闘を再現するパターンを選択／ネットワークを介してデバイス・スーツに入力／着装者の身体能力・癖に合わせてさらなる最適化＝動作の重ね合わせを実行――着装者の体内に投与された動作補正ナノマシン〈MEDiA〉が〈黒花〉側からの動作入力を着装者の神経系に伝達――まさしく手や足が先に出るという状態となって動作を実行。

それを示すように〈黒花〉の視覚素子が、赤《ルビーレッド》から青《サファイアブルー》に変化。

着装者の格闘技能が飛躍的に上昇――一撃ごとに細やかな制御がもたらされた。

放ったままの右拳を弾くように後退し、代わりに左のストレートを打ち込む――無駄のない、反発さえも勢いに変換し、射出――連打に次ぐ連打。

〈白奏〉が掌を打撃の軌道に重ねようとした瞬間に、〈黒花〉はその軌道のまま一気に沈んだ。繰り出したのは拳ではない――低姿勢で深く懐に入り込むと再び急上昇／頭部装甲を相手の腹部装甲の狭間に食らわす――しかし、ふわりと押し留められる感触。

防がれている／逸らされている／姿勢が崩される／的確に修正――次の動作に接続＝低姿勢からの右後ろ回し蹴りで脚を刈ろうと繰り出す――無駄のない連携――だが、やはり、不可視の壁に阻まれるように打撃は通らない。

悠然たる姿勢を崩さない〈白奏〉――掌を〈黒花〉に翳すと、手首の装置を震わせて、一気に弾き飛ばした。

『――ッ!』

背骨からもろに街灯に叩きつけられた。まるで先ほどの意趣返しのように。

街灯の支柱が折れ曲がり、奇妙な方向から照明を灯すオブジェと化す。

〈黒花〉は追撃を逃れるためにすぐ起き上がろうとする――だが、〈白葵〉は急いで仕留める必要はないといわんばかりに、一歩一歩を丁寧に刻みながら近づいてくる。

時おり、おどけたように右手を振り、左手を揺らし、右脚を跳ね上げ、左脚で宙を蹴った――その度に、暴風めいた不可視の破壊のかたまりが叩きつけられ、〈黒花〉の周囲が次々と粉砕されていく。

街灯が丸ごと吹き飛ぶ/商業ビルの多機能投影素材が透明な飛沫となる/地面のアスファルトが破裂し地下のケーブル系を露出させる――そして最後の一撃が地を這うような巨人のアッパーカットとなって〈黒花〉に痛烈に浴びせかけられる。

宙を舞う。

歯が立たない、い、い。

数秒にも満たない交戦で歴然とした性能差を見せつけられていた。

少なくとも、打撃戦を主体とする標準装備のままでは太刀打ちできない。

そして単機で対処するにはあまりに相性の悪い相手――直感=拮抗するには助けが必要。

そのために――〈黒花〉は他のDT小隊の状態を走査《スキャン》。
DT01《ダニエル》――〝不明〟。
DT03《雅火》――〝負傷したイーヘヴン市警の契約者たちを救助中〟。
そして。
DT04《ヘヴェル》――〝類稀《たぐいまれ》な集中力をもって砲座から動かず、精確に敵性機鎧を照準〟。

にわかに無線通信――《DT04から〈黒花《ブラックダリア》〉。支援砲撃を実行する》

咄嗟に〈黒花〉はその場から飛び退いた。

装甲車の砲座から放たれた対物徹甲弾《HVAP》が射撃音よりも先に〈白奏〉に到達。背部から痛烈な一撃を叩きつける。だが、やはり、阻まれた。螺旋の軌道を描く弾丸の先端が、見えない手によって叩かれたように軌道を捻じ曲げられ、地面に叩きつけられる。

着弾。軍用の大口径弾によって路面の一部が炸裂し、地下に埋没した各種インフラのケーブルがはみ出た腸のように剝き出しに。【警告】を告げる情層が次々と出現――〈co-HAL〉と都市内の情報端末とを繋ぐ経路への損傷は地上施設の被害よりはるかに大きい。即座に破損箇所一帯が砲撃禁止エリアに設定＝そこに銃口を向けようとも引き金は強制的にロックされる。

《逸らされた》とヘヴェル。《磁性防壁でも展開しているのか》

『おそらく、その類の装備を』

〈黒花〉が地面を蹴って〈白奏〉への突撃を敢行。

射撃武器で相対するには、なおのこと相性が悪すぎる相手だった。

〈白奏〉がその掌を、横槍を入れてきた装甲車へ向けようとする――〈黒花〉は再び格闘戦に持ち込むために接近――砲弾のごとき速度で〈白奏〉に迫る。

そこで気づく――おかしい、接近が速すぎる。

致命的な気づき＝脚部が地面を蹴ることなく浮き上がる／為すすべもなく〈白奏〉側に引き寄せられている――〈白奏〉が折れ曲がった支柱を蹴り上げる／片手で保持《ホールド》――ちょうどいい速度の硬球と化した〈黒花〉を芯から捉え、磁性の引き寄せを解除――即席の棍棒《バット》のように叩きつけ《スイング》、一撃を見舞った。無用な戦いを挑んでくる相手を窘めるように。

直線道路に面する〈ベース・エール〉の玄関《ゲート》――緊急対処で封鎖された鋼板に〈黒花〉は背部から為すすべなく衝突する軌道を描いて吹っ飛んだ。だが、〈白奏〉はそれでは与えるダメージが深刻すぎると思ったのか、手心を加えるように磁性の設定を再び引き寄せに切り替え――衝突直前の〈黒花〉を見えない糸で釣り上げようとした瞬間だった。

突如、甲高い駆動音。横合いから飛び出してきた長大な杭のごとき様相《フォルム》／大跳躍する漆黒の二輪車《ビークル》――「広江ェッ！」

受け止めるというより、釣り餌に近づいた小魚ごと横から食い千切る、獰猛な大型魚といった動作で〈黒花〉の腕を摑む——そのままビルの壁面に着地／疾走／地上へと急速降下。

そして路面に到達し、強烈なスキール音を立てながら急制動すると、DT03＝雅火は吠えるように無線で指示を飛ばした。

「ヘヴェル。射角はすべて水平にしてここらの街灯全部をぶち抜いて叩き折れッ！」

《了解した》

瞬間、装甲車に搭載された機関砲が横薙ぎに弾丸を掃射。極悪な虫の羽ばたきのような低音のなかで一帯の街灯や街路樹が——太さと高さのあるものが問答無用で切り裂かれる／穿《うが》たれる／倒れる——掃射が止む頃には直線道路は大量の丸太が転がされた通行止め状態に変貌＝〈白奏〉と〈ベース・エール〉側を完全に分断する破壊の爪痕が刻み込まれた。

「ったく、これだけぶっ壊せるってことはそれだけ金になるってことかよ、あのシロスケは！」

口笛でも吹きそうなくらいに上機嫌な様子で雅火が言った。

〈白奏〉の進撃は一時的にではあるが食い止められていた。散乱した街灯や街路樹の群れが即席の障害物《バリケード》となって直線道路を塞いでいる。

《楽しんでいる場合ではない》とヘヴェル。《装甲車の射撃管制システムを自動操縦・自動追尾で〈白奏〉を狙わせた。これで少しは時間が稼げる。俺は配置場所に移動する》

「仕事が早いな」

《貴様が突っ込んでくる前にダニエル隊長から緊急の指示があった。そうでなければ、無鉄砲な貴様の遣り方には合わせられん》

「んだよ、即興《アドリブ》じゃねえのか。つまんねーの」

逆に貴様は本能で動きすぎだ、とDT04が通信を切り上げた。指定位置へ向けてヘヴェルを示す光点の移動していくのが、共有された視界内の地図に浮かぶ。

その瞬きに〈黒花〉＝乗はようやく昏倒状態から復帰した。

「よォ、起きたか」雅火は〈黒花〉を見やった。

『……何とか』と乗は頭部装甲の前面部を開放し、地面へ血混じりに吐瀉《としゃ》した。

散々に振り回されて、体内には相当な負荷と衝撃がもたらされていた。

反吐には相当量の血も混じっているようだった。戦闘中は動作補正ナノマシンによって感覚抑制も実行され、負傷による痛みは遮断されていた。

雅火が放ったパック入りの水を受け取り、口をゆすぐ、吐き捨てる、残りの水を飲む。

「まったくヒデエやられ方だな。こっちに来てから身体が鈍ってたんじゃねえのか？」

『否定はできません』と乗。『着装はしても、この都市での実戦は初めてですから』

「しょっぱなで、ここまで角突き合わせて殴り合うなんてのはキッイな」

『助かりました。お二人が合流してくれて』

「ようやっとクソつまんねー休暇がもらえるって来てみたら、すぐさま仕事だからな。まったく最高だ」

『相変わらずのようで安心しましたよ』

「こっちは心配だがな」

不敵な笑みを浮かべる雅火——DT小隊の斥候兵。対無人兵器戦では真っ先に突撃していく死をも恐れぬ戦闘狂そのものといった勇猛果敢な女性。ハガナー社でも随一の格闘技能を有し、〈黒花〉の動作補正プログラムにそのパターンを採用されるほど。隊内切っての好戦派だった。

「あたしの動作パターンを使っといて、あんな無様な姿は許せねーな」

『すみません』

「謝罪は今度、稽古の後に聞かせてもらうとしてだ——」

そのとき、DT01のアカウントが無線通信に復帰した。

《DT03、〈黒花〉は確保できたようだな。さきほどの指示も無茶だが、やれる範囲をよく心得ている。悪くなかったぞ》

「ダニエル隊長」と雅火。「無事でしたか」

《爆風で一〇mほど吹っ飛ばされてな。まったく外行きのジャケットがズタボロだ》
地図内に浮かぶ光点——直線道路を望むビルの屋上から状況を見下ろすダニエル。
《時間がない。さっそく情報共有と対抗策を説明する。まず敵の強化外骨格だが〈co-HAL〉の解析では一〇年ほど前に紛争地帯で着装者の自衛官によって強奪、脱走に使用された。名称は〈白奏《ホワイトジャズ》〉。優雅な名前をしているが〈黒花〉よりも戦闘に重点が置かれた厄介な機体だ》
〈co-HAL〉から転送されてくる機体情報＝強化外骨格〈白奏〉——基礎性能は〈黒花〉と同等。強力な対電子戦対策が施されており、電子干渉砲は無効化。主武装＝人工的に発生・増幅した磁力を放出する磁性杭《マグネット・パイク》。両手首と両足首——合計四基。その最大防御力は〈黒花〉の最大打撃力をわずかに上回る。
『なぜ、そんな機体があのピーターという男の手に……』
《詳細は不明だが、周辺情報として〈白奏〉は元の着装者が紛争地帯を放浪する途中で繰り返し使用されたが、ここ三年ほどは確認されていなかったそうだ。〈co-HAL〉の推定では〈Quantum Network〉の支援物資のひとつとして配送され、新たな着装者の許に流れ着いたとしている》
「いずれにせよ、〈黒花〉とは相性が悪そうだ」と雅火。
《開発順序としてはあちらのほうが先だ。しかし、戦闘用の機体として見ると〈黒花〉の分が悪いのも事実だ。磁性杭——エネルギー消費が激しいために〈黒花〉では搭載を見送ったようだが、二〇年以上前の機体とは思えん兇悪な武装だ》
『ですが、このまま引き下がることはできません。ピーターは自分を止められないなら〈ベース・エール〉に侵入し一般人を殺戮すると言っています』
　終業後で客はいないが、モールの従業員や複合職場環境《オフィス・コンプレックス》のビルには結構な数の人間たちが残っていた。
《無論、尻尾を巻いて逃げることはしない。こうした事態への対処こそがオレたちに与えられた任務だ。そこでいくつかの策を打って相手をするとしよう。ヘヴェル——配置に就いたか？》
《こちらDT04。すでに待機。命令があればいつでも動ける》
《まったく迅速な仕事ぶりだな。さてミヤビ、電子干渉砲塔はまだ撃てるか？》
「まあ、さっきの拡散発射でかなりエネルギーは食われてますが、もう一回くらいは同じことができますよ。っても——、あのシロスケには効かないのでは？」
　雅火が二輪車の操作パネルを確認しながら返答。
《それで問題ない。そしてジョウ、〈黒花〉には少し地味な仕事をやってもらう。しかし、この作戦の要《かなめ》でもある》
　そう告げられた瞬間、〈白奏〉が磁性放出によって丸太を粉砕する激音が響いた。

断続的に打ち出される砲弾を、磁力防壁を展開して弾く。

〈白奏〉＝ピーターは小賢《こざか》しい手段で足止めされていることに、多少なりとも苛立《いらだ》ちを覚えていた。

直線道路にうずたかく積もった残骸たちを退けるため磁性防壁を攻撃のかたちで放出しようとするたびに、何処からともなく装甲車が砲撃を行ってくるのだ。

さて、どうすべきか。

ピーターは頭部装甲内に映し出される〈白奏〉のステータスを確認するが、破損箇所は特にない。〈黒花〉との戦闘で小破くらいはするかと考えていたが、読みが甘かったかもしれない。想像以上に〈黒花〉は弱かった。

このまま磁性防壁を放出して、障害物たちを一斉に吹き飛ばしてしまうか――とピーターが思案した瞬間だった。

《――〈白奏〉の着装者》と無線通信で呼びかけ。〈黒花〉との会話で使用した帯域。

《そちらの機体情報はすでに解析済みだ。そしてこれ以上の破壊行為を行うなら我々にも相応に対処する用意がある》

『随分な自信だ』〈白奏〉は予備動作なく声の方向へ磁性防壁を放出した。ビル屋上近くのガラスが粉砕され地面へと降り注ぐが、その人影は動じることはなかった。

《今の攻撃が返答であると理解していいか？》
『ご自由に』ピーターは悠然と答えた。
次の瞬間、一帯の光が再びすべて消え去った。
《電子砲塔の拡散砲撃によるシステムダウンはそう長くは持たない。それまでに決着をつけるぞ》
〈黒花〉は砲撃によって穿たれた穴から地下道に入り、真っ暗な空間を駆けた。
黒の外装の狭間に輝くはずのデバイス・スーツの赤い光は消えている。敵の探査から姿を隠蔽するため〈黒花〉は待機状態に移行。外骨格側のパワーアシストが切れているため各部装甲が圧《の》し掛かってくるが、動作補正ナノマシンによる体重移動を最適化することで何とか速度を維持。ダニエルが指定した目標地点へ向けて突き進む。視界は闇に包まれたまま。待機状態のため頭部前面装甲は開いたまま、UI《ユニバーサル・インターフェイス》レンズによる赤外線探査の視界だけが頼りだった。
《難攻不落と思われる〈白奏〉の磁性防壁だが、わずかなりとも隙はある。まず、磁性防壁による攻撃と防御は同時には行えない。また一基ごとの出力では〈黒花〉の打撃力、装甲車の対物侵鉄弾に拮抗できないため、つねに四基を同時稼動させる必要がある。それも全方位ではなく一点への集中だ》

つまり、一定以上の威力を有する攻撃を防御する際には、もう一方の攻撃を防御できないことを意味していた。そして、それこそが貫くべき隙だった。

「目標位置に到達」乗が息を荒くしながら告げた。咽喉《スロート》マイクが声を拾い、ダニエルへと無線通信。

《よし、では、やれ》

端的な指示に即座に再起動。

『動作補正《メディア》設定を変更――機能拡張《プラグイン》を実行』

瞬時に全身に強化された怪力を発揮する紫《ディープ・パープル》の光を灯した〈黒花〉は、その拳を射出した――直上＝この地下トンネルの天井を粉砕するために。

暗闇のなかで青白い輝きを放つ〈白奏〉に浴びせかけられる集中砲火。

その火線の方向に磁性防壁を展開して防御／装塡の合間に反転して放出――装甲車の砲身を粉砕した瞬間だった。

突如として地面が崩落し、死者の国へ引きずり込もうとする亡者のような漆黒の指先が、磁性防壁が展開されていない方向から両足首を摑んだ。

武者の亡霊のごとき漆黒の機体＝〈黒花〉が、前面装甲を閉じ電子音声で告げた。

『――〝寂静《ミュート》〟』

ただそれだけの言葉《コード》が呪縛のように〈白奏〉を捉えた。

触れた対象の制御系を乗っ取る強力無比な特殊兵装。その能力によって〈白奏〉の四基の磁性杭のうち、二基が〈黒花〉の制御下に置かれた。無論、それで終わるはずもない。

《撃て》とダニエルの無線通信。

自動操縦に設定した装甲車から離れていたヘヴェルは、近隣のビルの非常階段から照準器越しに捉え続けていた白い強化外骨格に向けて、対装甲ライフルの引き金を迷うことなく絞った。かつて何度も、敵を撃ち抜いたときと同じように。

超音速で放たれた弾丸は音よりも先に結果を示す――強化外骨格たる〈白奏〉の装甲強度は〈黒花〉と同等――ならば十分に撃ち抜けるだけの衝撃《クリティカル》の奔出となって叩きこまれた。

そして、白銀の破片と破壊の飛沫を、後にやってきた銃声とともに響かせた。

「仕留めたか!?」
ダニエルがビル屋上から身を乗り出して、直線道路の戦闘の結果を見た。
《駄目です――ギリギリで逸らされました》
〈白奏〉の両足首を掴んだままの〈黒花〉の歯噛みする声――同時に、呆然とせざるを得ない状況が眼前に＝〈白奏〉が緊急離脱のため、〈黒花〉が掴んでいた中身の足ごと二基の磁性杭つき両足首を自ら切り離していた。

《頭《ヘッドショット》は狙っていない》と狙撃体勢のまま待機したヘヴェルからの冷徹な状況観察。

《小破程度だ。見た目は派手だが大してダメージを与えられていない》

それぞれの眼差しが捉える一点――暗闇のなかで青白く輝く白銀の姿。

致命傷は避けつつも超音速の打撃を喰らった〈白奏〉は大きく後方へ跳ね飛ばされ、街灯と街路樹の残骸たちに激突。

半球状の頭部前面装甲こそ半壊し、血に塗《まみ》れた着装者《ピーター》の顔を覗かせたが、戦闘にはまるで支障がないという様子で、両手の磁性を地面に放出するとその身を一気に跳ね飛ばし、ダニエルのいるビル屋上へと飛び移る――指揮官を潰す魂胆。

だが、足がないために飛び込んでくるなりバランスを崩して転がった。何度も立とうとして転がる姿は道化師の滑稽さより、ひどく不気味な舞踏を思わせた。踊り手が死んでも踊らせ続ける靴のように。

ようやく磁性の放出位置を固定して、ビル屋上の多機能投影素材《ハイ・インテリジエント》からわずかに浮きながら〈白奏〉は立ち上がると、晴れやかな笑顔を浮かべた謳うような声――まるで旧知の相手の健在ぶりを喜ぶように。

『やはり彼は素晴らしい。何事も思いつきで判断するべきではなかった……』

「くそッ！」

ダニエルは咄嗟《とっさ》に拳銃を取り出し、三発。狙い違《たが》わずに〈白奏〉の装甲の間に弾丸を叩き込んだ。

　だが、小口径の弾丸では磁性防壁を展開するまでもないというように〈白奏〉は意にも介さず接近してくる。

　無造作に振るわれた鋭い手指に銃身が切り裂かれる／咄嗟に手を離し飛び退く――そこに掲げられた掌――磁性放出の予兆――生身で喰らえば木っ端微塵にされかねない一撃に総毛立つ。

「やめとけ、ピーター」いつのまにかビル屋上の縁に腰掛けていた男が口を挟んだ。「これ以上、遊んでると片道切符になるぞ。さっきの戦闘の分もエネルギー消費を考えておけ。ただでさえ二基も使い捨てちまったんだからな」

『――ええ、分かっていますとも』

　男の声に〈白奏〉は磁性放出を止め、手を下に向けて静止した。

「悪いな、こいつは嫉妬深いんだ」ゆっくりと巨軀の男＝周藤は立ち上がり、〈白奏〉の傍へと近づいてきた。「紹介しよう、こいつはピーター。新たな〈白奏〉の着装者《ドライバー》だ。相応しき者の手に渡るようにって〈Quantum Network〉に支援物資として送り出してやったんだが……、なかなかどうして活用してくれそうだろ?」

「強化外骨格をテロに転用するつもりか……」

　ダニエルは臆せず交戦を選んだ。裂かれた拳銃は投げ捨て、代わりにダガーナイフを抜き放つと周藤に肉薄し刃を振るう。

「言ったろ、俺は古き良き正義ってもののために戦ってるんだよ。こいつの正義は今日に至るまで揺らいだことがない。そしてこれからもな」

周藤もまたどこに隠し持っていたのか鎌状のナイフ《カランビット》を抜き、ダニエルの刺突を受け止める／受け流す／もう一方の拳をダニエルの顔面に叩き込む——が、それをダニエルもまた空いた手で叩き落とす／その反動をもって裏拳を周藤の頰に喰らわす。

バシンと鞭をしたたかに打ち込んだような音が響き、頰骨を砕く手応えがあった。

周藤の巨軀が後ろに流れる——流れ過ぎている。

「引き際にちょうどいいな。顔見せってのはこんなもんだろう。あばよ、〈黒花〉と愉快な仲間たち」

そのまま屋上から身投げするように背面から飛び降りる周藤。追うように〈白奏〉が磁性放出によって離脱——落下する周藤を片手で軽々と摑む。地面に激突する寸前——強烈な磁性放出によって不可視のばねを作り出して反転。

周囲に立ち並ぶ高層ビル群に自らを引き寄せ、白銀の蜘蛛のように離脱。

そして高架鉄道の下——都市を無数に切り刻む運河のひとつに——暗闇の水流のなかに姿を消した。

†

直線道路は爆撃でも受けたかのような有り様だった。

地面は捲《めく》れ上がり、ビルのガラスが砕け散ってそこらじゅうに散乱している。〈ベース・エール〉まで人びとを導く街灯も、尽くが根こそぎ横たわっていた。

だが、〈黒花〉の頭部装甲を外し、高架線路に待機した輸送工房の上から事後処理の光景を見下ろしていた乗は、奇妙なものを見ている気がした。

戦闘によって破壊された市街地というのは珍しいものではない。破壊と応急処置を繰り返した紛争地帯のいびつな建築物には何度も遭遇したし、大都市であっても突然の爆破テロによって粉砕された車輛や建物の残骸を目にすることはある。

奇異に映ったのは情景そのものではない。この破壊に対する都市の対処の仕方だ。

「なー、アイツら何をやってんだ？」

横で片膝を立てたまま腰掛けている雅火が、まさしく珍しいものを目にしたという様子で呟いた。

「破壊状況の記録です。〈Viestream〉の中継映像だけでは捉えきれなかった部分まで走《ス》査《キヤン》して、戦闘による破壊状況を細かく記録しているんですよ」

「なんでそんなことをする？」

「〈黒花〉と〈白奏〉の戦闘が〈Viestream〉の中継で過去最大の視聴数を獲得したから、だそうです」

「……それがどうして、撤去より先に記録作業になるんだ？　この都市は商業特化型だから、こういうマイナスイメージのモンはさっさと片付けると思うんだがな」

《それがイーヘヴン市の特徴といえるかもしれない》とDT01《ダニエル》からの無線通信。《この戦闘状況は観光資源として活用するそうだ。直線道路の復旧後は層現《レイヤード・リアリティ》でこの状況を再現する。それによって人々は今夜の戦闘を臨場感たっぷりに体験するということだな》

「観光資源？」驚きと困惑をあらわにする雅火。「普通にこいつは市街戦ですよ？」

《あらゆるものには価値がある。たとえそれが戦争の記録であっても、使えるならば娯楽にする――が、キュレリック社の方針だそうだ》

自分も理解できないがそういうものだと納得しておけ、というダニエルの口調。

「ここでは僕も〈黒花〉もディスプレイの向こうの存在らしいです」

乗もダニエルに続いて言った。一か月前の高架線路の事故もいつのまにか記録・映像化されていて、当時の脱線状況を追体験する観光ツアーというのもあるらしい。

起こった事実を加工して娯楽にする。どこぞの国のテーマパークのようだった。

《まさしくこの都市では犯罪さえもが娯楽の材料ということかもしれん》

「まるで悪夢みてーだ」

《悪夢を見るのではなく、観るのだとすれば、それはやはり娯楽の一種だろうな》
「実際に起こっちまった事態は、消しゴムじゃ消えやしねーっスよ」
《消せる範囲に事態を押し留めるために、オレたちは配備されているということだ。派手にやらかしたが〈co-HAL〉にとっては許容範囲らしい。たった今、解析担当の部署に〈白奏〉の両足首を渡してきた。こいつで逃げ延びた連中を追えるといいんだがな》
《すまない、俺が撃ち損じたために隊長を危険に晒《さら》した》
破損した機関砲を取り外した装甲車で港湾区《ディストリクト》街へと赴いていたヘヴェルが会話に加わった。
《生きているから構わんさ。――で、そちらはやはり空振りか?》
《ああ、流れ着く可能性が最も高い河口ポイントに来てみたが駄目だ。この都市の運河の分岐が多すぎる》
《わかった。ここから先の捜索はイーヘヴン市警の人海戦術に任せるとしよう》ダニエルはヘヴェルに帰投指示を出すと、今度は乗に話を振った。《それにしても――ジョウ、オマエはあのテロリストが何者か知っているか?》
「……いえ、初対面だと思います」
《だろうな、オレが知らなければオマエも知らんというのが当たり前か》
部隊の最古参は乗とダニエルで、続いて雅火、ヘヴェルという順だった。だからこそ、世界各地を転戦しているときに遭遇したテロリストなら、互いに記憶しているはずだった。

「ピーター」と乗は何とか退けた敵――自分と同じく強化外骨格を身に纏《まと》った男の名前を口にした。「彼は僕のことをよく知っているような口ぶりでした」

「熱狂的なファンなんじゃねーの?」と雅火。「ほら、昔、女優に熱を上げ過ぎたあまりに大統領をぶっ殺そうとした男っていただろ」

《笑えん冗談だな》とダニエル。

「さすがに、そうではないと思いますよ」乗が苦笑した。「……ただ、目立とうとして〈黒花〉に戦いを挑んできたというのは本当かもしれません」

「何でだ?」

「ピーターは〈Quantum Network〉の布教者《エヴァンジェリスト》を自称していました。本当かどうかは不明ですが、彼らのなかにはパフォーマンスのために騒動を引き起こす過激な連中もいないわけではありませんから」

「少なくとも今日の一連の破壊行為は、多くの人間に届いただろーな」

《そして今後もイーヘヴン市を訪れる人々に体験されていく――、もしかすると本当にそうなのかもしれんな。周藤速人も同じようなことを言っていた。〈白奏〉を〈Quantum Network〉に支援物資として流した、と》

「それで行き着いた先がテロリストってか」と雅火。「にしてもダニエル隊長。〈黒花〉

と同型の強化外骨格が他にもあったなんて初耳っスよ」

《オマエだけではない、オレたち全員にとってそうだ。少し調べてみたが、あの白い強化外骨格は、〈白奏《ホワイトジャズ》〉。〈黒花《ブラックダリア》〉とは同時期に開発された姉妹機ということになる。元々は軍用ではなく何らかの防衛システムの一部として開発されたらしい。それ以上の詳細は現状では不明、元着装者である周藤速人を拘束し聞き出すしかない。いわゆる回収指定の実験兵器だな。類型《カテゴリ》は野良無人兵器《ワイルド・ドローン》と同じ扱いになる。これから資料を送る、量は多いがすべて目を通しておけ。これからのオレたちの仕事に必要になる》

　ダニエルから送付されたデータを受信。

　乗の層現の視界にずらりと資料情層《レイヤー》が並んだ。

「この短時間にかなり調べましたね」

《いや、オレはほとんど調べていない。向こうが送ってきたものだ》

「向こう？」乗は訊き返した。

《〈co-HAL〉が、このデータとともに新たな指示を送ってきた。逃亡したテロリスト、ピーターと周藤速人。そして、彼らが保有する〈白奏〉の拘束および回収任務に、我々ＤＴ小隊が従事することが先ほど正式に通知された》

3

深夜一時。埼玉方面への最終電車をホームで見送った。

車体と転落防止用柵という二重の壁の向こうで美弥が大きく手を振っているのが見える。末那も軽く手を振った。

美弥の口の動きは「またね」と「ありがとう」。

そう言ってくれたのなら、少しは彼女の役に立てたのかもしれない。最後尾の車輛が暗闇に吸い込まれると、ホームからすぐの位置にある中央改札から外に出る。

イーヘヴン市北東部の外延部にあるこの駅は、かつてはターミナル駅として、今で言う関東州や東北州からの多くの乗客が乗り降りしていた名残として、埼玉方面への最終電車は旧路線の地上ホームから出発する。

タクシープールは上層の新造部分に接続されており、終電までさほど余裕がないなかで駅に到着したから間に合わないかもしれないと少し思ったが、それは杞憂に過ぎなかった。〈co-HAL〉が提示した帰宅プランは完璧で、無事に美弥を送り届けることができた。

末那が居住するのはちょうど正反対の南西部の臨海地域《ベイエリア》なので、この駅を利用するのは初めてだった。ふと構内の案内図と一緒に設置されている駅の来歴《バックストーリー》を起動してみると、二〇二一年の災害以前からの施設が多く残っている数少ない駅らしい。各所の補強とそうでない部分の境は層現によって覆われている。旧い時代と現在の繋ぎ目が視えることはない。

そして駅の来歴におおよそ目を通し一呼吸をついたところで、視界に注意を引く朱色の数字の列が点滅した。

ここから末那の自宅までの最終電車の発車時刻で、高架線路かあるいは地下鉄を止むを得ず使用するプランが提示されているが、そちらの優先度は低い。

手で払いのけるようにして鉄道を利用する移動プランは消す。

代わりにリース・タクシーを使ったルートが表示される。金額は高いものの、末那にとっては最適とされていた。

最終電車が出た後で駅は緩やかに静かになっていく。テナントはもうとっくに閉まっていて、末那はエスカレーターに乗って上部のタクシープールへ向かった、途中ですれ違ったのは制服姿の鉄道員数人と清掃用の無人機械くらいのものだった。

〈ベース・エール〉の終電付近といえばまだけっこうな賑わいがあるけれど、こちらは閑散としている。ただ、その静けさは嫌いではないと末那は思う。

タクシープールに到着するとほとんど出払っていたが、一台だけすーっと末那の前に近づいてきて、助手席のドアが自動で開いた。リース・タクシーは無人の自動操縦だからどの席に乗ろうと自由だが、後部座席のほうが広く快適な造りになっていて、普通は誰もがそちらを選ぶ。しかし、末那の行動履歴はほとんど常に助手席を選択していた。昔の名残だ。父親が運転するときにはいつも助手席に座っていた。

シートベルトを締めると、すでに入力済みの行き先に向かって走り出す。

ルートはいつもより少し複雑で時間が掛かった。

都市の夜景は情層による広告の煌《きらめ》きでもあった。

何も設定をしていなければ、各企業がせっせと作る広告群が層現のなかを所狭しと踊っている。特に深夜帯は空間使用料も安いせいか昼間よりも数が増えているのだろう、都市の公共空間は広告で充たされている。道路はその最たるもので、自動操縦の車は道路に次々と浮かび上がる広告たちを突き破っていく。どれもこれも色鮮やかに新商品や新サービスを謳っていた。ユーザーひとりひとりに個別化された広告というのが大きな比重を占めるようになっても、不特定多数《パブリシティ》に向けて放たれるものも絶えたわけではない。

とはいえ、きっと買うこともない・利用することもない広告たちを見ても仕方がないので、末那は層現の設定を弄《いじ》って広告情層を消去する。

代わりに眼に入ってくるのは、時おりすれ違っては一瞬で背後に過ぎ去っていく通行人だった。深夜一時過ぎとは思えないくらい、妙に数が多かった。〈ベース・エール〉周辺の繁華街でもないのに、連れ立って歩く人々をよく見かけた。何だかお祭りの帰りのように沸き立っている。明日は土曜日だから深夜まで遊ぶのは分かるが、それにしても目に見えて昂揚している様子が見て取れた。

するとフロントガラスにいくつかのニュース記事が投影された。

再びハガナー社の強化外骨格〈黒花《ブラックダリア》〉が出動する事態が発生したため、各所で交通規制が行われているという情報だ。すでに事態は解決済み――そう言うわりには妙に封鎖されている箇所が多い印象がある。その煽りを受けて徒歩で帰宅している人たちが多いのだろうか？　それにしては、やけに彼らの顔は楽しそうだった気がする。

そのとき都市の外にいた自分には、彼らが共有する楽しみが何なのか分からないが、おそらく〈黒花〉関係の話題なのだろう。前回は事態の当事者だった身からすれば、観ている分にはいいが、直接、体験するようなものではなかった。

ただ、もし可能ならそのうち〈黒花〉――というより、その着装者と会って話してみたいと思った。親友の、美弥のために集められる情報があるなら集めたかった。

何とか会う手段はあるだろうか？

方法がないわけではない。

今は疎遠になっていたが、個人的にキュレリック社のCEOとは親交があった。父が彼と親しく、幼い末那にとっては陽気な親戚のおじさまといったところだった。

彼ならばキュレリック社――〈Viestream〉部門の責任者でもあるから、そのつながりで〈黒花〉の着装者と会う口利きをしてくれるかもしれない。

いま担当している仕事が完了したときにでも、それとなく聞いてみようか——と考えているとタクシーが速度を緩め、すうっと静かに停車した。

リース・タクシーから降車すると、通知される決済額は予想していたより低かった。〈黒花〉の出動に伴う交通規制で生じた時間ロスの補償が、キュレリック社によってなされた通知が表示された。都市内のほとんどの交通機関の利用客を対象としているから、莫大な出費になるだろうが、〈Viestream〉での視聴数が過去最大を記録したせいで、それによって生じる利益も相当なものらしい。

末那は、イーヘヴン市南西の臨海地区に位置する自宅マンション前のセキュリティ・ゲートを潜り抜ける。まず敷地内に入るために右の指先で生体認証を行い、綺麗に刈られた芝と夜間は稼動を止めている噴水と庭園を横目にマンション棟へ。そこで再びの生体認証とエントランスのセキュリティ専用の鍵を使って中に入る。これに加えてエレベーターに乗ってからも、自分の階に着くまでに別の指を使ってまた生体認証を必要とする。ようやく部屋の前にたどり着き、部屋鍵を挿し、最後にパスワードを入力。それでやっとロックを解除し帰宅する。

いつもの手順とはいえ、これで取られる時間は相当なものだった。

元々はイーヘヴン市が誘致した多国籍企業の従業員たち向けの高級マンションとして販

売された頃の名残だ。二〇年代後半の復興ラッシュのときに作られたマンション群の多くは、こうした複雑で面倒なセキュリティの数々を整備することが重視されていた。

家を空けることが多い父にとって、よく何処かにふらっと行きがちな幼い娘を育てるには、これくらい過剰なセキュリティのほうがよかったということだろうか。

それもまた答えの返ってこない問い掛けのひとつだった。

自分を引き取ってくれて、惜しみない愛情とともに育ててくれた父親が死んでもう三年になる。多分、これだけ出るにも入るにも面倒ばかりの場所に暮らし続けているのは、何だかんだで愛着があるせいかもしれない。

部屋は玄関からそのまま靴で歩けるように設計されていたが、末那はいつもどおり玄関脇に設置した小さな椅子に座って靴を脱ぐ。そこが内と外を区別する一種の境界線だ。地続きのままだと上手く気持ちが切り替えられない。

靴を脱いで、靴下越しの床の感触を足裏に感じる。季節と末那の身体状況とを相互に考慮して温かすぎず冷たすぎず設定された温度に満たされていた。

部屋の間取りはダイニングとリビング。それに私室が二つ。それぞれ父親と自分が使っていた。部屋数は多くないが、二人で暮らしていたころでもけっこうな広さだったから、ひとりの今ではすこし空白が目立った。

廊下を抜けてリビングへ。東京湾を見下ろす臨海エリアらしい眺望が窓ガラス越しに見えた。夏になると、よく花火大会を眺めたものだった。ベランダに出てみれば、きっとその音さえも聴こえてくる。

振り向いたダイニングキッチンから珈琲豆を挽いた香りがする。

それもまぼろしだ。もう三年の間、コーヒーを淹《い》れたことは一度もない。

まただ。思い出がまるで色褪せることも、遠のくこともなく甦ってくる。

ここ半年ばかりは、そうではなかったのに。

今はどうしても、かつてここにいた人の記憶が立ち上がってくる。

イーヘヴン市はあらゆる物事を記録する都市だと言われている。行動履歴――何を着て、何を食べて、何処へ行って、誰と会って――行動のすべてが都市の記憶領域に刻み込まれているからだ。そして層現によってそれらを再現することもできる。

けれど、そうしたものを介す必要さえなかった。この部屋という場所とここにいる自分。それらが繋がり合ったとき、記憶は確かな意味を宿して呼び起こされた。

父さんはもういない。

三年前に発生した燃料輸送列車の爆発に巻き込まれ、亡くなったのだ。

イーヘヴン市警本部長――都市内で保安業務に就く民間保安企業とその契約者たちを統括する職に就いていた父は、不意の事故によっていのちを奪われた。

呆然として一年が過ぎ、疑問ばかりの一年が過ぎ、受け入れの一年が過ぎた。

末那が父に引き取られたのは自分でも覚えていないほどに幼いころだった。他に家族はいない。父は結婚もしておらず独身で、肉親はひとりとしていなかった。父の世代ならそう珍しいことではなかった。二〇年以上前の災害で家族を亡くし、自分だけが生き残ったという過去を持つことは。

「ただいま、父様《パパ》」

着替えをすませてから父の部屋に入る。仏壇に線香を供えると、無煙のなかで香りが漂う。すっきりと整頓されていて掃除も欠かしていないけれど、やはり人が住んでいない部屋には独特の停滞があった。

帰宅後の日課を済ませてリビングに戻る。時刻はすでに夜中の二時を過ぎていたが、簡単でも食事はしておくことにした。

契約しているケータリング・サービスの食事。夕食用の一食分をパックごとレンジに入れ、パネルに表示される調理アイコンを押す《タッチ》。必要な加熱時間や温度はパックに付与された情報タグをレンジ側が勝手に読み取って設定してくれるから、後は調理完了の報せが鳴るのを待つだけ。

ダイニングキッチンはほとんど手つかずのように綺麗なままだ。料理が嫌いなわけではない。父がいた頃はむしろ積極的にキッチンに立って料理をしたものだった。

ただ、今はほとんど作ることはない。果物を剥いたり、お茶を淹れたり――それくらいのことしかしない。朝はほとんど食べないし、昼は〈ベース・エール〉のフードコートで済ませられる。夜も、帰宅時間が遅ければ途中で何か食べて帰ってくることも多いからだ。最初こそ、無理に今までどおりにしようとして一生懸命に食事の支度をしたこともあったが、独りで作って独りで食べてもどこか味気なかった。以前と同じ献立・同じ料理法・同じ味付け――なのに、どれもまるで別物で、食べるより残すほうが多くなったときに止めるべきだと理解した。

チンと調理完了を報せる音が鳴った。

レンジから取り出してリビングのテーブルへと運ぶ。白い無地のトレイには何色かのラインが引かれた包装がかかっている。層現で来歴を覗けば、もう八〇年近く前に公開されたSF映画に登場する宇宙食をモチーフにしたデザインであることが付記されていた。

無論、包装を剝がした中身はペーストではない。五穀米はふっくらと炊き上がっていて、主菜にえぼ鯛の干物。煮物は大根と人参、こんにゃくと薩摩揚げがいい色合いになっている。汁物は減塩の味噌汁で豆腐が浮かんでいる。湯気の立つ料理の横には加熱を遮断する容器に入った小鉢があった。開くとほうれん草の胡麻和えがちょこんと収まっている。

全体的に量は少なめになっている。末那の普段の食事量を計測し、栄養が偏《かたよ》らないようにしつつ、適切な量が配分されていた。

とはいえ、深夜二時に食べるには多いかもしれない。平均帰宅時刻も考慮して最近は標準よりやや少なめにしていたが、さすがにこれほど遅い時間は想定していない。

ゆっくりと時間を掛けて食べ終え、食後に緑茶を淹れるころには三時が近い。

明日――というより今日――が休日で良かった。平日は日付が変わる前には就寝することにしている。そうしないと仕事に支障をきたす。

そうだ、仕事というわけではないが、美弥からの頼まれごとの準備をしておこうと、末那は層現に検索用の情層を表示させた。

検索する単語は【広江乗】。検索エージェントが引っ張ってくる情報のほとんどは、本人よりも彼が身にまとっている〈黒花〉に関するものだった。それだけ多くの人間が興味を寄せているのは、その部分なのだということが分かる。

しかし、自分の興味はそこではない。

広江乗本人のことだ。

不特定多数のユーザーの参照頻度から検索をかけても上手くいかないと思い、今度は自分のアカウントでログインした状態で再度の検索を実行する。今までの閲覧傾向が反映され、表示される検索結果が変化した。〈黒花〉関連の項目は減り、海外系のサイトも含んでニュース記事の表示が増えた。

父の死後に、どうしてもただの事故だと納得できなくてニュース記事を調べ続けたのが反映されているのだろう。あのときは日本のニュース記事がほとんどだったが、今回はその逆で海外のサイトがほとんどだった。

世界各地を転戦していた——確かそんなことを美弥から聞かされていた。

上から順に記事内のテキスト情報を日本語に自動翻訳。そして別々のタブに表示されるニュース記事を統合し、広江乗という人物の即席の事典を作成していく。

その作業をエージェントに実行させている間、末那はひとまず一番上に表示されたニュース記事から閲覧していく。

するとひとつ気になる内容に眼が止まった。今、検索結果に反映されているのは末那自身の興味関心だ。それは言うまでもなく三年前の爆発事故。父のいのちを奪った悲劇についてだ。そのため、どんな単語を検索しても、その事故に関連した情報が優先的に表示されやすい。だからこそ——自分と広江乗の間に何かしらの因縁があるのかもしれないと思わせる記述を発見した。

「三年前の事故の際、爆発によって右腕を失った……？」

003 Multi Crime Complex

頂点を一一一九mの高みに置く塔〈ミハシラ〉は、四つの超高層建築の絡め合いによって下部構造を構成し、観光客《ビジター》向けの展望台を中核とする中層部を挟んで、その上部構造には都市内の行動制御システム〈Un Face〉用のデータ送受信塔が突き立っている。

こうした構造はイーヘヴン市の本質を如実に示している。

この都市の市章《シンボル》は四つの樹木が絡まり合い、葉の生い茂る大樹のかたちをしている。それは樹というものがその裡に秘めた年輪に自らが置かれた環境を記録しているように、イーヘヴン市が人々の行動履歴とそれが生み出す環境のすべてを、都市内の記憶領域に蓄積し続けていることを象徴しているからだ。

しかし鋼鉄の大樹を織り成す四つの超高層建築のうち、モール事業と〈Viestream〉によって消費・娯楽を司《つかさど》るキュレリック・エンタテイメント、犯罪更生者支援業務によって整備と再起を司る矯風産業が、それぞれかたちは違えどイーヘヴン市を特徴づける仕事を生業にしているのに比べて、残る二つはどの都市においても普遍的な仕事を担う業種によって占められていた。

ひとつは都市治安——つまりは民間保安企業を統括・管理するイーヘヴン市警および各民間保安企業の出張オフィスがうっすらと黒みを帯びた超高層建築の各フロアに詰めている。

イーヘヴン市における警察機構は完全に民間委託されており、都市内には各多国籍企業と契約を結んだ民間保安企業や警備会社が多数存在する。そしてこれらを統括・管理するのがイーヘヴン市警《EHPD》だった。市警という名称だが公的機関ではない。実質は、イーヘヴン市内の民間保安企業の寄合所帯といったところで、警察業務に従事する企業もあれば、数は少ないが対テロ要員として配備された企業も含まれる。シグナル９１１要員である乗たちが所属するオルタナティヴ・ハガナー社の出張オフィスもこの超高層建築内に宛がわれていた。

またもうひとつの超高層建築はうっすらと黄色を帯びた柔らかい雰囲気で、内部には多数の医療機関および医療企業がひしめき合っている。イーヘヴン市の総合病院もこちらの構造体のなかに納まっている。とはいえ、そのなかでも大きな地位と多くのフロアを占めているのは、市民・犯罪更生者・観光客を問わずに層現《レイヤード・リアリティ》の恩恵をもたらすデバイス、UI《ユニバーサル・インターフェイス》レンズを中心とした医療機器を供給するハクウ医療複合体だった。
　撤退に追い込むことには成功したものの、依然として行方知れずの敵を追うための手がかり――その解析結果が出たという連絡を受け、ダニエル・J・チカマツが訪れたのは、このうちハクウ医療複合体が所有する薄い黄色《イエロー》に色づけされた超高層建築だった。


「まるでこの足は、屍者の世界地図だね」

　ダニエルを〈ミハシラ〉の地上部――玄関エントランスで出迎えた義肢の開発を専門とする研究者、敷島修理《しきしましゅり》は、自らが手がけた解析結果をそう表現した。

〈白　奏《ホワイトジャズ》〉との戦闘から一二時間ほどが経過した昼下がり、ダニエルは回収した〈白奏〉=ピーターの両足の解析結果を聞くために、旧知の仲でもある敷島の許を訪れた。敷島はハクウ医療複合体の研究職に転職するまで、オルタナティヴ・ハガナー社で義肢開発に携《たずさ》わっていた。三年前に敷島が転職して以来、メールなどで連絡は取りつつも直接会う機会はなかったが、今回の解析が彼の担当になったということで、久しぶりに顔を合わせることになった。

　敷島に宛がわれた研究室は低層位置にある。重量のある解析機材などは地下に収められていて、そこまでの出入りが簡便になるよう求めているためだ。

　こざっぱりとした大学教授の研究室のようで、あまり手を加えていない。ソファとテーブル。壁面には投影素材がはめ込まれ、電子書架の役目を与えられている。普段の研究はほとんど地下の解析室で行っているため、敷島はこの部屋を来客時の応接室代わりに使っていた。

「屍者の地図……というのはオマエにしては随分と文学的な表現だな」

「いや、これがまさしくそのとおりなんだよ」

敷島は痩せぎすの体型で、伸びっ放しの髪、数日は放ったらかしであろう無精ひげが頬に浮いた顔に、黒く頑健なフレームのＵＩグラスをかけている。ＵＩレンズだけで処理しきれないデータを投影するための追加装備だ。白衣のポケットにも何やら器材が放り込まれているようでそこかしこが膨らんでいる。逞しい身体をハガナー社の黒を基調とした制服に押し込めたダニエルと並ぶと、ちょうど正反対の外見だった。

「〈白奏〉の装甲部位についてはまた後で説明するけど、その中身——つまり着装者の生身の足だね——についてはは特に奇妙なしろものってわけだ」

「全地球医療情報網《バイタルネット》で検索はしたのか？」

「真っ先にそいつさ。この足の所有者は〈Quantum Network〉を使って認証指を交換していたって聞いたからね」

全地球医療情報網は、共有医療データベースを全世界規模に拡大したものの総称だ。グローバル化の進展によりヒトの流通が頻繁に国境を跨《また》ぐなか、世界のどこにいても普段と同じ医療サービスを受けられるようにするため、世界保健機構と医療機関・企業によって構築された。

「結論から言うと、この足はフランケンシュタイン状態だ。つぎはぎだらけでね。骨格と足本体はバイオニック義肢の技術が使われているが、指先にいたってはそれぞれまったく別の人間の足指が繋がれている」

「つまり複数の生体情報の混合ということか」

「まったく均整の取れてない歪《いびつ》な繋ぎ方だけど、そういうアンバランスさが好きな連中もいるからね。その一種と見てもいいだろう。言うなれば思想が前に出たデザインだ。機能性から発したものじゃない」

「義肢の専門家としては気になるところもあるか？」

「今のところ義肢の方向性というのは、かつてあった機能を再現するか、拡張するかの二つに分岐している。機械と人体を接続するいわゆるバイオニック義肢も、細胞培養によって欠損を復元する生体義肢も、このどちらかの目的のために利用されている」

たとえば、と敷島は壁面の電子書架に情層を投影した。人体――右腕に機械化義肢を接続した乗のモデリング情報だった。

「僕が広江くんのために開発した義腕は複数用途に対応したバイオニック義肢だ。普段はかつてあった右腕の機能を再現しつつ、〈黒花《ブラックダリア》〉の着装時には強化・増幅された腕力を発揮する戦闘用義肢としても機能するように、状況に応じて設定が切り替わる。それに比べると、このピーターの足は、用途がいまいち見えてこないんだ」

「どういうことだ？」

「強化外骨格を着装した戦闘に特化させるなら、機械化義肢だけで構成したほうが耐久性の点で合理的だ。あるいは生身の足を繋ぎたいなら生体義肢だけにしたほうがいい。人間の身体はいびつに見えても一定に秩序だって設計されている。そこに中途半端にいびつなものを指し込むと全体に悪影響が出るからね」

「なら、このピーターという男は自己表現のために〈Quantum Network〉で複数の細胞データを取得し、複製を行っているのか？」

「ここまで別々の生体部品《パーツ》の継ぎ接ぎ《パッチワーク》を見ると、自分じゃない誰かになりたい強烈な変身願望でも持っているんじゃないかってほどだね」

次に表示されたのは解析されたピーターの両足だった。

モデリングされた足の背後に世界地図が表示され、十指それぞれからラインが伸びて、アフリカ・中東・欧州・アジア・北米・南米と各地域に繋がっていた。

「まったく生体部品の幕の内弁当みたいだよ。使われている素材それぞれの追跡情報《トレーサビリティ》を調べると、世界中の生産地に分散しているところもそっくりだ」

「オレの昼飯はイーヘヴン市警から出された仕出し弁当だったんだが……」

「ランチ・ミーティングじゃないから大丈夫だろ？」

「まあ、な」ダニエルが若干、げんなりとした顔をした。「ともかく、この各指は〈Quantum Network〉の布教者たちが提供した生体データに基づくものということか？」

「それが面倒なことにまた違ってね。多分、〈Quantum Network〉で生体データを取得したのは事実だろうけど、その提供者はまた別にいる」

「誰だ？」

「屍者さ。医療従事者か葬儀業者か分からないけど、埋葬前に入手可能な生体情報を売り払って小遣いを稼ぐ密売人《ランナー》は結構な頻度で紛れている。その誰かが〈Quantum Network〉を介してピーターに生体情報を提供したんだろうね」

これが匿名相互扶助ＳＮＳ〈Quantum Network〉の負の側面のひとつだ、と敷島は言う。

「大多数の善人が助け合うシステムを利用して、悪人たちも助け合う。相互扶助のシステム設計はそこに善悪を判断しないから」

「人身売買の方法も随分と変わったものだな。拉致して捌《さば》いて売り払うのに比べればマシと言えるのかもしれんが……」

「医療系企業に籍を置くものとしては、無許可の生体部品の複製が倫理的にどうかは置いておくとしても、衛生面からして賛成とは言い難いけどね。とはいえ、正規で作るには費用が掛かりすぎるから仕方がないのかもしれないけど」

「ピーターは生体部品複製用の工房を有していると考えられるか？」

「いくら3Dプリントが普及したといっても、生体部品をDIYで作るには設備投資がかなり掛かるから……。個人で所有するには莫大な資金が必要になるよ。それこそ湯水のように金が使えるくらいじゃないと、あるいは政府のバックアップがあるとかだろうね」

「政府公認のテロリストというヤツか」ダニエルは苦笑した。「そういう陰謀論が流行《はや》った時代もあったな」

「まあこのピーターの背後にどこかの国がいるというのはないだろうね。イーヘヴン市は世界各国の大企業が社屋を置いているから、企業が国から出ていくのを助長する原因と非難する国もあるけど、それでテロを行うわけもない」

「金持ちの狂人か……」ダニエルはピーターの足指から線が伸ばされた世界地図を見つめた。どこも一度は訪れたことのある場所ばかりだった。「この三年間で各地を訪れたが、ああいう手合いに遭遇したことはなかったな」

「ピーターは広江くんに特別な執着を抱いているらしいって言ってたね」

「ああ、心当たりがないかと訊いてみたが、賞賛を受けるにも怨みを買うにもジョウもオレたちも世界各所を回りすぎた」

ダニエルは腕を組み、視線を地図の端から端へとゆっくりと動かしていく。するとD《ダーク》T《ツーリスト》小隊の初期運用時、〈黒花〉を着装した乗とダニエルの二人だけで派遣された任務地であるガーナが、生体部品の供給元のひとつとなっていることに気づいた。

虐殺や紛争などが今も頻発する西アフリカにおいて、ガーナはそうした危機を迎えずにやってきた極めて安定した数少ない国のひとつだった。しかし、まったく無縁というわけではない。ガーナの首都アクラ郊外にあるスラム、アゴグブロシは無人兵器の墓場の別名を持っている。かつては青々とした牧草が茂る土地だったが、現在は黒煙が燻《くす》ぶり、悪臭の絶えることのない焦土のような土地に変貌している。二〇世紀の末から現在に至るまで電子機器の廃棄物が次々と送られるようになったからだ。それが三〇年代の無人兵器の大量拡散以降、アフリカ地域を含む世界各地で撃破や処分された無人機の残骸《スクラップ》が送られてくるようになった。

村人たちは日銭を稼ぐために、廃棄物を燃やし、有毒物質を大量に含む黒煙にまみれながら、精密部品に含まれる銅や水銀などを抽出する宝探しをする。しかし、なかには無人機の回収されなかったデータを手に入れようとするテロリストが入り込むなど、新たな紛争を引き起こす恐れがあった。

実戦経験の少ない〈黒花〉とともにダニエルはまだ稼働可能な無人機が混じっていないか調査することになった。ダニエルも防毒マスクを装着し、火と硫黄に焼かれたソドムのような無人機の墓場を歩く。そして銃器などが装備されたままなら取り外し、あるいは〈黒花〉の特殊兵装によって中枢系に干渉しデータを完全に破壊した。

そこで結局、戦闘が発生することはなかったが、Tシャツにズボンという軽装で毒だらけの場所に入っていく村人たちを助けることができなかったのは心が痛んだ。自分たちの任務は無人機が起こす被害であって、その周辺までは含まれていなかった。

それに比べれば生体部品のパーツとなるデータを売ることで金を稼ぐのは、まだしも命を縮めることはなく、完全に否定することはできなかった。

たとえ、その相手がテロリストであっても。

「僕の解析で正体を暴ければ一番だったんだけど……」

敷島が本当に申し訳ないという声で言うと、ダニエルは首を横にゆっくりと振った。

「昨日の今日でこれだけ調べていれば十分すぎる仕事ぶりだ」

「〈白奏〉については機体の一部とともに設計データが入手できたからこの後で詳しく説明するよ。ああ、それと〈co-HAL〉の都市防衛領域から、うちの会社に依頼が来たんだ。解析データを基に〈黒花〉の改修作業を行えってね」

「〈黒花〉の改修……担当はオマエか？」

「そうなりそうだね。優先的に〈白奏〉のデータが送られてきているし」

「同僚だったオマエなら信頼できるが……、医療企業が兵器開発もするのか？」

敷島が転職した先でも軍事兵器の開発に携わっていることに、ダニエルは意外なことを聞いたという顔をした。

「僕の所属は応用技術部ってことになってるんだけど、そこでは先端技術を民生にも軍事にも転用する仕事が含まれる。子どもが生まれたから戦争とは離れた仕事に就こうと思ったけど……、これが僕に与えられた天職なのかもしれないね」

敷島は白衣のポケットに手を突っ込んだまま、少し、ぼうっと天井を眺めた。悲しさも嬉しさも特に含まず、冷静に自分の適性について見極めているようだった。

しばらく互いに無言になったが、やがてダニエルは訊いた。

「娘さん、もう何歳になる？」

「五歳だ。君の妹にお姉ちゃんみたいだって懐いているよ」

「……オマエには助けられてばかりだ」

「人間持ちつ持たれつだよ。こういっちゃ不謹慎かもしれないけど、君が持ち込んでくる仕事は興味深いからね。前は一部機能の開示だけだった〈黒花〉にも色々と触れられるっていうのは正直、楽しみだよ」

「――楽しみ、か」ふとダニエルが何かを思い出したように呟いた。

「実際に戦闘に従事する身としては聞き捨てならなかったかな……？」

「いや、そうじゃない」ダニエルは首を横に振った。「それを言ったらこの都市そのものが昨日の戦闘を楽しんでいる。オレたちとて危ない橋を渡ったが、それで悲しい視線を向けられても困るからな。石を投げられるより何らかのかたちで活用されるなら、そのほうがいい」

「あらゆる状況の娯楽化――か。僕もここに来たばかりの頃は面食らったけど、そういう方針でこの都市は繁栄しているからね。いろんな企業がこの都市には集まっているけれど、やはり頂点にいるのはキュレリック・エンタテイメントだよ」

「そういえば、シュリはそこの最高責任者《CEO》に会ったことはあるか？」

「グルーエンCEOかい？」

「ああ。ジョウが彼に呼ばれていてな、ちょうど今ごろ、この建物の上層で会っているはずだ。ただまあ、その、何だ……」

「変人だね、彼は」敷島は断言した。「何でも楽しみを見つけるというか……、現実とフィクションの区別がついていないというか――とはいえ、悪人ではないよ」

「そうか、ならいい」

ダニエルはうなずき、天井を見上げた。

1

乗が通されたのは、〈ミハシラ〉の中層構造、展望台のちょうど直下の位置に接続されたペントハウスだった。

平たいドーナッツ型をした住居スペースは、キュレリック・エンタテイメント所有の超高層建築内を貫く専用エレベーター以外に地上との接点を持っていない。完全な私有地として、許可された人間以外はけして立ち入れない。

だが、エレベーターを降りるとき、乗はちょっと躊躇した。

目の前に拡がっているのが、ただ単に青空であるように思えたからだ。

空に浮く雲のように動物の毛皮らしき絨毯が敷かれており、その上には革張りのソファと品のいいデザインをした背の高い木製の椅子が、重みをもって置かれている。

視界の左端には本棚がある。これまたずしりと重みがありそうな装丁の大型の洋書が、ずらりと調度品めいて並べられており、本のサイズ違いが生む起伏の上には雑誌が突っ込まれている。そのどれもが、珍しい紙製の書籍《ペーパーブック》だった。背表紙部分には題名《タイトル》代わりにタグが張りつけられており、この部屋のあるじであれば視線を向けるだけで内容がすぐに把握できるのだろう。

乗は恐る恐る一歩を踏み出してみた。地上に落下することはなく、硬い床の感触があった。しかし見る限りでは空そのものだった。はるか眼下には〈ベース・エール〉の敷地が見下ろせる。この高さから見ると本当に迷路のような複雑な形状をしているのが分かった。

乗は顔を上げ、再びペントハウスを見渡した。

乗が立つエレベーター兼玄関からもっとも遠い位置——窓際ということになるのか——には、枕が一つだけ置かれたキングサイズのベッドがある。

そして、男がいた。

ベッドに腰掛けながら、こちらの反応を楽しむように顔を上げている。

やや高度を落とし始めた太陽の光を背に受け、逆光で暗くなった顔のなかで、白い歯の並びが前衛芸術めいた笑みを浮かべている。

〝素晴らしき新体験《Feel Good Fiction》を！〟——歯の表面にはキュレリック・エンタテイメントが標榜する謳い文句《キャッチコピー》が刻印されていた。にっとした笑顔から歯だけが浮き出て視える投影は戯画的《カートゥーン》だった。

「驚いたかい」ロが問い掛けてきた。

「ええ、驚きました」

乗は素直に答えた。それ以外に適当な返事も思い浮かばなかった。

「それは重畳《ちようじよう》」ロがにこにこ笑った。「層現《レイヤード・リアリティ》によって空を投影している。上の展望台と違って、実際は壁に囲まれているが、強度は維持しつつ可能な限り薄くしているから本物の外の景色との誤差も少ない。それにしても——この〈ベース・エール〉を守り抜いたスーパーヒーローの度肝を抜けるとは、まったく爽快だ」

男は流暢な日本語でそういった。

音声入力式の自動翻訳を介した様子もない。

そしてベッドのばねを弾ませるように勢いよく立ち上がると乗の許へと近寄ってきた。歩く動作のたびに予《あらかじ》め決められた演出をこなすように、体型にぴったりと合わせられたスーツが様々なラインを描く。黒のジャケットの下には、金属のような質感の銀色のシャツを着ており、揺らめくような光沢が瞬く。首許には、これまた深紅のネクタイが締められており、この男が着ているのでなければ最悪のセンスと謗《そし》られそうな格好を、この上なく洒脱に着こなしていた。

すらりと背が高く、やや後退している黒に近い濃い茶色の髪をオールバックに流している。濃く凜々しい眉が精力的な新緑色《ライトグリーン》の双眸と相まって、そのまま佇《たたず》むだけで男性的な色気を隙なく振りまきそうな容姿だった。

にもかかわらず浮かべた表情は、憧れのスーパースターを前にして眼を輝かせる無邪気な子どものようで稚気に溢れていた。

「**ジャレッド・C《クリストフ》・グルーエン**」と満面の笑みを浮かべながら、握手を求めるように手を差し出した。「エド、クリス、グリー……親しい友人たちからは、よくそう呼ばれる」

「では――、エド」乗は躊躇《ためら》いがちに言いながら、ジャレッドの握手に応じた。

両手で覆ってくる熱烈な握手だった。

「き、君のことは何て呼べばいいかな？」

やけに早口でつっかえるように言ってきた。もしかしたら緊張しているのかもしれない。

「……ジョー、でお願いします」

「オーケイ」ジャレッドはうなずき、名前を呼んできた。「ジョ……、ジョー？」

「はい、それで」

すると感極まったように深くため息を吐いた。ミントとコーラの香りがした。

「君とあだ名で呼び合う。またひとつ、夢が叶った……」

そうした顔も態度も何もかもが子どもじみていたが、ジャレッドは間違いなく、この都市の誕生に携わり、伊砂久とイーヘヴンを二分するもう一人の大富豪であり、多国籍企業キュレリック・エンタテイメントの最高経営責任者《CEO》だった。


世界には二種類の人間がいる。私のことが大好きな人間と大嫌いな人間。ちなみに私はどちらの人間のことも愛しているんだけど――。

事あるごとにジャレッドはそうした趣旨の発言をする。

ジャレッド・C・グルーエンに対する世間の評価は激烈だった。

まるっきり好むか、まるっきり毛嫌いするかの両極端でジャレッドは人びとの間を駆け巡っていた。今のところ彼が順調にやっているのは、前者のほうが多いということだった。

少なくともイーヘヴン市の繁栄の大部分は彼に拠《よ》るところが大きかった。〈ベース・エール〉に代表されるモールの運営事業は都市経済の主たる車輪であり、それが生む莫大な利益を二〇年以上にわたって維持しているのはジャレッドの確かな功績だ。とはいえ、その成果を生むための判断基準こそが、同時にジャレッドの評判を割る理由でもあった。

「君を呼んだのは他でもないんだ。昨日の戦闘……、ピーターそして〈白奏〉のこと――、分かっていると思うけど」

「申し訳ありません。〈ベース・エール〉の周辺に多大な被害を――」

「とんでもない」ジャレッドは勘違いしてもらっては困るというように両手を振った。

「もしかして叱責されると思ったりしてたかい？」

「……そうではないんですか？」

「理由がないじゃないか。〈白奏《ホワイトジャズ》〉は主武装の二つを失って撤退した。それに加えて昨日の戦闘は〈Viestream〉の歴代最多視聴数を大幅に更新した。そして〈黒花《ブラックダリア》〉に関するチャンネルを快適に観たくて、ユーザーひとりあたりの平均課金額も順調に上昇し続けている。あと今日は朝から〈ベース・エール〉への客足も普段よりよっぽど好調でね、都市内の利用者数《DAU》もアップが見込めそうだ」

　まったく嘘いつわりのない朗らかな言い方。そして、そのとおりだった。

　今朝がた着装者である「広江乗」に対してキュレリック・エンタテイメントは特別俸給《ボーナス》

を支給していた。〈Viestream〉の視聴者数増進に大きく貢献したという理由だった。撃破に失敗したこと――取り逃したことそれ自体は、まるで瑣末な問題だといわんばかりに。

「まったくもって君たちは完璧に任務を達成してくれた」

キュレリック・エンタテイメント――ジャレッドが重視していたのは戦闘の結果ではなかった。〈黒花〉と〈白奏〉の交戦の結果、どれだけ利益が出て、どれだけ損益が出たのか。その両方を比較したときに、前者が勝ることが重要とされていた。

「〈黒花〉とその仲間たちは〈白奏〉の顔面装甲《フェイス》を打ち砕いた。まったく痛快な一撃だったじゃないか。〈Viestream〉の視聴者たちときたらあそこで最高の盛り上がりさ。もちろん私もそのひとりだったけど、ここで独りで騒いでたよ。つまりさ、とにかく〈黒花〉というコンテンツは最大限の価値を示してくれた。それは、君の立派な功績だよ」

それに比べて、とジャレッドは層現内に二色の数値を浮かばせた。青い数値はそれこそ青天井を目指すように額面を上昇させ続けており、赤い数値は一定の額で停止していた。

「――被害といったら街灯と道路の補修代。それと隣接するビルの外装補修費くらい。修理そのものはデータを取り終えて、明け方から急ピッチで終わらせないといけないから、特急料金が少しばかり割高だけど……、これにしたって、〈黒花〉が戦った現場というのを見たくて訪れる観光客は、今日の時点でもかなりいるからね。この調子なら〈ベース・エール〉前の直線道路は立派な観光資源になるよ」

「戦闘跡ですよ、危険じゃないんですか？」

「そのほうが価値があると思う人間もごまんといるってこと。飛び散った硝子や、捻じ曲がった街灯、捲《めく》れ上がった路面のほうが、清潔に磨き上げられるよりも魅力的だったりする。ときにはね」

　ところでさ、とジャレッドはクリスタル製のケースに収納された酒瓶の並びに指先を遊ばせたが、選んだのはペプシ・コーラだった。特別に加工され、光加減でほとんど視えなくなるほど透明なカットグラスに注ぎこまれ、空の蒼さのなかに漂うように映った。乗にも何か飲む、と訊いてきたのでコカ・コーラを頼んだ。

　二つのコーラが炭酸を弾けさせ、互いに喉を潤すと、

「ジョー、君は複合劇場犯罪都市《マルチ・クライムコンプレックス》って知ってる？」

　問いかけは青空に反射して都市を見下ろしていた。

「エドCEOがよく口にする概念だ、ということは」

「複合劇場犯罪都市《マルチ・クライムコンプレックス》とは、すなわち罪を罪でない何かに変え続ける都市を意味する」

　ジャレッドは指揮棒でも操るかのように腕を振った。

「知ってのとおり、我がキュレリック・エンタテイメントは都市計画に密接に関係しながらさまざまな事業を展開している。たとえば都市環境の可視化――」

　ペントハウスから見下ろせるイーヘヴン市街の景観が突如として変化し始めた。

白から黒へ向かって無限といっていいほどの階調に調整された情層《レイヤー》が、白に近づくほど変化の少ない環境、黒に近づくほど変化しやすい環境という設定で、視界に収まったすべての都市景観に付与されていった。

たとえば〈黒花〉と〈白奏〉が戦闘した直線道路、その前の追跡劇《カーチェイス》が演じられた道路は墨を落としたかのように黒ずんでいる。

「あれらの場所に戦闘による被害は目に見えては残っていないけど、戦闘があったという情報は付加されている」とジャレッドは指差した。「以前と比べて急激に不特定多数の人間が訪れるようになり、環境が流動化かつ活性化する。まあ、その代償としてよくない騒動が起きたら困るから、イーヘヴン市警に頼んで短期的な要警戒エリアにしてもらっているんだけどね」

白と黒と灰の濃淡がかたちづくる情層の連なりは、寄せては返す波のように絶え間なく揺らめいている。都市内における過去の事件発生の履歴に応じてリアルタイムに変化し、それだけあらゆるものが刻一刻と移ろい続けていることを証明していた。

「この地図情層を作り上げているのは、イーヘヴン市民と都市を訪れる人びとの行動履歴の集積だ。意識しようとしまいと、あらゆる行為は都市の記憶《ブック》領域《アーカイヴ》に所蔵される。これらは行為の直後よりも時間を経ることによって価値を持つようになるだろう。君たちの戦いが、その瞬間には危険なものだとしても、その後には都市経済を潤す目に見えない観光資源になっていくように」

　させてさて、とジャレッドはグラスに入ったペプシに口をつけ、喉を湿らせた。

「ジョー、君は過去に犯した罪があるとしたら、どうするかな？」

「……罪、ですか」

　そう呟いた瞬間、ふいに痛みが訪れ、乗はグラスを取り落とした。こぼれたコーラが手にかかり、化学薬品に変じたように皮膚をじゅうじゅうと溶かし、泡立たせる。やがて肉、骨まですべて解かされるような苦痛。

　乗は思わず言葉に詰まった。痛みは昨晩の戦闘に比べればはるかに軽かった。少なくともどのような幻痛であるかを把握できるくらいには。

「だ、大丈夫かい」

　ジャレッドは、突然グラスを取り落として床に倒れそうになった乗に声をかけた。

　コーラがスーツにもかかってしまったが、気にする様子はなく乗を抱き起こすと、清掃用無人機を呼び寄せ、片づけるように指示を下した。

　乗はジャレッドに肩を貸され、ソファへ腰を下ろした。そのころには幻痛は消え去っていた。ウェットティッシュは強酸ではなく、手についたコーラのべたつきを拭っただけだった。なおも心配そうな顔をするジャレッドに無用な心配を与えないように、ただの立ちくらみだと乗は誤魔化した。昨日の戦闘からあまり寝ていなかったのでと、もっともらしい言い訳をした。

〈黒花〉の着装者である乗は動作補正ナノマシンによって恒常的に生体データをモニタリングされていたが、そこに異常が見つかったことはない。ダニエルに櫻条、ヘヴェルのDT小隊の面々はこの幻痛について知っていたが、それ以外に明かしたことはない。

今まではその頻度はかなり低かったが、ここ最近は連続していた。特に昨日から今日はすでに三回も訪れている。しかしその理由については分からない。

乗はいつまでも黙っていると余計に心配されると思い、先ほどまでの会話を再開した。

何だったろうか、そう——罪についてだ。

「……贖《あがな》われるなら、時が過ぎるにつれて忘れていくのかもしれません。ただ、そうでないなら——」

「この都市はあらゆることを忘れない。だけど、消えないものには価値がある。いや、価値があるから消えないんだ」

ジャレッドは乗が本当に何でもないのだろうと判断したのか、元の調子を取り戻した。

「その罪によって苛《さいな》まれるとしても、ですか？」

「罪悪感とは、消せない苦痛そのものだ。そして厄介なことに、人間の記憶は頭だけじゃなく文脈として刻まれている。過去と現在はけして切り離せないように、罪っていう記憶は何としても残ってしまうものだ」

ジャレッドは、空《から》になって、それこそ空《そら》の一部になりそうなグラスを手で弄《もてあそ》んだ。繊細なしろものが、どれほど乱暴に扱えば壊れてしまうかをよく心得ていなければできない仕草だった。

「ジョー、君は過去に捉われやすいようだね。それは仕方ない。痛みへの対処の第一歩は、痛みが痛みであることを直視し、それがどこから生じるのかを見つけ出すことだ。しかし、君はまだ、痛みの始まりを見つけ出せてはいない」

　無論、彼が語る痛みと乗に訪れる痛みは別のものだったが、乗は幻痛の理由を探る方法について教えられているような気がした。

　そして同時にジャレッドが自分についての知識を、別の人間から教えられていることに気づいた。痛み——というより罪のはなし。三年前に自分に訪れた今もなお原因不明の出来事について。

「ご存知なんですか、僕のことを」

「伊砂会長とは疎遠になってはいるけど、長い付き合いなんだ。君の力になって欲しいと頼まれてね。まあ、私ができることといえば君が戦いやすい環境を整えるくらいだけど……、その前に話しておきたくってね」

「何をですか？」

「君は、自分がなぜ追放処分になったのか、その理由を知らない」

「――」

「〈co-HAL〉から追放処分を受けたということは、かつての君は都市に対し重大な損害を与えかねない大罪を犯したのかもしれない。でも、それはおかしい。イーヘヴンはその誕生から二〇年ずっと繁栄し続けているから。私は君が何者だったかを気にはしない。なぜなら君は、いま確かに都市の脅威から私たちを守る存在としてここにいる。広江乗――〈黒花〉の着装者として」

「……ですが、僕はいまだ何者でもありません」

「〈Role=hero〉か。それだって〈co-HAL〉が君に自由を与えているってことだろう。要は視線をどこに向けるかってことだ。それに〈黒花〉の特殊兵装〝寂静《ミュート》〟について考えてみたまえ。〈Un Face〉……都市の根幹を支える情報技術網に対してさえ使い方次第では容易に影響を及ぼしうる。

望みさえすれば、君は都市内の人びとのすべての行動履歴を閲覧し、誰が何処で何をしているのかを一瞬で見通すこともできる。いいかい、こんなことは私たちの誰にだって不可能だ。君には際限ない選択肢が提示されている。誰だって時間が経つほどに選べる札は減り続ける。しかし君は逆だ。選択肢は増え続けている。この都市で起こりうる事態――そのすべてに介入することができるのは、それだけで他とは一線を画した破格の待遇であるといって間違いない」

「すべては、僕が何者であるかを〈co-HAL〉が判別できていないことから生じた猶予に過ぎませんよ」

「その猶予さえ、ほとんど誰にも与えられはしないんだ。いずれにせよ、この都市に生きるすべての人間に役割を付与する女神は、もう過去のことは気にしないと言っているんだと思うよ。

なのに君は、いまや誰も気にすらしない罪を、痛みを痛みのままにしておくつもりかい？　いいかい、これは私からの助言《アドヴァイス》だ。——痛みより大きなものを視野に入れ、意識をそちらにだけ集中したほうがいい」

「大きなもの、とは——」

「与えられた英雄《ヒーロー》の役割《ロール》。〈黒花〉を着装して戦うこと。君が試されているというなら、それに相応しくあることに労力を割《さ》くべきだ。間違っても、試される理由が何であったのか考えることに捉われてはいけない。試す側はそんなことを一切、問題になどしていない。君がどうするのか、どうなるのか、過去はすべて背後にあるものであって、人間の眼差しは本来、前を向くものだ。だからこそ〈co-HAL〉のような機械がその代わりを担っている」

——貴方が何者か分かったとき都市はまた一歩、前に進む。

ジャレッドのことばに、ふと、伊砂のことばが幻の囁きとなって聴こえた。

「われらいずこより来たり、われらは何者か、われらいずこへ去るのか――」

口から紡がれたのは彼女が見せた絵画の題名《タイトル》だった。

「ゴーギャンか」ジャレッドは返した。「君も視たんだね」

「ええ……、昨日、伊砂氏の邸宅を訪れた際に」

「何とも運命めいたものを感じるよね」

「運命、ですか？」

「伊砂会長は、あらゆる人間に再起《ライズ》の機会を与える犯罪更生者支援業務を統《す》べる女性だ。そんな彼女の許を、かつて大罪を犯したという君が訪れた。もしかして〈co-HAL〉によるものかい？」

「ええ、そうです」

「機械仕掛けの女神《メディア》は、やはり君を愛しているのかもしれない。幻滅と溺愛の反復《サイクル》は深い愛情のしるしのようなものだ。――神は汝を試し給う」

「女神」乗はジャレッドのことばから、その一言だけを抜き出した。「伊砂氏も〈co-HAL〉のことを彼女と呼んでいました。〈co-HAL〉はよく女神に喩えられますが、本当に女性人格のようなものがあるのですか？」

「もしかして君は会ったことがないのかい？」

「僕らはシグナル911の発令や事態解決のための情報を与えられる以外に、

〈co-HAL〉と直接アクセスする権限は付与されていません」

「ふうん、そうだったのか……」

ジャレッドは空のグラスを弄ぶのをやめてテーブルに置いた。まったく空に同化して見えなくなると思ったが、彼が触れたところだけ曇りが不透明に縁取られ、そこに在ることは明白だった。

「それじゃ、その女神に会わせてあげよう。環境管理型《アーキテクチャ》インターフェイス〈co-HAL〉に」

そう言って再び、乗の手を握った。適切な強さで、適切な時間で。すべてをきっかりと測り終えたような完璧さで。

「そうすれば君が抱える罪も、きっと何かしらの価値に変貌するはずだ」

†

「〈白奏〉の外部装甲は、いわば無数の断片が組み合わさったものだと思えばいい」

敷島はダニエルとともに地下の研究施設《ラボ》に降り、解析を終えた〈白奏〉の二基の脚部ユニットのうち、片方を手に取ると細長いテーブルの上に置いた。

そして躊躇いなく手に持っていた金槌を振り下ろす。優美な白のカラーリングに刺々しいガラスの靴といったデザインの脚部ユニットが粉々に砕け散った。

「シューリ、気でも狂ったのか?」

「いや極めて平静」敷島は粉砕されたかのような〈白奏〉の脚部ユニットを見つめた。

「ほら、これを見てくれ」

「——断片が動いているのか」

ダニエルが見下ろす傍から、砕け散ったはずの〈白奏〉の装甲片が蟲の群体のようにざわめき立ち、磁性杭に向けて寄り集まっていき、やがて脚部ユニットは元の形状に復帰した。

「磁性杭が形態《フォルム》を維持するための制御器も兼ねているってところだね。今は磁性杭に電力を供給しているけど、これを切ると途端に——」

敷島が宙空に浮かべた情層を弄った。すると、電力供給を停止されたほうの磁性杭に寄り集まっていた装甲片が、パズルのピースかブロックのように散らばった。

「とまあ、こんな具合だね。〈黒花〉と違って〈白奏〉は用途に応じて形態を変化させることが可能だ。〈co-HAL〉から提供された設計データを見ると、人型の強化外骨格形態だけじゃなく、色々と応用が利くみたいだね」

「ピーターが運河に飛び込んで逃げおおせたのも、これが理由か……」

「水中航行用の形態も設計データに収録されていたようだし、最低でも磁性杭が一基あれば形態維持は可能だ。〈黒花〉と同型の強化外骨格といっても、磁性放出を武器に転用した高い攻撃力を有し、単独作戦行動を前提としているから、派遣部隊に与えられたんじゃないかな。前の着装者も、独自に形態を考案していたみたいだし」

「――周藤速人か。どういう理由で部隊を脱走し、傭兵稼業に手を染めたにせよ、その最大の商売道具をなぜ手放した……。それに犯罪更生業務に従事すれば収監はされないにせよ、ほとんど誰とも接触できない強度の〈Un Face〉設定のまま死ぬまで過ごすというのは、途方もない苦痛だろうに」

〈Un Face〉による行動制御は設定によって、特定の個人を情報的透明人間に変えることができる。周囲の景観と同化する情報層を投影して姿を掻き消してしまうものや、そのものずばりに行動制御を実行することで行く先々に誰もいないという状態を作ることもできる。一〇〇万人を超える住人の誰一人として出会うことのない絶対的な孤独。少なくとも自分は耐えられないだろうと、ダニエルは思った。家族とも友人とも完全に遮断された牢獄は、鉄格子もないし看守もいない代わりに本当に誰からも見られなくなる。

「明日をも知れぬ戦いに疲れたわけでもなく、ただ正義の問題だと答えたそうだ」

「確かにそんなことを言っていたな。だが、それで再びテロリストに戻った以上、同情の余地はない。ヤツは教化を最大の武器としている。〈白奏〉で各地の紛争地帯に出現していたが、戦闘以上に、政府軍や民兵組織の戦闘力を大幅に増強するための教官としての仕事をしていたそうだ。いつまでも野放しにしていれば、この都市の人間をテロリストとして教導する可能性は大いにある」

「この都市をテロの巣窟に変えることが可能だろうか」

敷島は正直、半信半疑のようだった。

「何しろ昨日の戦闘までほとんど危機らしい危機が起こらずにきた街だ。〈Un Face〉によって予期せぬ相手に遭遇することも少ないし、そもそも都市環境を管理する〈co-HAL〉がそれを見過ごすだろうか……」

「ならいいんだが、確かにこの都市では行動制御によって道を踏み外しづらい。しかしオレが懸念しているのは、テロリストになり騒動を起こしたほうが得になるという状況が発生することだ」

「たとえば？」

「昨日の戦闘ひとつとっても、オレたちが戦うたびに人が集まり金が集まる。人々がテロそれ自体に加担せずとも、テロ行為が起こったほうが都市を潤すなんて判断がなされることになれば厄介だ。無論、そうなったままここを去るのは御免だ」

DT小隊が世界各地を転戦している間、軍事介入が必要な事態に陥っていた紛争地帯を訪れることもあった。しかしそこでも追撃対象である無人機を撃破した時点で次の任務地へ向かわなければならなかった。そのとき、他に脅威が残っていようと何一つとして助けることはできなかった。

現在の戦場で流通する銃器のほとんどは、ＩＤ認証による使用制限や敵味方識別装置《IFF》が標準装備されている。それを逆手にとって〈黒花〉に搭載された特殊兵装〝寂静〟は、銃撃戦に介入すればほとんど強制的に武器使用を禁じることができる。

戦闘を停止させるという点において、〈黒花〉の能力は優秀だった。しかし、その力は無人機に対処する以外には使われず、銃を向け合う人々を止めさせることはできなかった。

ダーク・ツーリスト。そのあだ名は半分は揶揄《やゆ》が込められていた。戦場へ観光しにくるだけの連中と罵《ののし》られることもあったからだ。

だが、それが自分たちの仕事であり、任務だった。

「——正義とは貫徹すること、か」ダニエルは呟いた。

「いきなりどうしたんだい？」

「いや、その周藤という男に言われてな」

巨軀の傭兵がこちらに言い放った、一蹴したはずのことばが不意に甦った。

助けるつもりなら最後まで助けろ。見捨てるつもりなら最初から見捨てろ。

その観点からすれば、自分たちはまさしく彼にとって憎き敵ということになるのだろう。

助けるつもりがあっても最後まで助けられない。見捨てるつもりがなくても最後には見捨てるしかない。

ある意味で自分たちの三年間の戦歴は、その積み重ねだった。

今度はそうではないと思っていた。イーヘヴン市への派遣はバカンスのように扱われた。誰にとっても羨む派遣先だった。

正直なところダニエルはそれを密かに歓迎していた。

自分はともかく乗にとって休暇が必要だと考えていたからだ。

三年前、右腕を失う大怪我をして、いかなる理由か都市から追放されることになった乗にとって、この三年間の転戦の連続は自らのいのちを危険に晒《さら》し続ける日々に他ならなかった。

たとえ強化外骨格を纏《まと》おうとも、それでどれほど安全かといえば、最前線に立ち続ける限りにおいていのちの保証はどこにもなかった。各任務地において無人兵器相手に、一歩間違えれば即死する戦闘状況にあって、〈黒花〉は──乗は臆することがなかった。

昨日の戦闘にしてもそうだった。〈白奏〉──正体不明の自らの似姿を前にして躊躇《ためら》わずに突撃すること。無謀なわけではない。乗のなかでは確かな判断が下されているのだ。

これはいのちを賭けるに値する事態なのだ、と。

今やっと自分の力が、誰かを守るために使えることを乗は喜んでいるだろうか。

そんなことはない。乗はこの都市での初出動のときに言った──僕たちを必要とする事態は起こってほしくはない、と。

救出任務でさえそうだった。そして今は対象を撃破、それも生身の人間が中にいる敵を相手にしなければならなかった。それはきっと、乗にとって負担をかけ続けるだろう。幻痛が訪れる頻度も上がっていると聞かされていた。乗に苦痛をもたらす事態が長引くことは避けたかった。

最善の選択があるとしたら、とダニエルは考えた。

「可能な限り早く〈白奏〉を撃破し、あのピーターというテロリストと周藤速人という傭兵も拘束しなければならん」

それ以外の選択は今のところ、まるで浮かぶことがなかった。

2

乗は、ジャレッドに連れられ、地上へと徒歩で降りていた。

絶妙な角度で宙に敷かれ螺旋の軌道を描く空中遊歩道は、キュレリック社の社屋が入る超高層建築の吹き抜け部分を貫き、地上まで達している。ジャレッドのペントハウスと同様に透明なため歩き出すのに少し躊躇したが、UI《ユニバーサル・インターフェイス》レンズの設定を弄ると投影素材の白色の道が見出せた。

高層階には〈Viestream〉のスタジオやミーティングスペースがある。ガラス越しに傍を横切る乗やジャレッドの姿を見つけるなり、スタッフたちは手を振ったり笑顔を向けてきたりした。会社のCEOと目下、最大の視聴数を稼いだコンテンツの張本人がいるからだ。

地上へ近づくほど〈ベース・エール〉などモール事業の従業員たちのスペースになっていった。キュレリック社に制服というものはなく、かっちりとしたスーツ姿もいればラフなシャツにジーンズ姿も入り混じっている。しかし全般的に蒼い色調の服を誰もが着ていた。

この螺旋歩道《スパイラル・ウォーキング・ミーティング・ルーム》は歩きながらの会議室なんだ、とジャレッドは説明した。キュレリック社の社員たちが、螺旋遊歩道を昇ったり降りたりしながら活発に話し合っている。各階への移動手段というより、それこそが本来の機能らしい。とはいえ、乗たちのように地上三〇〇mからキュレリック社の地下構造まで降りる人間は他には見当たらなかった。

「さすが〈黒花《ブラックダリア》〉の着装者だ。結構な距離を歩いてるのに全然疲れていない」ジャレッドは遠足を楽しむ少年のように潑剌としていた。「やっぱり行軍には慣れているのかな?」

「〈黒花〉を着装して野良無人機を追撃するときは徒歩での行軍も多かったと思います。派遣先によってはそれ以外の移動手段が使えない場合もありましたから」

「なるほど、じゃあ少し話してくれないかな。〈黒花〉の活動には興味がある」

ジャレッドはシグナル911要員と契約を結んだイーヘヴン市側の代表者のひとりとして、〈黒花〉を初めとするDT小隊の任務内容についてアクセス権限を有しているから、話しても問題はない。

そして乗が語ったのは、アンゴラの地雷埋設地帯を訪れたときのことだった。

ちょうどそのときも乗は歩いていた。目を瞑ると足元の白い螺旋遊歩道は、鬱蒼としたジャングルの草と朽ちて倒れた樹の残骸に満たされる。

〈黒花〉を着装し、埋設されたばかりの地雷原を進んでいく。撃破対象はアンゴラからの分離独立を主張する反政府ゲリラ組織の手に渡った自動地雷埋設機だった。鬱蒼とした森林地帯を踏破可能な多脚機で、胴体に満載した地雷を触手のような埋設腕で取り出しては埋めていく。短時間で跡をほとんど残さずに、通過した場所を地雷原に変える厄介な機体だった。

業務発注元は同国政府。二一世紀初頭の内戦終結後は、サハラ以南《サブサハラ》でトップクラスの埋蔵量を誇る石油とダイヤモンドを背景に急激な経済成長を遂げていたが、一〇〇〇万を超える地雷は今なお大地を抉り、人間を吹き飛ばす。そこに新たな地雷を埋める無人機がゲリラ組織の手に渡ったのは大きな脅威だった。

無人機は米軍の試作機で北アフリカ地域の対テロ戦争に投入されていたものが鹵獲《ろかく》され、

広域テロ・ネットワークを介して辿り着いたと推測されていた。DT小隊には同機体の速やかな機能停止および回収が命じられていた。

そして無人機の発見とともに、〈黒花〉は地雷原を追撃のため駆け抜けた。しかし〈黒花〉の各種探査機構を用いても埋設された地雷のすべてを見つけられず、時には地雷を踏み抜くが、幾つもの炸裂と人体を切り裂く破片の猛威は漆黒の装甲に阻《はば》まれた。無人機の逃走はそう速いものではなかった。森林地帯が切り刻まれるなか、〈黒花〉は無人機に到達し、特殊兵装を起動し操作系に干渉、自爆シークエンスに突入する前に機能停止させた。

「聞く限りでは賞賛されてもおかしくないと思うんだけど」

ジャレッドは乗が一息ついたところでそう訊いてきた。

「僕らはそれきりで撤収、次の任務地へ移りました、無人機が新たに埋設した地雷に対しても、国内に一〇〇〇万個以上が残存する地雷についても対処は管轄外……」

乗は目を瞑ったまま背後を振り返った。まだ明るい時刻だったと思う。そこには片脚がない男の子や片腕がない女の子が立っていた。両脚がなくて誰かにおぶさった幼い子どももいた。彼らは、無人機に触れて停止させたままの〈黒花〉を見つめていた。

無人機が地雷原に変えた場所は近隣の村の人々が利用する道でもあった。ジャングルのなか踏み固められた小道にはことごとく地雷が埋められ、それを踏む村人たちは年齢を問わず、命を落とした人間も少なくなかった。

しばらくは地雷の数は増えないとしても、足元を気にせず歩くことはできないんだろうな、と諦めたようなまなざしが〈黒花〉に向けられていた。

笑顔でも顰《しか》め面でもない。表情は削ぎ落とされていた。乗はその顔をどこかで見たことがあると思った。そして思い至った。幻痛に苛《さいな》まれ、それが去った直後の自分の顔だ。何も解決したわけではなく、やり過ごしただけの、また近く訪れるであろう苦痛に備えようとする表情だった。

そういう顔に何度も見送られながら、〈黒花〉＝乗は任務地を去っていった。

「物事の解決には多くの時間と労力を必要とする」ジャレッドは分からないでもないという調子でうなずいた。「地雷においても、紛争においても、そして失われた場所の復興においても、長く長く取り組まなければならない」

ジャレッドは、見た目こそ三〇代でも通じる若々しさだったが、実際はすでに五〇を過ぎているという。イーヘヴン市が稼動してから二〇年が経つ現在、その創成期から関わっている人間なら当然といえた。

「ここに来て二〇年が経ったが、それでもまだすべてが解決したわけじゃない」

「イーヘヴン市の繁栄はエドＣＥＯに拠《よ》るところが大きいと聞いていますが――」

「僕だけじゃない。そういう風に見えるのは、僕がこの都市を復興するうえで目立つ役割を与えられたからにすぎない」

勿論、今では相応の影響力を持ってしまったけれど、とジャレッドは自分の役割についてやっと理解しつつあるように言った。

乗は訊いた。この都市の創成はどのようにして行われたのかと。

ジャレッドは君が語ってくれた分だけ、僕も語ろうと話を始めた。

「関わった人間の数だけ再生の計画《プラン》があった。でも、その多くは消え去った。今ここにあるのは自然淘汰の結果といえるかもしれない」

「モールと犯罪更生者……それを両立させるための行動制御ですか」

「最初はそこまで具体的ではなかったね。まず初めに〝制御〟の概念があった。ただしヒトではなくモノ——物資輸送網の整備だ。何があろうと物資の供給が滞《とどこお》ることのない流通経路を作るにはどうしようと考えた。ちなみにこの段階では僕は参加しておらず、すべて伊砂久によるものだった」

ジャレッドは当時のプレゼンテーション資料だよ、と層現《レイヤード・リアリティ》に表示し、乗の視界と共有させた。目を通すと、この段階では都市に特色づけを行うのではなく、物資の輸送網について再整備を行うことを強く主張するものだったことがわかる。

高架線路の敷設が選ばれたのは、市街地が運河によって細かく分断されていること、および災害時に崩壊した首都高速道路を取り払って新たな高速輸送網を構築するためだった。地上道路を走行する車輌についても自動操縦を全面的に導入。高架線路を運行する貨物列車群と連動することを前提として、どちらかが利用不能状態に陥っても相互に補完し合い、物資輸送が滞る状態を回避する仕組みの導入を伊砂久は求めていた。

「彼女は災害発生時に家族や友人を失っており、その後も現地に災害救助のボランティアとして留まっていたが、物資の供給が寸断されれば人間の往来も難しくなる。そこで社会起業家として、まずはこの場所に留まることを選択した人々を助ける復興プランを提示したわけだ。東京から多くの人間が去ったとはいえ無人になったわけじゃないからね。そしてこのプランに興味を示す企業も多かった。鉄道会社や輸送業者はどのような復興プランが採用されたとしても、この物資輸送網の再整備は必要だと考えた。それこそ都市になろうが処理場になろうが関係なくね」

「エドCEOはどの段階で参加されるようになったんですか？」

「この後、間もなくしてだね。伊砂女史の復興プランは順調にコンペを勝ち抜いていった。しかし途中で気がついたんだ。このままだと輸送網のアイデアだけが採用されて、都市の復興には繋がらない可能性が高い。競合していた廃棄物処理施設の建造プランに敗北すると」

「それはなぜですか？」

「君はフリーダムタワーを知っているかい？」

「ええ……、9・11で崩壊した世界貿易センタービル跡地の再開発計画だったということくらいは」

「あのコンペではユダヤ系建築家のリベスキンドのプランが決定し、そのとおりにフリーダムタワーの建造が始まったんだけど、最終的には彼の設計事務所は外された。当初は設計の安全性を巡ってデベロッパー側と対立したとされたが、実際はとても単純でね。彼のプランどおりに建造した場合の床面積では採算が取れないことが分かったからなんだ。グラウンドゼロはニューヨークの超一等地にあり地価も極めて高い。資本の原理によって、マスタープランは変更されることになった」

それでジャレッドの言わんとしていることを乗は理解した。

「つまり、都市復興プランにおいても廃棄物処理施設のほうが、採算が取れると？」

「そう、伊砂女史はこの時点で、日本における犯罪更生業務の先進実験区として犯罪更生者の受け入れをプランに盛り込んでいたけど、それだって廃棄物処理施設で働かせればいいということになりかねなかった。何しろ処理施設で進んで働きたいという人間は少ないからね」

「資本の原理は覆せないルール……」

「まさしく、資本の原理において勝利しなければ自分のプランは一部を残して吸収されてしまう。そこで彼女は考えたわけだ。物資流通網と相性がよく、かつ多くの人間を呼び込み、都市として復興させるに足る要素とは何だろうかと」

「それがショッピングモールですか」

「僕の家は、祖父がショッピングモールの運営会社《デベロッパー》を始めて、父の代にはアメリカ国内でかなりの数のモールを運営する大企業に成長した。そして海外展開を考えているときに伊砂女史から協力を打診されたんだ。ただその頃、日本に進出するのはあまり旨みがあるとは考えられていなくてね。父はそれより中国など大陸資本と取引することを優先したがっていたから、当時青二才のぼんくら息子――つまり僕に、その仕事を任せることにしたわけだ」

　家業について自分より妹のほうがはるかに優れていたし、実際、後継ぎにも父親はその妹のほうを選んでいたよと、ジャレッドは述懐した。

「こうして僕はいきなりモール事業の専門家として日本に招かれることになった」

　モール事業は伊砂が提示していた輸送網と確かに相性が良かった。鉄道会社は自らが保有する各都市のターミナル駅を商業施設化することを進めていたし、高架鉄道は物資だけでなく大量の人間も輸送する。

　運ばれてくる廃棄物は金を使わないが、人間は金を使う。ヒト・モノ・カネの集積のうち、最後のひとつもこれによって大幅な確保が見込まれたことで、伊砂・ジャレッドによる復興プランは勝利へあと一歩というところまで一気に駆け上ることに成功した。

「ショッピングモールは都市の固有性を失わせ、均質化させると言われることもあるけど、複合商業施設としてのモールは、単に商業テナントだけじゃなく学校などの教育施設、役所や図書館など公共機関も備えている。家族連れを前提に設計された空間は、身障者や老人にとってもバリアフリーを提供し、安全で快適な消費空間であると同時に新たな公共圏として機能するだろう――、と僕はスピーチし、コンペの最終選考を戦った」

「これで現在のイーヘヴン市誕生に至ったわけですか？」

「いや、最後に大きな難関が残っていてね。プランの基本コンセプトである〝制御〟の仕組みについてどのような方法を用いるか、そこで危機に陥りかけた。都市内の物資の輸送状況を完璧に把握、管理し、さらに不測の事態が起こってもすぐに対処策を講じることができる専用のシステム――それがなければ復興プランは机上の空論のままだ。決着まで時間がなかった。僕たちは限られた時間でこの仕様に足るシステムがないか探し回った」

「そして〈co-HAL〉に行き着いた……」

ジャレッドはうなずいた。

「コンペで選考漏れになった復興プランのなかに、それはあったんだ」

新たに浮かんだ情報層はプレゼン資料というより、文章と簡単な図だけで構成された役所の報告書といった地味なものだった。

「行動履歴解析と投影技術を組み合わせた次世代統治システムの試作型。米国国防高等研究計画局《DARPA》が民間の研究者と共同で対中東戦略のために建造していたものの、エネルギー政策の転換によって開発中止になりかけていたそうだ」

　それを用いた復興プラン――というより治安維持に活用することを提言するものだったが、費用対効果が悪すぎるということで早々に脱落していた。

「プランはともかく、このシステムは利用できるんじゃないかと僕たちは考えた。行動履歴解析と投影技術を組み合わせれば、モールにおいてユーザー属性を正確に把握し、客が求める商品の許へ適切に誘導し消費を活性化させることができる。犯罪更生者についても不用意な接触を回避し、設定変更によって罪の軽重に合わせた行動制御の調整もできる。そして何より物資輸送網の完璧な制御と管理だ。行動履歴だけじゃなく様々な環境情報を収集し解析することもシステムには組み込まれていたから、物資輸送網の制御においても強い威力を発揮する。これを使わない手はない――僕らはプランを提出した人間の許を訪れ協力を取りつけた」

　そして復興プランの最終選考に勝利し、二〇二三年に新東京特別商業実験区――イーヘヴン市の建造が開始され、二〇二五年にまず巨大ショッピングモール〈ベース・エール〉が完成し、稼働を開始した。

「人に歴史があるように、街にも歴史がある。そして環境管理型インターフェイス〈co-HAL〉――彼女は今も無数の断片となってこの都市で起こるすべてを記録し続けている。さてジョー、話が長くなってしまったけれど、〈co-HAL〉とはもうすぐ会えるよ」

会話に意識を取られ、ジャレッドに従うまま歩いていた乗は、自分がいつのまにか地上を抜け、地下階層にまで降りていたことに気づいた。もしかしたらジャレッドとの会話が済むまで行動制御されて、長い道のりを歩いていたのかもしれない。

「――ここは？」

「〈co-HAL〉へのアクセスが可能な秘密の部屋への通り道さ」

周囲は暗い縦杭のような空間だった。螺旋遊歩道はそのまま白い光を放ちながら地下深くへと続いている。

「ここへ来るには、相応のアクセス権限を有している必要がある。〈Un Face〉によって普通は通り道がないように視えるし、そもそもここに来ないように行動制御されるからね」

ジャレッドはそう言って、螺旋階段が途切れる場所で立ち止まった。

「そしてここまで来たとしても、扉を開けるには特別な鍵が必要だ」

階段は途切れているのではなかった。そこが終着点だった。暗闇そのものといった扉に触れると、淡い光とともに指先や掌紋、瞳孔などいくつもの生体認証が実行された。

【Jared・Christoph・Gruen】【Jo Hiroe】

緑光がかたちづくる文字列が層現に浮かび、途切れていたはずの螺旋階段の続きが視えた。先行するジャレッドに続き、乗がそこに足を踏み入れると、今度は背後にあったはずの階段が消え去った。

秘密の部屋――そうジャレッドが形容していたとおりの空間が待ち構えていた。

おそらく四方を投影素材で囲んだ部屋なのだろう。頭上からは暖色系の照明が灯っているが全体的に薄暗い。壁や床は蒼いベルベットのような起毛素材で覆われているように投影が為されている。靴裏に伝わってくる感触は硬かった。

調度品の類《たぐい》は少なく、中央に円卓と椅子があるのみだった。こちらは実体のあるものだ。椅子に座ると、やはり滑らかな手触りの蒼い起毛素材が使われている。乗はジャレッドと向かい合って座ったが、そこでふと違和感に気づいた。

「やけにこちら側だけ暗いですね」

「普段、そちら側に座るのは〈co-HAL〉だよ。彼女は層現のなかに、現実に投影されたまやかしのなかにだけ姿を現す存在だ。実体なき身体は、明るい場所でもほとんど問題なく投影されるけど、暗闇に投影するほうが彼女の姿は輝きを増す」

「だからこちらが暗い……」

「そういうことだ。この部屋に僕以外が入ることは難しいし、誰かを伴うということもほとんどない。そもそもアクセス権限を有する人間は限られているからね」

「ですが、僕はここにいます」

「君がここにいるのは〈Role＝hero〉のたまものだ。女神は自分に触れていい相手を選別するものだからね」

「〈co-HAL〉はどこに？」

「どこにいるかと言えば彼女はどこにでもいる。都市内に張り巡らされた情報網を無数の断片となって漂っている」ジャレッドは椅子に座り、手を組んだまま答えた。「ある意味、断片から立ち上がる彼女は、今もずっとここにいる」

そうジャレッドが告げた瞬間だった。

《……ジャレッド・C・グルーエンさまからのアクセスを確認いたしました。対ヒト仮想《インター》人格《フェイス》を構成します》

そういって彼女は前触れなく、乗の背後に現れた。その声は室内のどこかに設置された立体音響装置から出力されているのだとしても、本当に呼気を漏らしながら発せられる肉声のような生々しさがあった。

振り返ると、すでにそこには彼女がいた。

たとえば現実が一秒二四コマの連続によって認識されるものだとしたら、そのコマとコマの切れ目に突如として挿入されたような唐突さで。

あるいは、露わになっただけといえるかもしれなかった。普遍であるがゆえに不可視となっていた欠片《かけら》たちが集まり、姿を現している。

比喩ではなく透き通る美貌を、刻々とさざ波が立つように色合いや模様を変化させる小袖のような衣服で包んでいる。桜の花びらめいた薄紅色の長い髪がふわりと風に流れるように再現され、すとんと落ち着く頃には彼女がそこにいるのだと認識されていた。紛うことなき美しい容貌をした女性だった。ＣＧモデリングにありがちな整いすぎて不気味になるのではなく、人間らしい造形・表情・仕草を見事に再現している。それから彼女は閉じられた瞼をそっと動かした。

眼を開く――まるで、そこに意識があるかのように。

その瞳は、わずかに血が混じり凝固したような桃色の金剛石《ピンク・ダイヤ》の輝きを宿している。

《おはようございます。〈co-HAL〉です》

そういって〈co-HAL〉――その対ヒト仮想人格――が丁寧にお辞儀をした。

釣られて乗も頭を下げそうになった。幻影ではなく、そこに本当に人間がいるように錯覚させられていた。眼を凝らしてようやく向こう側の景色が透けていることに気づく。しかしむしろ、その半透明さが実は何処かに本当に彼女がいて、そちらの実体を投影しているのではないかと思わされるようでもあった。

「……あなたが〈co-HAL〉?」

《そうです、広江さま。環境管理型《アーキテクチャ》インターフェイス〈co-HAL〉です。正確には、〈co-HAL〉を構成する無数の断片から立ち上がった仮想人格《インターフェイス》です》

受け答えは極めて人間らしかった。その仕組みを理解していなければ、本当に人間と等しい意識を持っていると錯誤しかねないほどに。

とはいえ、ある意味でコミュニケーションしている間は、〈co-HAL〉は意識を持っているともいえた。会話対象となる人間の意識と無意識とが織り成す行動履歴をつねに反映しているからだ。データベース上に所蔵された発言や行動の記録を参照し、もっとも円滑なコミュニケーションが行えるように応答する。

「ある意味でイーヘヴン市の住人たちは、つねに彼女とコミュニケーションを取っている」ジャレッドが〈co-HAL〉を視ながら言った。「個々人の行動履歴を参照し、〈Un Face〉によって最適な行動選択を促す存在は無数に断片化された〈co-HAL〉だからね」

では、ここにいるのは何者か？

「都市の記憶領域に刻まれた市民全員の行動履歴――意識的・無意識的な選択のすべてから立ち上がる仮想人格が彼女ということになる。便宜上、僕は検索エージェントとしての機能は〈Little Sister〉と呼び、人々の総意の反映たる仮想人格を〈Great Mother〉と呼んでいる」

「つまり今、目の前にいるのは〈Great Mother〉?-」

「そのとおり」とジャレッド。

《こちらの仮想人格は総意の表象であり、特定個人にとって最適な回答をするわけではありません。それゆえ利用可能なアカウントを制限しております》

「誰もが知りたいのは自分が何を望んでいるかであって、他の全員が何を望んでいるかとはまた別だからね」

「ですが、エドCEOはそうではない……」

「いや、僕は確認しているだけだよ。〈co-HAL〉を通じてみんなが何を望んでいるのか。無意識の欲望の可視化といってもいいかもしれない。とまあ先取りで言ってしまえば、僕らが選択した復興計画が成功し、ここまで生き残ったのは、彼女と上手く付き合うことに成功したからなんだよ。彼女の言葉に耳を傾けることは、すなわちこの都市が何を望んでいるかを聞くことに等しいからね」

それでは、とジャレッドは立ち上がった。

「僕はしばらく席を外そう。プライベートなはなしというのは誰にだってあるからね。終わったらそのまま部屋を出てくれ、外で待っているから」

†

「さっきエドCEOは、君と会話することは都市が何を望んでいるかを聞くことに等しいって言ったけれど、そもそもイーヘヴン市は意志を持っているのかな？」
乗と〈co-HAL〉は向かい合って座っている。乗はジャレッドの席に移っていた。
《意志》と〈co-HAL〉はまず言った。《広江さまがご質問されているのは、イーヘヴン市に具体的な権能を有する主体はいるのか、ということですね》
「難しいことはよく分からないけれど、この都市の政治的な主体……ということになるのかな。つまりは何かの決定を下す意志について」
《でしたら、いわゆる王や首長といった社会的階層の頂点に位置する存在というものは、この都市には存在いたしません。〈co-HAL〉もまたそうした権能を有しておらず、あくまで決定された選択、対処をお伝えするだけの役割を担っております》
乗は確認すべきこと――自身の追放処分の理由について訊く前に、〈co-HAL〉にいくつかの確認を行っていた。
「じゃあ社会評価値《ソーシャライズ》の付与はどういう仕組みで行っているのかな」
《それは満一五歳を迎えられた市民の皆様への社会評価値の初回付与についてですね》
乗はうなずいた。この短期間で解析でも行われているのか、こちらの質問の意図が多少曖昧でも的確な返答がなされた。
《ご説明させていただきます。社会評価値の初回付与は、市民の方がお生まれになった時点、もしくは出生届けにより市民登録が行われた瞬間から、携帯端末や都市内の情報端末による行動履歴の収集をスタートし、満一五歳までは基本的に行動制御はせず行動履歴の収集を実行し続けます。そして一五歳を迎えた時点で、それまでの行動履歴解析から導かれるユーザー属性を導き出し、都市の環境情報——都市全体の状況《ステータス》とお考えください——と照らし合わせ、社会評価値を算出、付与いたします。以降は算出されたユーザー属性を基本として〈Un Face〉による行動制御を実行します》

〈co-HAL〉はユーザー属性の分布図の例として、十字のラインによって四分割された情報層を表示した。左右に能動・受動、上下に外向・内向と文字が付与されている。そしてそれぞれの領域に光点がぽつぽつと灯り始め、やがて星空のような無数の瞬きとなって暗がりのなかで輝いた。

《これは極めて簡易なものですが、大きく分けてこの四領域のいずれかに市民の皆様のユーザー属性は分布します。これはどこに区分されたかで社会評価値が決まるわけではなく、都市の状況に応じて、その分布領域自体が高評価にも低評価にも変化いたします》

説明は淀みのないものだった。こちらの反応を計測しているのだろう、分かっているかどうか尋ねてくることもなかった。

「この評価には人々による評価も反映されるんだよね」

《イーヘヴン市内において住人同士は社会評価値についてプラス評定を行うことが可能で

す。またマイナス評定も可能ですが、意図的に評価を引き下げるような攻撃行為と見なされた場合には評定者側の社会評価値が減少いたしますので、ご注意ください》
「つまり特定個人の意志が重視されたりすることはない？」
《はい。極めて民主的な手続きとして〈co-HAL〉はみなさまのご要望を実行し、「安全で快適な生活」のためのお手伝いをさせていただいております》
「みなさまのご要望――か。ということは、〈Un Face〉の行動制御もそれぞれが望んでいるとおりに実行されているのかな？」
《たとえば通勤や通学において最も快適な――その基準はまた個々人で異なりますが――ルートが知りたければそれをお教えいたします》
あるいは、
《どのような学校に行くべきか？　何を学ぶべきか？　どのような相手とお付き合いをするべきか？　みなさまの生活において直面し続ける「どうすべきか？」という問いに対して〈co-HAL〉の――先ほどのジャレッドさまの言でいうなら〈Little Sister〉が適切な助言をいたします》
すべきことをするための助言、そして行動制御。この都市は――〈co-HAL〉はあくまで機械的に市民に対してそのサービスを提供し続けている。
乗はそのことを改めて確認し、そして追放処分の理由について訊くことにした。

三年前、爆発事故に巻き込まれ右腕を失った乗は、それからしばらく昏睡状態が続いた。だから社会評価値の初期付与についてもその瞬間に立ち会ったわけではない。

目覚めたのは中東UAEの大都市、ドバイにあるオルタナティヴ・ハガナー社が保有する医療施設だった。

そこで後に乗の指揮官になるダニエルから告げられたのだ。

『君はイーヘヴン市における社会評価値において〈Sociarise=E〉に区分され、都市外への退去処分が命じられた。現在、君は養父である社公威《やしろきみたけ》氏の同意のもとで民間保安企業オルタナティヴ・ハガナー社の仮契約者として同企業の施設にいる』

乗は戸惑いつつも事態を理解した。

『君には選択の権利がある。このままわが社と正式契約を結ぶか、契約を拒絶し日本に戻るか。君の家族は本年度中にイーヘヴン市からの転居を選択している。帰国を選べばまた一緒に暮らすことはできる。しかしイーヘヴン市への立ち入りはできない』

そして乗は前者を選択した。強化外骨格への着装適性があるとされ、失われた右腕の代わりの機械化義肢を得るとともに、〈黒花〉の着装者となった。

なぜ、帰国することを選ばなかったのか――。

その問いは、リハビリとそれに続く訓練キャンプでも繰り返された。

右腕は最新のバイオニック義肢だとしても、それを自分の腕と同様に扱うまでに苦労した。その慣れぬ腕での訓練はより困難を極めた。しかし乗は帰国することを選ばなかった。〈Sociarise＝E〉という社会評価値は呪いの刻印のようだった。ふいに訪れる幻痛とともに自らを苛み続けるものだった。

〈co-HAL〉による行動解析は完璧だ。だからこそイーヘヴン市の繁栄がある。

その彼女が自分を追放処分――この都市にいるべきでない危険な存在と判断したのだ。戻ることはできなかった。自分でも気づかない恐ろしい闇があるのではないかと考え続けた。そしてその闇が姿を現し、美弥にさえ危害を加えるとしたら――そんなことは一度たりともなかったはずだが、そういう幻に苛まれることもあった。

〈黒花〉を着装するたびにそうした不安は薄れていった。

着装者という役割を得て、感謝はされずとも命じられた任務を完遂することで、自分は力を制御しているのだと、もし闇を抱えていようとも、その闇さえも克服し得るのだという確信を積み重ねていった。

なぜ帰らなかったのか――その質問には今なら答えられるだろう。

〈黒花〉の着装者であり続けることが、苦痛を免れるゆいいつのすべだったからだ。何者かになること――、自分が恐れる怪物ではない、人間に。

しかし昨日、美弥からなぜ帰ってこないの？　――そう、問いかけられたとき、答えを口にはできなかった。

やり残したことがある——それはつまり、不安と恐怖を拭い去れていないことに他ならなかった。

大丈夫だ、僕はもはや、かつての僕じゃない。

断言できるだけの自信はどこにもなかった。

むしろ得た力の分だけ、自分のなかに潜んだ闇が姿を現すことへの恐怖は増した。

無論、そうした恐れを否定する自分もいた。イーヘヴン市への派遣は〈co-HAL〉からの要請だ。しかも短期間ではなく一年間。役割はシグナル911——対テロ要員。都市の脅威に対抗する存在になることを、かつて追放処分を下した意志そのものが命じている。ならば恐れることは何もないはずだ。追放処分を受けた少年は——、三年前に都市を出た自分は、赦されてここにいる。

乗は深く呼吸をして、自らの闇と対峙することを決めた。

この都市のすべては記録されている。ならば、追放の理由さえもここにある。

「もう一度確認したいんだけど……〈Sociarise〉の付与は、都市のすべてのひとの『安全で快適な生活』のために実行されていると考えていいのかな？」

《はい》

「だとすると社会評価値がC《クライム》やD《デストロイ》になるというのは、その人間が都市の安定を脅かすことを意味するのかな？」

たとえば〈白奏〉の着装者ピーターには暫定的に〈Sociarise＝D〉が付与され対処が命じられている。周藤も犯罪更生者のCランクから格下げが行われた。

彼らは現在、まさしく都市の敵として拘束対象になっている。

《〈Sociarise＝C〉であっても犯罪更生者として都市内で必要不可欠な労働力であり、消費者です。広江さまがおっしゃる都市の安定を脅かす存在というのは〈Sociarise＝D〉が該当いたします。この社会評価値が与えられた人間は、担当管理者を除くすべての人間との接触禁止が〈Un Face〉によって実行され、それを拒む場合は都市内から退去していただくことになっております》

つまりピーターたちは拘束次第、最終的な社会評価値が決定され、相応の制裁が下される。昨日の戦闘がいくら都市経済を潤す観光資源になるとしても、彼ら自身はそうではない。他者への危害を辞さず、ピーターに至っては明確に一般市民を殺害する意志をほのめかしていた。彼は間違いなく拘束と同時にその正体を暴かれ、彼が本来属すべき国の司法機関によって裁かれることになるだろう。

だが、都市からの退去という言葉は、やはり乗にとって呪いのように響いた。

自分に与えられた追放処分は、まさしくそういうものだったのではないか。

ピーターという男の笑みが闇に浮かび上がるようだった。あるいは、あの笑みこそが自分にとっての闇のようにも思われた。

あなたに逢いにきた——黄金の瞳をした道化が笑った。

訊かなければ、知らなければいけない。

乗は、ついにその問いを口にした。

「では〈Sociarise=E〉はどうだろう？　僕は三年前にその社会評価値を付与されたんだ」

自分が都市を追放されるに至った理由を。判断を下した、その相手に。どのような答えが来ようとも受け入れようとした。受け入れなければならなかった。

だが、

《〈Sociarise=E〉は特例措置として付与される社会評価値です。しかし現在、該当する人間は存在しておりません》

乗はいささかも動じることのない〈co-HAL〉を見つめた。彼女が動揺の素振りを見せないということは、都市の総意において自分を危険視していないことの現れだろうか、と考えた。

そして。

「ヤシロジョウ」乗はある名前を告げた。

《その、お名前は？》

「僕のかつての名前だよ。この人間《アカウント》について情報を得ることはできるかな？」

〈co-HAL〉がその名前を聞いたとき、きょとんとした様子を見せたことに乗は少し疑問を感じた。〈Sociarise＝E〉を適用されたとしても記録の上ではかつて自分が存在していたことは残されているはずだ。なのに〈co-HAL〉は、まるで初めてその名前を聞いたような反応をしたからだ。

《申し訳ありません。その人間《アカウント》の行動履歴は記憶領域《ブック》に保存されておりません》

「……そんな、じゃあかつての僕がなぜ追放処分を受けたかは――」

《そのような処分が下された人間の情報が見つかりません》

　確かに自分はこの都市で育ってきたはずだ。少なくとも三年前までは。

　そこで乗は別の名前を口にした。

「――社美弥」乗はそれから彼女の両親であり自分の養父母の名前も言った。「社公威。社亜季」

《三名とも記録されております。ただし社美弥さまを除く二名は、三年前の転居以降、行動履歴の収集を停止しております。行動履歴の内容については個人情報保護のため開示はできません。ご了承ください》

　美弥もいる、あるいはその両親もいる。イーヘヴン市を離れたとしてもそれで記録が抹消されるわけではない。なら、自分も残っているはずだ。

「〈Sociarise＝E〉に区分された人間の記録は抹消されるのか？」

《削除は基本的に実行されません。あらゆる情報に価値があります。都市にとっての脅威

であろうとなかろうと》
「なら、どうして僕の記録が消えているんだ……？」
《……お待ちください。先ほどのお名前の人物に関する情報がありました》
「教えてくれ」
《その人間《アカウント》の行動履歴に関して、削除要請が三年前に出された記録がございます》
「それで削除を実行したのか？」
《いいえ》〈co-HAL〉は首を横に振る。《ひとかたまりのデータとして保存されているわけではありませんので、特定個人の行動履歴だけを削除するというのは不可能です》
「だけど記憶領域には保存されていない……と」
《個人の行動履歴として参照することが不可能だからです。〈co-HAL〉の記憶領域には、固有名を持ち行動履歴が更新されるアカウントが保存された第一位相《レイヤー・ワン》と、行動履歴が更新停止した――死亡した場合などです――アカウントが保存された第二位相《レイヤー・ツー》が存在します。広江さまが開示を求めている人間は三年前に死亡通知が出され、実際に規定された期間が過ぎても行動履歴が更新されなかったため第二位相に移され、固有名を喪失しております》
「だから、もはや参照できないと」
《まことに申し訳ありません》

「いや、いいんだ……」

とはいえ、一体誰が自分の死亡届を出したというのか——確かに右腕を失う瀕死の重傷を負い、その直後に〈Sociarise＝E〉を付与されたことで都市を出た。

爆発事故——そこでは自分を含め多くの負傷者が出たが、死者は一名だった。

その人物と取り違えられたということだろうか。

「その、かつて僕の行動履歴を削除しようとした人物が誰だか、教えてくれないか？」

《個人情報保護により名前は——》

「任務上、必要なんだ。昨日交戦したテロリスト、ピーターは僕のことを知っているらしかった。都市の脅威についての情報を収集するためにも必要なんだ。理解してくれ」

少なくとも嘘ではなかった。半分は別の目的を含んでいるにせよ。

《かしこまりました》

〈co-HAL〉はあっさりと承諾し、そして名前を告げた。

《識常恒《しきじょうわたる》さまです》

「……識常」

その名前には聞き覚えがあった。美弥の親友——識常末那。しかし、それより前に識常という名前は目にしていた。今はっきりと思い出された。

識常恒——むしろ、その名前こそが聞き覚えのあるものだった。美弥が末那のことを話したとき、なぜか脳裏に名前が浮かんだ理由。

そうだ、この識常恒が三年前の爆発事故でいつ死亡した人物だった。末那の名前についても、その際の報道記事で目にしていたはずだ。

「その人物が、僕の行動履歴を削除しようとしていた……？」

《はい》

〈co-HAL〉は日時も表示した。爆発事故よりも前のことだ。

だが、一体何のために——そもそも、彼と自分は偶然、事故現場にいたのだろうか？

それとも彼には何らかの思惑があったのか？　いずれにせよ、すでに死亡した人物から理由を聞き出すことはできない。

かつての自分が追放された理由を知るどころか、むしろ不可解なことが増えてしまっていた。しかしどこかで安堵している自分にも気づいた。あれだけ覚悟したつもりになっていながら、どこかでそうならずに済むことを望んでいるようだった。

「——識常恒についての情報は手に入るかな？」

《この方も死亡し第二位相に移されているため、個人的な行動履歴を参照することはできません》

「そうか。ありがとう、いろいろと参考になったよ」

だとすれば——次に尋ねるべきは、ひとりしかいないように思えた。

乗が席を立つと、〈co-HAL〉も応じて席を立ち、そして深々とお辞儀をした。

《以上で投影を終了いたします。長時間のご利用、お疲れ様でした》

そしてふっと消えた。最初からいなかったかのように。

いや、最初からいなかったのだ。あくまで層現のなかの存在。連続する認識のなかに挿入されていたものが再び取り払われただけだった。

乗は部屋を後にした。振り向けば投影された蒼い空間があるだろうが、振り向かなければそこには暗闇があるだけだった。


「マナちゃんに会いたい？」

ええ、と乗は、先行して螺旋階段を昇っていくジャレッドのことばにうなずいた。

「それってプライベートなことかな？」

「半々といったところでしょうか。任務の上でも多分、必要になるとは思いますが……、個人的な部分がないわけではありません」

「なるほどね」ジャレッドは訳知り顔といった様子で笑みを浮かべた。「個人的な部分、か。オーケイ、さっそく連絡してみるよ」

「……何か勘違いしていませんか？」

乗はジャレッドの妙に浮かれた調子が気になったが、藪蛇を突つく気にはなれなかった。

「マナちゃんはいい子だよ」

「僕の幼なじみからもそう聞いています。でも、親しいんですか、彼女と？」

「故人の識常恒氏は、マナちゃんの養父であり、僕の盟友のひとりだった。警察機構と民間保安企業を取りまとめてイーヘヴン市警を創設した功労者だ。彼が〈co-HAL〉を活用した治安維持政策について提案していなかったら、今ここに僕たちはいない」

「彼もイーヘヴン市の創成期から関わっていたのですか？」

「さっき話した復興プランの最後の合流者が彼だった。元警察官らしく厳格で気難しい男性だったけど、おちゃらけている僕や、情にもろいところがある伊砂女史は、彼の実直さに助けられることも多かった」

ジャレッドは螺旋階段の先を見上げた。井戸の底に落ちてしまい、出ることの叶わない地上を夢見るようなまなざしだった。

「三人ともそれぞれの適材適所を見つけていった」

犯罪更生業務を支援する道を選んだ伊砂久は嫣風産業を、モール事業と娯楽産業を引き受けるかたちでジャレッドはキュレリック・エンタテイメントを、そして治安維持対策を担った識常恒はイーヘヴン市警を、それぞれ設立した。

「そして、僕らは都市だけじゃなく、人間も育てようとした」

手を掲げる。地上から注ぐ光を受け止めるように。それはどことなく子どもを抱くようでもあった。

「エドCEO。失礼かもしれませんが、お子さんは――」

「いないよ」ジャレッドは振り向かなかった。「それに両親や妹とも、もう二〇年以上会っていない。絶縁同然のまま時間が過ぎて、もう完全に他人だ。天涯孤独っていうと悲しい感じがするけど、誰にも縛られずに自由気ままっていうと楽しそうだろう?」

乗は何と答えるべきか分からずに黙した。

「――期せずして、僕らは三人とも家族を持たない人間だった」ジャレッドは会話というよりただ自らロにするだけのことばを告げた。「それぞれ孤児を引き取ることになった。この都市を育てること。そして、この都市で育ち、生きていく人間を育てること。その両輪を得ることで僕たちは自らが過《あやま》たないように誓った」

「それが、識常末那と伊砂リューサ、ですか?」

「ジョーはどちらも知己の関係かな?」

「直接会ったことがあるのは、伊砂リューサのほうだけです」

「リューサちゃん、自由奔放だろ」

「同意します、さんざん振り回されました」

ジャレッドは笑った。

「あの子は君に懐いているみたいだね。仲が良くて何よりだ。だとすればマナちゃんともすぐに仲良くなれると思うよ。彼女はリューサちゃんとは逆で堅苦しいところもあるけど、間違いなくいい子だ」

「さっきも言っていましたよ、それ」

「真実は何度も繰り返し口にする。――本当だったら、僕にも子どもがいたかもしれないから、せめて二人を自分の子どもみたいに可愛がってあげたいんだ」

「その……、エドCEOは――」

「僕の許に子どもは授けられなかった。〈co-HAL〉がそう判断したからさ。僕はほら、こういう性格だから子育ては無理って思われたんじゃないかな。行動履歴からも良識ある市民とは言い難かったし」

そう呟くジャレッドの足取りは心なしかゆっくりとしていた。まるで乗との会話が名残惜しく、少しでも終わりの時間を遅らせようとしているように。

そして、地上がもう近いというところで振り向いた。

「この都市の今が、僕らが育てた結果がここにあるなら十分だよ。〈ベース・エール〉には家族連れも多い。イーヘヴン市で生まれて育ってきた子どもたちのなかには、もう数年もすれば親になり子どもを育てる者もいるだろう。そのとき、僕の仕事が彼らを助けられるなら、それはそれでいいかな、と最近は思うようになってね」

そしてジャレッドはにっと笑った。

〝素晴らしき新体験を！《Feel Good Fiction》〟――その笑顔に、おなじみの謳い文句が踊った。

3

「もしかしたら彼には何か、明かせない秘密があるのかもしれない」

そう言って末那はひとまず話を纏《まと》めた。

「明かせない秘密」美弥はまだ理解できていない言葉を暗唱するように言った。「それは乗が世界各地を任務で回ってきたことと関係があるのかな……」

「そうかもしれないし、そうではないかもしれない」

末那には判断できかねた。この都市を出てからの三年間で何かが起こったのか、それとも都市を出ることになった三年前に何かが起こったのか――まさしく本人に訊かなければ分からないことだ。

末那は休日だったが、職場である〈ベース・エール〉を訪れている。

残業しなかった分を働くというわけではない。確認したいことがあって急遽、美弥に会うことにしたからだった。

昨日の今日でまたイーヘヴン市まで来てもらうのは悪いとメッセージには書いたが、美弥は夕方から夜にかけて〈ベース・エール〉で仕事があるから大丈夫と返信をくれた。待ち合わせ場所はモールと繋がったターミナル駅のホーム。長い時間を取らせるつもりはなかった。

合流するなり末那は、昨夜から検索エージェントに収集させておいた「広江乗」に関する情報の数々をまとめて美弥の携帯端末へ転送した。読みやすい形式に編集してもよかったが、美弥は層現を利用できないから自分で使いやすくまとめたほうがよいだろう。

駅のベンチに座って会話する。時刻は日暮れが近かったが、往来する人々は変わらず多かった。賑やかな喧騒に包まれつつ、末那と美弥は顔を寄せ合って会話していた。

「広江乗くんは三年前にイーヘヴン市の地下で発生した爆発事故に巻き込まれた」

確認するように末那が言うと、美弥はうなずいた。

二〇四二年の一一月五日。その日の夜に燃料輸送列車が爆発し、地下の大崩落と近くの路線を走行していた列車の横転事故を引き起こした。

重軽傷者多数。死者は一名。生と死の分かれ目は、どの車輛に乗っていたか。

末那の父親、識常恒は先頭車輛にいた。そして爆焔は彼の乗る車輛を焼き尽くした。

爆発の衝撃波は走行中の列車をなぎ倒し、炎を逃れた他の車輛の乗客たちは座席から投げ出されたり、破損した投影素材の破片によって傷を負った。しかし、〈co-HAL〉による的確な対処指示によって他に死者を出すことなく最寄の地下駅まで避難し、イーヘヴン市警のレスキュー隊に救助された。

　そのなかに乗も含まれていた。助け出された乗客のなかでは最も重篤な右腕を失う大怪我を負って、半死半生の状態だった。

「あの事故で、広江くんは右腕を失った……、爆発によって」

　末那の問いに再び、美弥はうなずいた。

　乗の右腕は炎に焼き尽くされ、ほとんど炭化状態だったという。人間一人を即死させる焦熱の只中にいながら、どのような奇跡か乗は生き残っていた。

「爆発事故の日、広江くんは誰かに会うとか、話したりしていなかった？」

「ううん」美弥は首を横に振った。「ただ、やらないといけないことがあるって言って……、一人で出て行った」

　美弥の声は小さく、密やかだった。意識しているわけではなく、自然とそうなってしまっているようだった。うつむいて、どこか躊躇《ためら》いがちな口調だった。

「そう……、わかった。ありがとう」

　訊けばもっと詳しいことまで話してくれるだろうが、末那はそれ以上踏み込まなかった。目の前の親友に思ってもない傷跡があるのを見つけた気がした。

　もしかしたら広江乗は爆発事故のとき、自分の父親と一緒にいたのではないかと思ったが、その真偽を確かめることはできなかった。

生き残った乗客のなかで、ゆいいつ焰によって傷を負った人間――。

それが広江乗だった。

他の乗客たちは、軽重に差はあるものの、列車の横転によって負傷していた。

昨日の夜遅くから広江乗について調べていた末那が、ベッドに入ったのは結局、明け方ごろだった。

親友の頼み事だから熱中したというより、思ってもみない繋がりを見つけたからだ。

「わたしのね……、父様、広江くんが巻き込まれた爆発事故で命を落としたの」

末那がそっと呟くと、美弥はただ黙って首を振った。

多分、言われる前から分かっていたようだった。識常恒――イーヘヴン市警本部長という仕事は、キュレリック社や燆風産業ほど目立つものではないが、市民の多くはその名前を知っている。特に識常という名字は珍しいから、この都市で暮らしてニュースを見る機会があれば目にしたことはあるだろう。

それに美弥からすれば幼なじみの少年が死にかけた大事故だったのだ。自分がそうだったように、その情報について調べていないはずがない。

「でもなぜ、父様が事故に巻き込まれたのか、今でも分からない」

美弥が乗に、なぜ帰ってこないのと問うように、末那は父に、なぜいなくなってしまったのと今も問い続けていた。これまでそれは答えの返ってこない問いかけだった。

しかし今はそうではなかった。

虚空に消えるはずだった問いかけに対する答え——そこに至るための道筋が見えたような気がした。そこにはひとりの少年——広江乗が立っていた。

「昨日、わたしはあなたを手伝うって言った」

末那は隣に座る美弥を見つめた。

ちょうど人通りがなくなり、刹那の静寂が訪れていた。

「けれど、少し言葉を変えないといけない。——わたしも、あなたに手伝ってほしい。広江乗の足跡を調べることは、わたしにとっても必要なことみたいだから」

差し出した手を、美弥が取ってくれることを末那は祈った。

やがて時間が来た。美弥は〈ベース・エール〉内の仕事先へ向かっていった。

今日はモール内の教育サービスで小学生相手に講師をする。日によっていくつかの仕事を掛け持ちしているそうだった。どれも試用期間——どれが自分にとって最適なのか分からないが一生懸命やると言っていた。

意気揚々というわけではなかったけれど、層現なしでは迷路にも等しい都市最大のモールの敷地を駆け抜けていくのを、末那は手を振りながら見送った。

その手は美弥の体温が移ったようにほのかに温かい気がした。

　さて、この後はどうしようと末那は特に考えずに歩き出した。

　何も考えずにいたほうが最適な行動を選び取れる――〈co-HAL〉に導かれるままに従うことにした。

　自然と足は〈ベース・エール〉へと向かった。確かにそのほうがいい。調べものをするにしても便利だ。ＵＩレンズがその性能をフルに発揮してくれる。

　末那が装用しているＵＩレンズは【vision α】に区分される高級モデルだ。案内役としてモール利用客の様々な要望に応えるため、施設内のテナントやサービス情報について様々な検索を実行しつつ、相手のユーザー属性を参照し続けてもほとんど処理速度は落ちず、発熱もしない。

　とはいえ、【vision α】にはいくつかの使用制限があった。その最たるものは、位置情報によって〈ベース・エール〉内でなければ、家庭向けの普及版と同等までパフォーマンスが制限されることだった。個人で購入するにはかなり高額なデバイスをキュレリック・エンタテイメントが一括購入し、業務時に限って機能解放されるように設定されている。

「あ、識常さん。ごきげんよう」

「ええ、ごきげんよう」

　他の同僚たちは出勤日だから、互いに見かければにこやかに挨拶を交わす。〈ベース・エール〉の従業員――少なくとも接客を含めた表舞台で仕事をする人々――は社会評価値がA以上で占められているから、その仕草ひとつとっても洗練されていた。

そしてさりげなく社会評価にプラス評定を行う。お互いに問題がないことを確認する儀式のようなものだ。末那からの評価を受けた同僚は表面上は動じないようにしつつも喜びが見え隠れしていたが、それについては触れずにいた。

末那は自分の社会評価値をそっと確認する。層現に表示される〈Sociarise＝A＋〉。事実上、イーヘヴン市においてこれ以上はないという社会評価だ。ランクが高いほど相手に与えるプラス評定の数値は大きくなる。だからこそ末那は美弥のプラス評定を行うことを心掛けていた。

層現を利用しないために社会評価が不安定な美弥を安定させるうえで、末那の立場は大きく有利に機能していた。

「マナ、今日はお休みじゃなかったっけ……」

〈ベース・エール〉の玄関フロアで受付をしている女性に話しかけられた。自動翻訳によって彼女の母語であるアラビア語は日本語に変換され、耳骨に備えられた無線通信を介して耳に届く。スカーフ《ヒジャブ》で頭髪を隠しているが彫りの深い顔立ちが華やかだった。

「ちょっと調べものに仕事用のUIレンズが必要になって」と素直に答えた。

「勉強熱心ね。そういうところは小さいころから変わらない……。あ、そうだ。調べものだったら最適な場所は――」といったところで女性は苦笑を浮かべた。「私より、あなたのほうがよっぽど詳しいかしら」

「いえ、わたしは慣れてはいますけど、先輩には敵《かな》いません」

末那が一〇歳のころからの顔見知りのひとりだった。末那にとって〈ベース・エール〉は自宅以上に慣れ親しんだ場所でもあった。モール内で個別の教育サービスを受けていたからだ。もしかしたら美弥が働きに行ったところと同じかもしれない。父の職場が〈ミハシラ〉の一棟、イーヘヴン市警の黒の高層建築にあり、そこに接続された〈ベース・エール〉で日々を過ごしてきた。それゆえ、顔見知りというと同年代ではなく、ここで働く年上の人々がほとんどだった。

末那は学校に通うことなく今に至っているが、それで不便を感じたことはない。むしろ、この〈ベース・エール〉で育ってきたからこそ、知識以上に感覚として、このモールを捉えられていることが現在の高い社会評価値につながっているともいえた。

「ありがとう」と女性が笑んだ。「でも、今日は独りなの？　お休みだったら、いつも一緒の子が――」

「美弥とは別なんです。ただ、調べものは、彼女からの頼まれ事なんですけど」

「もう一年くらい一緒にいるけど、あの子とは友達同士？」

「親友です」末那は少し曖昧に微笑んだ。「あの子はあの子で追いかけている男の子がいるんですよ。わたしはそれをお手伝いしてるようなものです」

「ふうん、そっか」

案内役の女性はうなずいてそれ以上は踏み込まなかった。この場所に長くいる人間同士としての、それぞれの境界線を熟知していた。

そして軽く別れの挨拶を交わして、末那は玄関フロアから〈ベース・エール〉内を進んでいった。カレイド様式の〈ベース・エール〉はユーザー属性に応じて層現を切り替え、最適な行動制御をしてくれる。

この進み方だと——末那は自分がどこに導かれているかを予想した。

モール内の図書館かと一瞬、思ったが、おそらくキュレリック・エンタテイメントの社屋にある複合職場環境《オフィス・コンプレックス》の開放スペースだろうと見当をつけた。

急ぎすぎることなく、自然とこの場所に相応しい歩調と速度で歩きながら、すでに仕事用の性能で稼動するUIレンズに情層を展開する。

「広江乗」に関する情報は、ある意味、とても多かった。各地の現地メディアが報道する多国籍民間保安企業による軍事介入の報道には、〈黒花〉の名称とともに「広江乗」の名前が記されている。

強化外骨格を装着して民間保安企業の契約者として世界各地を巡る——イメージしていたよりも、歓迎ばかりではないのが目立った。現地メディアのなかには激烈に批判しているものもあり、美弥に渡すには気が引けるものも少なくない。

「広江乗」の個人情報となると途端に減った。何を考えていたのか。どういう人間なのか。そういうものは見つけにくかった。SNSの投稿などをチェックすればもう少し拾えるかもしれないが、どこまで手を拡げるかは自分ひとりの許容範囲と相談する必要があった。

いっそ「広江乗」の情報をまとめたWikiでもあればいいのだけれど、と末那は考えた。

初出動から一か月。昨日の戦闘で〈Viestream〉の最高視聴数を更新したというから、そろそろ有志の手で作成が始まるかもしれない。

そうか、それを利用しない手はない。

むしろそうなるようにすればいい、と末那は気づいた。

別のエージェントプログラムを立ち上げる。Media Wikiをダウンロードさせ、サイトの体裁を整えさせた。そしてアップロードまで数分足らず。末那にとってはどういう仕組みなのか分からなかったが、指示を出せばエージェントプログラムが自動ですべてを代行してくれた。

最初のページに〝〈黒花〉〟や〝強化外骨格〟といったひとまずの項目を作り、続いて〝広江乗〟と入力する。

するとアカウント名の認証を求められた。実名にすると後で厄介だと思い、事故死した父親の情報を収集する際に使っていたフリーメールのアカウントを使うことにした。アカウント名は『ADLHA』と入力した。こういうときに末那が好んで使う文字列だったが、それを知っているのは自分か、あるいはもういない父親だけ。

そして、後は匿名の有志たちに任せればいい。上手くいけば新たな情報が得られるだろうと思い、ひとまず情層を閉じた瞬間だった。

「あなた識常末那さんですよね」

いきなり話しかけられた。囁きめいた、か細い声だ。振り向くと一〇代前半くらいの少女が立っていた。髪は丹念に三つ編みにしてあったが、前髪だけがやけに長く、縁の太いUIグラスにかかるほどだった。品のいいセーラー服。都市内の裕福な層が通う一貫校の制服だ。末那にとっても見覚えのあるデザイン。父が生きていた頃、通うつもりだった高校の制服が家のクローゼット・ルームに仕舞われている。

「え？　ええ、そうですけど……」

突然の呼びかけに少し戸惑いながら末那はうなずいた。個人情報《プライベート》をどれだけ開示《アクティブ》するかは個人差があるものの、名前や社会評価値は情層として顔の横に表示させるのが一般的で、末那もそれに倣《なら》っている。だから相手が何者かというのは、話しかける前にほぼ分かっているはずなのだが……、

「やっぱりそうだったんですね、多分、そうなんだろうって思ったんですけど……」

少女は、やはり注意深く耳を傾けなければ消えてしまうような声で話した。

「あの、何かご用でしょうか？」

ひとまず末那は、仕事のときと同じ調子《トーン》でにっこりと笑顔を浮かべながら訊いた。仕事となれば自分の感情と関係なく快い笑顔を作ることは容易《たやす》かった。

するとと相手は俯いたまま、

「……しゅ、をお願いします」

最初がよく聞き取れなかった。

正直なところ不気味なものを感じていた。〈ベース・エール〉を訪れる観光客のなかでも、声が小さく要領を得ない話し方をする人がいないわけではない。

しかし、目の前の少女は上手く意思疎通できていないはずだというのに、やけに嬉しそうに薄い笑いを浮かべているのだ。今こうしているだけでも楽しいというように。

一体、何が楽しいの——そう問い質《ただ》したい気持ちがふっと湧いたが、そうした品のない行為を行う気持ちにはなれなかった。

「……握手」とようやく少女は顔を上げて言った。「していただけませんか？」

「はい、構いませんよ」

末那は思考とは別に身体が反射的に動き、手を出していた。何がどうあれ、お客さまの要望《ニーズ》があればそれに応えるように、この場所での自分の行動は関連づけされていた。

「あ、ありがとうございます」

両手で包み込まれるように握られた。だが、強引なものではなかった。恐る恐る壊れ物を扱うような力加減だった。少女は顔を上げていた。長い前髪とＵＩグラスに隠されながらも覗く顔立ちは整っていた。少し手入れをすれば見違えるだろう。

それで末那は、先ほどまで抱いていた不気味さが消えたことに気づいた。こうして見れば、何もおかしなところはない相手だった。薄ら笑いと思ったものは微笑みで、それが角度の加減で奇異なものとして映ったに過ぎないようだった。

やがて少女は手を解き、数歩ばかり後ろに下がった。

「あの、私、あなたのファンなんです。これからも頑張ってください」

そしてお辞儀をすると、そのまま去っていった。

末那が呼び止める間もなく多くの利用客のなかに紛れ、すぐに姿が見えなくなった。

「……ファン？」

わたしの？　末那は首を傾《かし》げた。もし自分にファンがいるとして——何をしたからファンなどできるのだろうか？

〈ベース・エール〉では仕事の際に誉められることはある。けれどそれは従業員としての仕事を果たしているだけで、当たり前のことだった。それに自分の仕事は目立つものではあっても、あくまで補助《アシスト》に過ぎないというのに。

また、それ以外に自分を露出することは皆無といってよかった。学校には通っておらず友人らしい友人といえば美弥だけで、ＳＮＳなどを通してプライベートを晒《さら》すということもまるでやっていない。

なら、一体どうやって彼女はわたしのことを知ったのか——、

「いつのまにか人気者みたいだね、マナちゃんは」

すると再び、背後から声を掛けられた。しかし末那は、先ほどとは違って特に困惑することもなくその声の主を見やった。マナちゃん——そういう呼び方をする人間は知る限りひとりだけだった。

「お久しぶりです、ジャレッドおじさま」

「や、久しぶりだね。本当に」少年のまま年を重ねたような長軀の男——ジャレッド・C・グルーエンが両手をマスコットキャラのようにぱたぱたと振りながらこちらを見下ろしていた。「聞いたよ、ここで働くようになったんだって？　言ってくれればお祝いもしたのに」

「おじさまはお仕事で忙しくていらっしゃるから……」

「確かに年中暇なしだ」ジャレッドは誉められたようににこにこした。「忙しいのは良いことだよ。僕がマナちゃんくらいの年齢のときは、何もすることがなくて暇すぎて苦しかったくらいだからね。どんなときであれ、人間は何かしているほうがいい」

それからジャレッドは通路を抜けて、末那のもとまで降りてきた。

「それにしても本当に大きくなったなあ。モデルの仕事だってできそうだ」

末那も女性としては身長が高いほうだったが、ジャレッドはさらに頭一つ分は大きかった。

「案内役は〈ベース・エール〉の花形だけど、やってみたいならどんな仕事だって紹介するよ。君は娘も同然だ、可能な限りの支援をしたい」

「十分、助けられていますよ。父を送るときも、ジャレッドおじさまが手配してくださったおかげで面倒が起こらずに済みましたし……、今も平穏無事に暮らせています」

「そうかい？　別に今も頼ってくれて構わないんだが――」

「大丈夫です」

「わかった。とはいえ、何かあれば言ってくれよ」

はい、その機会には……、とうなずこうとしたところで、末那は気づいた。

「あの、そういえばひとつお願いしたいことがあるのですが、聞いていただけますか？」

「勿論だとも」とジャレッドは鷹揚《おうよう》にうなずいた。「さあ、我らがお転婆娘《アリス》の願い事を聞かせてもらおうかな」

「その呼び方……、もうおじさまくらいしか言いませんよ」

「君を小さい頃から知っているんだから仕方ないさ。――で、僕に何をしてほしいのかな？」

「――広江乗」末那はその名前を端的に告げた。「〈黒花〉の着装者。彼にお会いしたいのですが、可能ですか？」

キュレリック社のトップであれば難しくないだろうと思いつつ、ジャレッドの返答を待った。すると彼の表情は最初、硬くなり、そして下弦の月が露わになるようにゆっくりと大きな笑みが顔に浮かぶ。

〝素晴らしき新体験《Feel Good Fiction》を！〟——歯列に刻まれた文字たちが情層となって躍った。

「素晴らしい」ジャレッドは自らに刻んだものと同じ言葉を口にした。「これは運命ってことなのかもしれない……！」

「あの、どうされたのですか……？」末那は若干、不安になりながら訊いた。それだけジャレッドの感情の変化の理由が分かりにくかったからだった。

「実は僕も君にお願いがあったんだ。ひとりの素敵な少年に君を紹介したい」

「素敵な、少年……？」

そういう口ぶりで、前にも何度か〈Viestream〉お抱えのアイドルや俳優を紹介されたことがあった。無論、すべて断ってきたが——

「ジョー、〈黒花《ブラック・ドライバー》〉の着装者！」

ジャレッドはモール内の利用客たちすべてに聞こえかねない大声で言った。

みな、何事かと彼のほうに視線を向けた。必然、周囲のまなざしは末那にも集まった。

だが、続くジャレッドの言葉は、囁きとして末那にのみ、もたらされた。

「……ジョーは君に会いたがっている。そして君も同じとはね。まったく素晴らしい。いいとも――、僕が、君たちの出会いを最高に演出することを約束しよう」

004 Agony

そこは、まるで恋人たちが養殖され溢れかえっているような場所だった。

イーヘヴン市の西方――ちょうど繁華街が多く密集する西北地点の新宿と西南地点の渋谷に挟まれた地域――表参道《ストリート》には、震災以前の光景がまだ多く残る場所のひとつとして、美しい欅《けやき》並木を特徴とする通り《ストリート》が延びている。

初夏の陽光が差す通り《ストリート》の高低差《アップダウン》は大きく、ちょうど谷底にあたる部分には大勢の男女が溢集している。彼らは〈Sociarise＝A〉以上・一五歳以上――そして〝恋人《パートナー》なし〟状態《ステータス》の個人情層を顔横に表示したイーヘヴン市民だった。

誰もが洗練された格好に着飾り、手にした瀟洒《しょうしゃ》なグラスには黄金色に輝くシャンパンやどういう仕組みか七色に分離したカクテルなどが注がれている。

約一・一キロにわたる通り一帯は貸し切られ、長大なガーデン・パーティの会場になっている。参加客で特に多いのが、社会評価値を付与されてそう年月が経っていない一〇代後半の少年少女たちだった。おおよそ男女同士で、あるいは男性同士、女性同士で二人一組《ペア》を組んで今日のパーティを楽しんでいる。独りでいるパーティ客は皆無だった。誰もが最適な相手を見つけているようだった。

　その様子を乗は、パーティ会場を見渡せる建物の二階テラスに立ちながら眺めていた。いかにも着せられているという感じで黒の高級なスーツに身を包んでいる。

　ふと前にも同じような光景を見かけた気がした。

〈ベース・エール〉だ。半月前、美弥と逢ったモールで見た、誰もが笑みを浮かべ安全で快適なショッピングを楽しむ姿。そのとき自分は、なぜだか傍らに美弥がいるというのに寂しさのようなものを感じていた。

　そうした心地は今も同じように思えた。

　しかし隣にいるのは美弥ではなかった。

　乗は傍らに立つ少女へと視線を向けた。彼女も同じように、目の前の光景に自分が含まれることに戸惑うまなざしをしていた。

　それが今日、初対面の互いにとって共有された最初の認識かもしれなかった。

「ごめんなさいね」黒髪の少女――識常末那が呟いた。さきほど顔を合わせたときも同じ趣旨の言葉を口にしていた。「ジャレッドおじさまが変なふうに張り切ってしまったから……。ただ悪気がないことは理解していただける？」

「それについては、十分に」

よかった、と末那は顔をほころばせた。彼女が着ているのは青と白を基調としたドレスだった。どことなく不思議の国のアリスを思わせるような可愛らしいデザインだったが、長身の末那が革長靴と組み合わせて着ている姿は、お転婆な娘がその利発さと活発さのまま成長した先を思わせた。

ジャレッドの仲介によって今、乗と末那は顔を合わせている。

実際に会うまで、予想していたより時間が掛かった。

季節は初夏を迎えた五月一日——互いに会うことを求めてから二週間が経っている。

その間にピーターたちが姿を現すことはなく、行方は依然として知れなかった。代わりに彼らの破壊行為を模倣しようとする人々も現れたが、実行される前に〈co-HAL〉の行動制御とイーヘヴン市警の民間保安企業の即応により、すべて未然に阻止されていた。

都市は今も安全で快適な生活を人々に提供し続けていた。

「美弥も来られれば良かったんだけど、あの子、今日はどうしても仕事があって抜け出せないって……」

末那は申し訳なさそうにそう言った。

「仕事……」乗は美弥が今は何の仕事をしているか知らなかった。層現《レイヤード・リアリティ》が利用できないため仮採用されてはまた別の仕事へと転々としていると聞かされている。「美弥はどんなところで働いているのかな」

「今は〈ベース・エール〉内の教育サービスの講師をしているそうよ。確か、歴史の先生」

「美弥が先生か――」

「UI《ユニバーサル・インターフェイス》グラスが小学生用だって、教え子にからかわれたりしているみたいだけど、結構楽しくやっているって言ってたわ」

末那は乗と視界を共有し、層現に画像データを表示させた。

いつものパーカー姿に赤いフレームのUIグラスをかけた美弥の周りに、子どもたちが集まっているところを撮影した写真だ。授業中の一場面だろうか。日本人や中国人などのアジア系、白い肌にそばかすの浮いた欧州系や、ぱっちりとした目の黒人系などイーヘヴン市らしく多様な人種が集まっていた。

「なんだか〈ベース・エール〉で会っていればよかったかもしれない」

「そうね。それなら美弥とも、休憩のときに会えただろうし」

乗が苦笑混じりに言うと、末那も同意するようにうなずいた。

それから末那は、妙案でも思いついたように呟いた。

「――今からでもここを抜け出してみる?」

「そうしたいとも思う。でも、エドCEOの厚意をむげにはできない」

「真面目ね」末那は本気で抜け出すつもりだったのか、残念そうにため息をついた。「あのひとは、いつもイベントができる口実を探してる。三六五日いつでもどこでもこの都市を賑やかな場所にしたくて仕方ないのよ」

「つまり僕たちは、祭りを催すための理由としてここにいる？」

「まさしく、主賓としてみんなに笑顔を振りまくために」

パーティ会場となった通りに面したキュレリック社所有の商業施設――ブラッドベリー・ファクチュアの二階テラス。そこがこのパーティの主賓の控え場所として提供されていた。時おり、通りを歩くパーティ客がこちらを羨むような視線を向けてくる。デザイナーとして活躍する個人ブランドのテナントが数多く入っており、〈ベース・エール〉に出店している高級ブランドとはまた別の高い人気を集めているため、その一角を貸し切れるというのは一種の憧れなのだ。

とはいえ、乗と末那にとっては特に興味のある場所ではなく、むしろ、静かに話せればどこでもよかったのだが、それは叶いそうもなかった。

一般参加者とはまた別の招待客――特にキュレリック社の関係者がひっきりなしに乗たちがいるテラスを訪れて、挨拶してくるからだ。

〈黒花《ブラックダリア》〉の着装者――この都市で今もっとも注目すべき人間とか、様々に褒めちぎりながら握手を求めてくる。キュレリック社はＣＥＯであるジャレッドの方針で、年齢を問わず有能であれば大きな地位も与えられるから、若い幹部社員も多かった。

彼らも洗練された格好と物腰で歓談している。

そういう煌《きら》びやかな光景のなかに自分たちが混じるのは場違いなように思えて、結局、乗と末那は最初の位置からそう動くことなく一緒にいた。

乗にとってはまさしく知り合いは皆無だったし、末那も率先して社交的でいようとはしなかった。

「そういえば、僕の姿はどう視えているのかな」

乗は周囲の人々が口にする話題について、末那にも訊いてみることにした。

〈黒花〉着装時以外は恒常的に起動している〈描写攪乱《サウザンド・フェイセズ》〉は見る相手によって、その姿をまるで別のものにする。自分にはこう見えた、ああ見えたと乗に挨拶をしていった人々が自慢でもするように話している。

「白い髪と浅黒い肌――」末那は乗の頭の天辺《てっぺん》から足先まで見下ろした。「美弥の幼なじみにしては荒々しい感じ。やっぱりスーツより、鎧のほうが似合いそう」

乗はまったくそのとおりだと思った。

「僕はこういう場には慣れていないから」

「それはわたしも同じよ。知識では知ってたけど、いざそこに放り込まれるとなると、ね……。学校に通ってたら、こういう催し《イベント》も当たり前なのかしら？」

「僕は一五歳までしか通ってなかったから何とも言えないかな」

「まあ、誘われたとしても……、わたしはすっぽかしてそう。こういう雰囲気だと」

そう気疲れしたように、末那が深く呼吸した瞬間だった。

『やあ、お二人さん！』

張りのある陽気そのものといった口調のジャレッドの声が聴こえた。

振り向くと、乗と末那を見守るような様子のジャレッドの姿が視えた。

『主宰である僕が、そちらに行けないというのはまったく遺憾だ。とはいえ、主賓である君たちがいれば問題ないかな？』

本人は別の場所にいた。これとはまた別の、都市にとってより優先度の高い行事に参加しているからだった。

「ジャレッドおじさま。こうした催しを開いていただいたのに、申し訳ないのですけれど――、わたしも彼も、お互いに訊きたいことがあったから会いたいと言っただけです」

層現に〈Viestream〉の中継システムと組み合わせて投影されたジャレッドを見やる末那は、お節介な叔父に膨れっ面をする少女といった様子だった。

『それは十分承知しているよ。ただ、それはそれ、これはこれ。君たちは、まだ若いんだからさ、年相応の遊びもしておいたほうがいいと思ってね』

見てごらん、とジャレッドは、末那の言葉など聞こえない様子で、いつのまにかすぐ傍に投影位置を変更して、通りを指さした。

『〈Un Face〉による行動制御は、人々の接触をなくし孤独を促す技術と批判する声もある。だけど、どうだい。あの子たちはみんな、恋人に相応しい相手に出会っているじゃないか。行動履歴解析《パーソナライズ》は出会うべきでない相手とは接触せず、出会うべき相手との接触を叶えることができる！』

「誰を好きになるかまで機械任せ……ですか」末那が心なしか不機嫌さを滲ませて呟いた。

『マナちゃんはお堅いよね。でも、そういう真面目すぎるところが可愛いんだけど……。そもそも行動履歴解析《パーソナライズ》と層現《レイヤード・リアリティ》が、イーヘヴン市だけじゃなく、世界的にも普及した理由って何か知っているかい？』

「……存じ上げません」と末那。

「……さあ、何でしょうね」と乗。

『まさしく恋人探しのためさ。自分たちの相性がどれくらいいいか、口説く前に測るのに使われたわけだ。気になる相手のことをSNSを通じて、何に興味があって、どういう人間なのか知ることが手軽にできるようになった。なら、その次は事前に相性を予測してくれるシステムを求めるのは自然な流れだったんだな。占い――って、まださすがに君たちの世代でも分かると思うんだけど、それよりはるかに確かな精度で自分と相手の関係が上手くいくか予測できる』

「――そしてお気に入りの相手と相性が良さそうだったら口説きに行く、ですか」

『極めて成功率が高かった。見た目だけで相手を選ぶこともないし、逆に万に一つも可能性がない相手ならさっさと諦めもつくってわけだ』

「そうですか、それは何とも興味深くて勉強になります」

末那はそういうと体重を預けていたテラスの手すりから身体を起こし、ドレスの裾を摘みながら建物内に歩いていく。ジャレッドはその背を見送りながら、

『もうすぐ君たちの出番だよ、どこに行くんだい？』

「お花を摘みに」

末那は冷たいとさえいえる視線をジャレッドに向けると、さっさと行ってしまった。

『……僕は何か間違ったことを言ったかい？』ジャレッドは困り顔で乗に振り向いた。

『何だか意気投合した様子だったから手助けしようと思ったんだが……』

「意見が一致していた、というのは正しいですが――」乗も何と答えたらいいのか少し考えた。「どうも僕たちはこういう雰囲気が苦手みたいです」

「あー、あたしらもパーティで旨いメシ食って酒呑んで、どんちゃん騒ぎしてー」

不満たらたらといった口調で、櫻条雅火は自らが駆る黒の二輪車《ビークル》に仰向けに寝転がって

いた。夏を思わせる熱射と蒼穹《そうきゅう》が眩しい。一般流通するライダース・ジャケットに近い造りの戦闘服は前面を開いて腰まで脱ぎ、白のインナーシャツを露出して暑さを凌いでいた。雅火を含めDT《ダークツーリスト》小隊とイーヘヴン市警の実働班は、パーティ会場として貸し切られた表参道の通りから程近い場所で待機している。

　ほとんど隣接といってもいい地域にある〝代々木区街《ディストリクト》〟で事が起こったときに対処するためだ。練兵場、駐屯軍施設、選手村に公園と変遷を辿ったその場所は、かつてより縮小されているものの、イーヘヴン市内における区街としては最大規模のひとつだった。樹木が生い茂るなかには避暑地を思わせる木造りのバンガローが幾つも並んでいるが、それらはすべて観光客《ビジター》向けの宿泊施設ではなく、都市外から移送されてきた犯罪更生者たちが更生業務の割り振りを受けるまでの短い期間を過ごす収容施設だった。

　イーヘヴン市には区街《ディストリクト》と呼ばれる地域が点在している。

　総じて行動制御された犯罪更生者が多く居住する地域だ。そこは一般的に、同市を訪れる観光客《ビジター》たちの〈Un Face〉においては立ち入るべきでない地点《サイト》として設定されている。彼らの層現ではそこに至る道が消され、裸眼になるか特別に設定が変更されていない限りはまず踏み込むことはない。

　小規模な区街は住人の自主的な管理に任されるままだったが、代々木区街のような大規模かつ、もう一種類の訪問者《ビジター》を出迎える玄関口といった区街の管理は矯風産業によるものだった。代々木区街の敷地内には、情層でかたちづくられた腕章をつけた矯風産業の管理職員たちが大勢いた。次々とバンガローから出てくる犯罪更生者たちを、更生業務の説明会が行われるホールへと誘導している様子が、木立の間から見えている。

一方、区街の外縁部分には、管理職員と同じ腕章をつけた警備担当者が待機している。ポロシャツ、チノパンにスニーカー。プレートアーマーを重ねて小銃を提げた民間保安企業の契約者たちだ。

都市内の企業はイーヘヴン市警を通じてそれぞれ民間保安企業と契約を結んでおり、矯風産業も代々木区街など、自ら管理している区街の警備用に部隊を派遣させている。

特に今日は月初の犯罪更生業務説明会が催されるから、普段よりも多く警備部隊が配置されていた。シグナル911要員であるオルタナティヴ・ハガナー社のDT小隊も、ピーターたちが〈白奏《ホワイトジャズ》〉を伴って出現した場合に対処するため、その警備部隊のなかに含まれている。

「……程度は低いとはいえ警戒待機中だ。もう少し真面目にやったらどうだ」

ぬっと影を落としてきたのはヘヴェル・ノドだった。つなぎになった射手向けの戦闘服を着用し、禿頭にサングラス。そして髭を蓄えた褐色の顔には汗が浮かんでいた。雅火の無遠慮な発言をたしなめるような口調だった。

「……それに、あのパーティは参加条件が厳しい。貴様には無理だろう」

ヘヴェルは乗から送られてきた招待情層《インビテイション・レイヤー》の複製《コピー》を視界共有で浮かび上がらせた。雅火はそれに一通り目を通すと、

「ふうん、社会評価値は……あたしはAランクだしOK。二四歳だから年齢制限もOK。あー、でも最後の〝恋人なし〟がアウトっぽいな。許嫁《いいなずけ》がいる場合ってどうなるんだ？　っても、まだ結婚してねーから何とかすりゃ潜り込めそーだな。バレないうちにメシと酒をかっぱらってくるなら十分だぜ」

「……貴様の夫になる男が聞いたら怒るのではないのか？」

「あんまし、そういうのは気にしないタイプでなー。あたしが外に出てくるって言っても特に気にしてねーみたいだったし」雅火は言いつつ、「つーかヘヴェル。おまえのもっさりとした髭顔を近づけんな。暑い」

「……貴様、適当なわりに宗教に対する寛容というものが欠けているな」

へいへい気をつけますー、と雅火はちらりと視線をやると、今度はごろりと身体を回してうつ伏せになった。

「そもそもだぜ？」と姿勢だけは二輪車《ビークル》を操縦するように言った。「〈白奏〉の襲撃を警戒するってのに肝心の〈黒花〉がいねーってんだから、ぶっちゃけ〈co-HAL〉も、今回は何もないだろうって判断してんじゃねーの？」

《ところがそうでもない》ぼやきも同然の雅火の質問に答えたのはダニエルからの無線通

信だった。《回収した〈白奏〉の磁性杭を転用した装備……、〈co-HAL〉はそれをオレたちに配備させているからな》
「まー、そうですけど」と雅火は言いつつ、二輪車の側面《サイド》に括りつけられた白い塗装の槍を撫でた。「〈黒花〉に搭載したほうが適当な気がするんですけど」
《そちらは〈白奏〉の設計データを基に〈黒花〉の改修プランに組み込まれているそうだ。敵から回収した部品をそのまま使用して不具合でもあったら困るからな》
「あたしも、それ使ってんですけどー」
《その点は安心しろ。何も仕掛けがないことは解析済みだ》
ならいいスけど、と雅火は言いつつ、身体を起こした。
「ところで、ダニエル隊長からあたしらに連絡寄こしてきたってことは、時間ですか？」
《そうだ。月初の定例行事。犯罪更生者への業務説明として、区街内のホールに嬌風産業の伊砂久会長およびキュレリック社のジャレッド・C・グルーエンCEOが出席する》
「……グルーエン」ヘヴェルが珍しい名前を聞くように呟く。「犯罪更生支援業務はキュレリック社の管轄外ではないのか？」
《一部業務内容の改訂だ。犯罪更生者の従事する業務内容の幅が拡張される。キュレリック社のモール事業がその対象になったそうだ》
「Aランク以上じゃねーと働けないって聞きましたけど？」と雅火。

《いわゆる裏方だな。施設の点検業務などを請け負うらしい。ともかく、そのためにグルーエンCEOも今月から定例の業務説明会に出席することになった。それで身辺警護にオレが同席することになったわけだ》
「そっちにいきてー」
《つまらん話を黙って聞きながら座り続けられるなら、代わってやらんこともないぞ》
「そりゃ勘弁」
《なら、そちらで待機していろ》ダニエルは、そのほうがよっぽどいいという調子だった。
《何もなければ日光浴をしてそのまま帰宅できる。それに比べてこちらは、何もなかろうと、面倒な接待パーティに付き合わされることになるかもしれんからな》

1

まさしく面倒なことになった、と末那はテラスに戻る道すがら考えていた。

裾を摘まないと地面を擦ってしまいそうなドレスは、それ自体が自分の行動を抑制するような気がした。デザインそのものは嫌いではない。配色は小さい頃から好んできた青と白だった。ジャレッドが手配した衣装だからこそ、そのことを十分に分かったうえでデザインさせたに違いない。

だが、それは置いておくとして。

好みについて理解しているなら、こうした催しをすることについてはなぜ、配慮の欠片《かけら》もないのだろうと思った。しかし、大多数にとって愉快なことは何であれ正しいと定義しているジャレッドの判断基準についても思い出した。

「――〈黒花《ブラックダリア》〉の着装者とお姫さまなんて、盛り上がりそうな内容だよねー」

螺旋階段を下っていた末那に頭上から話しかけてくる声が聞こえた。ブラッドベリー・ファクチュアに入った工房テナントは、どこも今日のパーティに出席する客たち向けのプレゼンに出ているためか、施設内は静かだった。

末那が足を止めて見上げると、螺旋階段の上階フロアの手すりに腰掛けている少女の姿があった。身長は低い。小学生にも見えるが、雰囲気だけならもっと年上に見えないこともなかった。デザイナーばかりが集まるビルだというのに、擦り切れた黒の上下に、国籍不明の刺繍がなされた赤いマフラーをこの気温でも気にすることなく巻いていた。

「リューサ」

末那は話しかけてきた少女の名前を呼んだ。

「久しぶり、マナおねーさん」

リューサはにっと笑った。

「年齢《とし》、変わらないでしょ」

「オレはちっちゃいままだからねー。それに比べるとマナは昔から何だかおねーさんっぽかったよね」

「そうかしら。でも、どうしてあなた、ここに？　屋敷から出ないって前に宣言してなかった？」

「ちょっと前から社会復帰って感じかなー。んで、今日はせっかくデザインした衣装《ドレス》を最適なモデルが着てくれるっていうから直接、見たくなってさ」

リューサは両手を掲げ、長方形の窓を作って末那の姿を捉えた。UI《ユニバーサル・インターフェイス》レンズが登録した動作《モーション》入力を検知してカメラを起動。連続撮影を実行した。

「んー、ばっちり。やっぱマナおねーさんは何を着ても絵になるね」

「これ、あなたがデザインしたの？」

「そゆこと」

リューサは答えると、小さな体軀を吹き抜けに投げ出し、宙で軽業めいた回転を披露しつつ、危なげなく末那の傍の手すりに着地した。

「エドのおっちゃんに頼まれてね。縫製用の出力機《プリンタ》を新調したばっかりだから試しも含めて、こう短期集中で仕上げたんだけど」

「相変わらず多才ね」末那は色々な意味で、と思いつつ言った。

「物まねが得意なだけって気もするけどね。再構成《コラージュ》――ゼロからじゃなくて、あ、る、も、の、の、組、み、合、わ、せ、から作ってるから批判もなくはないけど。それにしても、お馴染みのお転婆娘《アリス》風デザインってことで発注されたけど……」

リューサはドレス姿の末那をしげしげと眺め、足元から覗く革長靴のつま先を見つめた。

「アリスっていうよりお姫さまだよね。その感じだとさ。んで、靴だけはいつもどおりか。んー、これだったらそこまでデザインに含んどくべきだったかなー」

「ガラスの靴を作っても履かないわよ？」

「まーでも、毛皮の靴って説もないことはないし、このほうがら、し、い、っちゃら、し、い、かもね」

「だったら、もう少し動きやすいほうがいいかしら」

「魔法が解けるまでの辛抱ってことでさ、ここはひとつ我慢してよ」

リューサが両手を重ねてお願いという仕草をした。そして次に周りをぐるりと見回し、

「それにしてもお連れの騎士が見当たりませんな？」

「悪い王様に捕まっちゃったのよ。あなた、彼とは知り合い？」

「一緒に家に帰ったことはあるねー」

「ふうん、意外と顔が広いのね」

「なんか訳ありっぽい感じだったけど、三年前の爆発事故で重傷を負ってすぐに都市から

出て行ったらしいけど、知ってた？」

「だから会うことにしたのよ」

自分のため、美弥のため、広江乗から直接、話を聞くべきと思ったからこそ、会うことにしたというのに。

「ちょっと余興のほうが面倒になっているのよ。話ができればそれでよかったのに」

「エドのおっちゃんは派手なことが大好きだからねえ」リューサは同情するように言った。

「——そうだ、オレの工房を貸してあげよっか？」

「ありがたいけど……、あなたの仕事は？」

「この一着だけで終わり。オレのは趣味みたいなもんだからね。確認も終わったし帰ろうかなってさ」

「パーティには出ないの？」末那は少し意地悪く訊いてみた。

「オレ、人混みとか苦手なんだよねー。わざわざ新しい出会いとか求めないタイプだし」

「それにはわたしも同意するわ」

「でも、頼まれたら断れないあたりが真面目だよねー」

「……そうかも、あなたみたいに自由に何でもできるわけじゃないから」

末那がそう呟くと、リューサは手すりから飛び降り、階段をたたたと駆け下りていき、一階の踊り場に達したところで振り向き、告げた。

「――それはオレじゃなくて、マナおねーさんのほうだよ。やろうとさえ思えば、行こうとさえ思えば、きっと何でもできるはず」

『――はっきり言って、皆さんが従事することになる仕事はけして楽ではありません。むしろ過酷なものも多いでしょう。ただし、制限を受けながらも、はるかに自由な選択の権利と義務が与えられ続けます。そして、再起の意志があるというなら、この都市はあなたたちを歓迎します』

代々木区《ディストリクト》　街の敷地内にある大ホールは一、二階席ともに満席だった。上等といって差し支えない座席を埋める犯罪更生者たちは、壇上からの伊砂久の言葉を整然と聞いていた。

いくらか舟を漕ぐ者もいたが、多くは黙して眼差しを動かすことはなかった。暴れる者や野次を飛ばす者もいなかった。そうした不適格な人々は、それこそ犯罪者としてこの都市を訪れることはないからだ。

犯罪更生者。初犯であろうと重犯であろうと、それまでの行動履歴分析に問題がなく社会復帰の意志を持つと判断された者、模範囚と判断された者たちが集まっているからだった。

毎月の初め、代々木区街の大ホールには、日本全国六行政区だけでなく、世界各地から犯罪更生者として認定された人々が集められ、自らが訪れた都市の法《ルール》を説明《アカウント》される。

それは事務的な説明だけではなかった。

『昨日、四月三〇日をもって犯罪更生業務を終了した皆様は壇上に上がってください』

そう伊砂が促すと前列に座っていた者たちが立ち上がり、最前列に座るジャレッドやダニエルの前を横切って、壇上へと昇っていく。

そして犯罪更生業務終了者たちの代表として、一〇人ほどが壇上に並んだ。

彼らは〈Sociarise＝B〉以上に更新され、正式にイーヘヴン市民として新たな生活を始めることになる。社会評価値の更新は、市民・犯罪更生者を問わず月初に行われる。どんなに遅くとも深夜零時までに更新通知が行われ、それに応じて行動制御〈Un Face〉の適用も変更される。

これによって犯罪更生者だった人々は、〈Un Face〉によって設定された人間以外からは視えず接触できなかった状態から解放され、他の市民と同じ生活を送れるようになる。

壇上では犯罪更生業務終了者の代表たちが、それぞれ、今後の人生《プラン》について語った。イーヘヴン市民として今の仕事を継続する者もいれば、故郷に帰って再びやり直す者もいた。

いずれも前向きな意志が見て取れた。

《……この都市を新しく訪れた彼らにとって、これは何とも分かりやすい報酬の提示だ》

そうジャレッドが無線通信で横のダニエルに囁いた。

《報酬、ですか？》
《はじめてサービスを利用する相手には、何ができるか、何が手に入るかを最初に明らかにしなければならない。刑務所に収監されるわけではないといっても、これをやれと命令されるだけでは取り組む側の熱心さがまるで変わるからね》
《具体的なゴールを提示し、進むべき方向を指し示す、と》
《行動制御を特徴とする、この都市らしい歓迎の仕方ということさ。そして長期的な目標の後には、短期的な目標についても教えることになる》
《それは、何を？》
「それをこれから僕が話すというわけさ」
ジャレッドは無線通信を切り上げて、地声で話した。静寂では響くはずの声だったが、ちょうど壇上から降りる犯罪更生者への場内の拍手に掻き消された。
続いて客席へ降りた伊砂に代わり、ジャレッドが壇上に立った。一度、照明が消され、そしてジャレッドに視線を集めるようにスポットライトが集まった。
『君たちの来訪を歓迎しよう！』
まずジャレッドは声を張り上げた。続いて、
『まったく君たちは運がいい。こう言っては何だが……、ちょうどいいタイミングで過ちを犯したものだね。君たちときたら』

ジャレッドが親指を立ててそう言うと、客席からは失笑ともいえる忍び笑いが聞こえ、そして誰かの拍手を皮切りにホール内がざあっという万雷の拍手で満たされた。伊砂とはまた違うやり方でジャレッドは聴衆の意識を引きつけた。

『何が幸運かといえば、君たちの多くは我がキュレリック・エンタテイメントが運営するショッピングモールで犯罪更生業務に就くことだ。知ってのとおりイーヘヴン市の玄関口たる〈ベース・エール〉の従業員《スタッフ》は、〈Sociarise＝A〉以上の限られた人間でないとなることができない。いわば願っても働けない場所ということだ。そこに裏方とはいえ就職してもらうことになる。ああ、ところで都市の裏の玄関口ともいうべきここ——代々木区街ではどういう人々が働いているのかな？　伊砂会長、教えてくれないかい？』

「——あなたのところほど素行は良くないわよ。何しろ、転がり落ちた場所から這い上がったタフな人たちばかりだから」

『なるほど、なら今度は〈ベース・エール〉の警備に、そのタフガイたちを雇うように指示しておこう』

ジャレッドは伊砂の返答に満足げにうなずいた。

『勿論、憧れの職場で働けるから幸運だというつもりはない。支払われる賃金や各種の労働条件はしっかりと考慮させてもらう。また行動制御で利用客と接することはないけれど、君たちを監督・管理するモールの従業員たちは〈Sociarise＝A〉以上だから、社会評価価値にプラス評定がつけばその数値はかなり上がりやすい。それによる刑期短縮も叶えられやすいだろう。ああ、無論、その逆も然りと忠告するのも忘れないよ。それこそ、お客様の前で粗相がないように、というやつだ。とまあ、こんな感じでよろしく頼むよ、僕たちの新しい仕事仲間《キャスト》たち！』


　ジャレッドの投影された姿はスピーチと同時に消えた。

　そして乗が、新たに挨拶にやってくるパーティの招待客といくらか会話をしていると、層現《レイヤード・リアリティ》にメッセージが表示された。

『建物内に来てほしい。話せる場所を見つけたから』

　末那からだった。いつまでも戻ってこない理由はそのせいかと思いつつ、乗はテラスから建物内へ移動した。すでにパーティ会場たる通り《ストリート》に姿を現すべき時刻が近づいていたが、ここを逃すと、いつ二人だけで話す時間が取れるか分からなかった。

　螺旋階段の中ほどで待っていた末那と合流し、乗はブラッドベリー・ファクチュアの上層階にあるリューサの工房へ向かった。

「彼らを待たせて大丈夫かな」

「ちょっと待たせたところで粗相にはならないわよ」末那は螺旋階段を昇りながら後ろについてくる乗に言った。「きっと、あのひとたちそれぞれの主賓は、もう出会った理想的な彼氏や彼女といったところじゃないかしら？　いずれにせよ、おじさまが喋るのに夢中になっている間に、わたしたちが訊きたいことをそれぞれ訊いて、それぞれ答えましょう」


工房番号は『９７３２』——リューサによって通過権限を与えられていた末那が近づくと扉内に設置された鍵が反応し、扉が開いた。取っ手も鍵穴もない。

内部に入ると、デザイナーの工房というよりオモチャ箱をそのまま拡大したような雑多な空間だった。間取りは広い。玄関フロアがあり、三方向にそれぞれ別の部屋へ続く廊下もある。

入室者を検知して、無人機がかちゃかちゃと歩いてくる。頭身は低いのにやけに顔は立派な髭と鷲鼻の騎士めいた自動人形が出迎えに現れ、それに乗も末那もついていった。途中、貴婦人然とした縫製作業用の自動人形が手を休めるというより、そのまま石化したように停止していたり、あるいは出力した衣装を着せるための各頭身のマネキンもあった。

だが、そのどれもが真っ赤や真っ青、真っ黄といった鮮やかすぎる原色で出力されているため、どことなく不気味だった。

通されたリビングに当たる部屋には光が採れるように窓が大きく設計されていたが、レースのカーテン越しの陽射しは少し薄暗い。

乗と末那は、案内を終えた自動人形が姿を消すのを見送って、窓際に三つ並んだ椅子の真ん中を空け、それぞれ左右に腰掛けた。逆光になってそれぞれの顔には影が落ちている。

「時間はそんなにないわ」末那は言った。「さっさと済ませましょう」

「わかった」乗がうなずく。「どちらの話から訊こうか……」

「あなたからどうぞ」

それじゃ、と乗はどう切り出すか考えた。だが、とてもシンプルに質問することにした。

「君のお父さん、識常恒氏は三年前に事故で亡くなった……」

「爆発事故。あなたが右腕を失った場所で、ゆいいつの死者」

末那はあくまで冷静に答えた。そうすることで自らを安定させられると理解しているかのようだった。ただ、無意識なのか末那は視線を自分の足許に固定したまま、白い手袋に覆われた左手を彷徨《さまよ》わせた。

二人の間には一席分の空白があった。乗もまた何となく右手を末那のほうへ伸ばした。末那の手が鋼鉄の腕をそっと撫でた。そこに残っているかもしれない熱、爆焔の残滓を探るように。乗はそのことを指摘せず、為すがままに任せた。

「同じ事故に巻き込まれた者として、死は悼むよ」

一緒に乗り合わせたという記憶はなかった。しかし乗と末那の父親は同じく焔に焼かれた。そして片方は生き残り、片方は命を落とした。

「ありがとう」末那はあくまで視線は動かさず、指先が義腕に触れながらタンタンとリズムを刻んだ。「それで、わたしに訊きたいことって何なのかしら？」

乗は深く呼吸してから、質問した。

「――僕の、いや、かつての僕の行動履歴を、君のお父さんは削除するように〈co-HAL〉に依頼していた。その理由が知りたいんだ」

「父さんが、あなたの行動履歴を消そうとしていた……？」

末那の指先がぴくんと動きを止めて、そして今やっと乗の右腕を弄《もてあそ》んでいたことに気づいたようにさっと手を引っこめた。そこには警戒も見て取れた。

「僕は爆発事故の後すぐに追放処分を受けた。そして、その理由が何なのか、今でも分からない」

「知っているわ、そのことは美弥から聞かされている」

「君のお父さんはイーヘヴン市警の本部長――都市内の治安維持業務を司《つかさど》っていた。ということは、僕のことを、追放処分を与えられる人間として調べていたのかもしれない。何か、僕について話をしたことはなかったかな？

ヤシロジョウ――この名前を彼が口にしたことはあっただろうか？」

乗はかつての自分の名前を言った。

しかし。

「ごめんなさい、父さんの口からそういう名前が出たことはないわ。それに、父様は仕事のはなしは家でしないひとだったから……」末那は申し訳なさそうに眉根を詰めた。「もしかしたら家に残っている父様の日記帳を調べてみれば、何か分かるかもしれない。ただ、今すぐには無理ね……」

「そう、か……。なら仕方ない。ありがとう」

手がかりになるかと思ったルートはあっさりと断たれたようだった。末那が嘘をついているようにも見えなかった。むしろ、追放処分を受けた自分のことを過度に怯えずに接してくれていることがありがたいくらいだった。

「他に訊いておきたいことってある？」

ないなら次は自分の番、と末那が言った。乗は質問と返答の交換を受け入れた。


『それでは、これより質疑応答の時間に移ります。ご質問のある方は情層の表示を――』

席に座った犯罪更生者たちの頭上に、ちらほらと【？】のかたちをした情層が表示され、順番を割り当てられていく。数はそう多くない。質疑応答の時間は質問そのものを受け答えするというより、いくらか儀礼的な部分《パート》だった。

伊砂やジャレッド、他の矯風産業のスタッフたちも壇上に上がるなか、ダニエルは最前列にひとり残って質問のやり取りを聞いていた。言語はどうするのか――自動翻訳デバイスによって心配なし。仕事中の祈りの時間は――確保されます。詳しくは宗教ごとの担当者が個別に説明します。故郷から家族を呼び寄せることはできるか――可能ですが、一定期間後の審査の結果によります。しかし多くの方が実現されていますよ。

質問それ自体は調べればすぐに分かることだったが、ここで彼らが知りたいのは、自分たちを管理することになる相手が、誠実に扱ってくれるかどうかだった。

何も高級《スイート》な扱いをしろと要求するわけではなかった。自分を対等な人間として扱ってくれるのか、罪を犯した者だから人間以下の扱いをしてもいいと考えている連中ではないか確かめるものだった。

それは十分に果たされているようだった。回答の内容ではなく、受け答えの姿勢そのものに安堵して、質問をした犯罪更生者たちは座席に座っていく。

そして、最後の質問者になった。

足が不自由なのか座ったまま質問をしていたその犯罪更生者は、都市内の移動手段について訊いているようだった。まだ若い男だったが、最前列のダニエルが振り向いてもちょうど照明の加減か顔はよく分からない。

『――ええ、そうです。段差ひとつを登るにしても普通のひとのようにするのが難しい』

『ご安心ください。〈Un Face〉による行動制御が構築する最適な移動ルートは、個々人の状態それぞれを考慮して作成されます』

『それは何ともありがたい。往くべき道は誰においても指し示される、と』

それで質問を終えるかと思ったが、そうではなかった。

『では、次にお聞きしたいことは――』青年は幾分、声の調子《トーン》を上げながら言った。『都市内の区街《ディストリクト》――いわば私たちの居住区域ということになりますが、そこに観光目的で訪れる人々《ビジター》についてはどうお考えですか？　あるいは、彼ら相手に犯罪劇《ショウ・クライム》を演じる犯罪更生者についても……』

『遺憾なことだわ』とまず伊砂が即答した。『都市内の消費拡大に繋がるといっても、観光と犯罪更生業務は切り離すべきと矯風産業は考えています。なぜ、あなた方がこの都市を訪れたのか？　それは社会復帰のため、過ちを犯そうとも正しい軌道に戻ろうとする意志があるからです。しかし区街《ディストリクト》――この表現もあまり使うべきではないと思いますが――を見世物小屋のように捉えて面白半分で訪れるというのは、観光客《ビジター》に対しても犯罪更生者《クライマー》に対しても良くない影響を与えます』

『良くない影響、とは？』

『犯罪を犯すほうが自分にとって相応《ふさわ》しいと錯誤してしまうことよ』

伊砂は質問者の青年をまっすぐに見つめた。先ほど犯罪更生業務を終えた人々を祝福したときと違う、鋭く怜悧なまなざしをしている。

『いかなる罪であれ必ず贖わなければならない。目先の利益に踊らされて、過ちを清算する努力を放棄してはいけない。先日の戦闘――強化外骨格によって武装したテロリストが破壊活動を働いて以降、派手な犯罪行為を行ったほうがイーヘヴン市が注目されていいと主張する人々も一部、存在しているのは危険な兆候だわ』

『しかし罪は誰しも持ち合わせているものでは……？』

『人間は原罪を持つか否か――。そうした神学論争の話をしているわけではないの。もっと現実の、犯した罪は償うという根本的な原則が乱れることを私は懸念しているのよ。犯罪者更生業務は、あくまで自らが犯した罪を自らの行為によって賠償するという観点から実施されているわ。だから、犯罪更生者のままでいるほうが有益と考えることは、それ自体が制度《システム》に対して相応しくないふるまいということになる』

なるほど、と質問者の青年は納得するように深く息を吐いた。だが、やはり、彼は自らの問いかけを続けた。

『――この都市は人々すべてに相応しい配役を割り当てる。ヒト・モノ・カネが高度に集積する都市では、犯罪者も必然、それを担当する人間が必要なのではありませんか？』

慇懃《いんぎん》な口調だった。執拗に相手を攻撃して困らせようとするわけではなく、あくまで疑問を解消するために質問しているようだったが、その内容は犯罪更生業務からは少し外れつつあった。

『それについては僕が説明《アカウント》を引き継ごう』伊砂より先にジャレッドが名乗りを上げた。

『君の疑問は分からないわけではない。つまるところ、君が僕らに問いかけているのは誠実さの問題なのだ、と思うのだけれど、違うかな？』

『まさしく』

　青年はジャレッドの問いに同意した。

　その言葉には自分の意図が相手に伝わったことへの喜びが感じ取れた。

『それは何より。イーヘヴン市では犯罪更生者に再起のチャンスを与え続けると言いながら、その一方では都市の繁栄のために犯罪行為を見世物に、結果的には利用してしまっている事実もある。これは矛盾ともいうべきものだ。あるいは不誠実な二枚舌とも言えるかもしれない』

『そのとおり』青年はジャレッドの回答にうなずいた。『あなたはこの都市の真実を語っておられる』

『いいや、それは違う』

　しかしジャレッドは首を横に振った。

『これは僕の本音だ。キュレリック・エンタテイメントは、あくまで消費と娯楽を通じて、この都市の繁栄を推進し続ける。そのための複合劇場犯罪都市《マルチ・クライム・コンプレックス》の概念であり、リスクとリターンの関係において、失うものより得るほうが大きいならば、それをこそ選択し続ける。だがしかし、都市は一企業でなるものではない。君が言ったように、都市とはヒト・モノ・カネの高度な集積によって構成されるものだ。それゆえ、僕の本音は都市の真実とはまた別の、二番目、三番目の、無数の断片のひとつが語り得る真実に過ぎない』

『矛盾は放置する、と？』

青年は確認するように問いかけた。本当にそれでいいのかと言わんばかりに。

『許容だよ。キュレリック・エンタテイメントも矯風産業も、そして君も。各々がまったく別の真実を有し、それぞれの世界観のなかで生きている』

『ではこの都市に真実なるものはない……？』

『真実はある。〈co-HAL〉が表象する都市の総意は、確かな真実としてイーヘヴン市の往くべき道を指し示し続ける』

『ならば〈co-HAL〉が許容し続ける限り、あらゆることは正しいのでしょうか？　そして、都市の繁栄のために行われるあらゆることもまた……』

『そうだろうね』

ジャレッドは断言した。即答だった。


「今や調べれば、誰であろうと多くのことは語られているわ。自らの手で記したもの。誰かが記し、語ったもの。それでわたしたちは相手が何者かを知ることができる」

でも、と末那は言った。

「わたしは――、相手が何者なのか、どういうひとなのか。それを知るには相手自身が語らなければ分からないこともあるんじゃないかって思うの」

だから、末那が乗に訊くことの多くはあくまで個人的なことだった。何をしてきたかよりも、何かをしたとき何を思ったか。記録され得ない感情について訊くことで、乗自身のことを知ろうとしているようだった。

彼女は乗が――〈黒花〉とDT《ダークツーリスト》小隊が訪れた地でどのような任務に従事していたのか、おおよそ知っているようだった。機密情報へのアクセス権限があるわけではない。公開情報《オープンソース》への丹念な調査によって、断片化された情報を繋ぎ合わせているのだ。

現地メディアの報道記事を中心に収集し、自動翻訳されたデータを末那が編集したものを乗は見せてもらった。そこには乗たちがどのような存在として扱われてきたかについての情報も含まれていた。思っていたほど憎まれていなかったこともあれば、その逆もまた然りだった。過去の記憶は、記した人間、関わった人間の数だけ別のかたちをしていた。

そして、そのなかに欠けていたのが、〈黒花〉の着装者である乗自身の言葉であり感情だった。

乗は都市を出てから三年間にしてきたことをどう思っているのか、思い返すままに語った。世界各地を転戦――それを今になって振り返るとき、後悔と言えるほどの強い感情は呼び起こされなかった。それほど深く状況に、現地の人々に関わったわけではない。しかし、まったく何も呼び起こされないわけではない。

胸の裡に起こるのは、右腕に訪れる幻痛とはまた別種の、鈍く、じっとりとした苦々しい痛みだった。目を瞑ってきた小さな過ちの数々を見返すようなものだ。

為したこと。行動の履歴――それが記録されていたとしても、自らが目を通すことはない。この都市であれば誰もが何かをするときに必ず行うであろうことを、乗は、この都市に戻ってくるまではずっとせずにいた。訪れ、そして去ることになった場所場所で自分がどう語られていたのか。語られることになったのか。それを閲覧しようと思えばすぐにできたはずだった。「広江乗」と入力して、検索を実行しさえすれば。記憶は、自分が忘れたことでさえ外部に記録され続けている。

だが、乗はそれをしなかった。

去るときに向けられるまなざしの理由を調べることはなくなっていった。その地域がどうしてそうなったのか、その後にどうなったのか。

振り返ることはなかった。

ただ、戦いに赴くこと。

倒せと命じられた敵――その撃破と回収のみに意識を研ぎ澄ませること。

自らがすべきことが何なのか定義し、自らが何者なのかを捉え直していった。

そうすることで失うものを減らした。得るものがひどく少ないからこそ、余計に。

多分、それはひとつの適応のかたちだったのだと、今さらに振り返ってみて思った。人間は環境に適応する動物だった。自らが置かれた環境に、そのあり方を適応させ、変化させる。

都市にいた頃――美弥とその家族と一緒に暮らし、育っていた頃――には自らが何者なのか、あるいは何者だったのか、なぜここにいるのか――そうした理由を知ろうと検索することは多かった。

養子。孤児。親。行方――考えうる様々なことを、得た知識のなかで言葉にして、単語にして打ち込んでは情報を得ようとした。それは理由を探る行為だった。自分が何者であるか――その認識が得られないことが多分、つねに不安として、目の前にある光景、関係、そして自分自身を不安定にする理由だった。

だが、欲した答えは得られなかった。

結局は自分がイーヘヴン市において、まだ何者でもないことだけが分かった。

そうするうちに自分が何処から来たのかについて調べるのを止めていた。諦めたのではない。今の自分の行動履歴がやがて、自分が何者なのかを造り上げていくと考えるようになった。

だが、それもまた三年前、失敗に終わった。

結局、自分に与えられたのは〈Sociarise＝E〉と呼ばれる都市からの追放を意味する宣告だった。その理由は今もなお分からなかった。それを知るための手がかりも、浮かんでは消えていく儚《はかな》い繰り返しだった。

今までもそうだったように、今さら調べても遅いと返答されるかのように。

「美弥と君を……」

乗は三年間の旅路を終えて、突如として故郷に戻ってきたときに思ったことを語るに至っていた。そのときどう思ったか——

「君たち二人を助けることができて、正直、心の底からほっとしたんだ」

「最初、あなたを——〈黒花〉を目にしたとき、何者なんだろうと思った。でも、不思議と信じることができた。このひとはきっとわたしたちを助けてくれる——って」

「どうして信じてくれたのかな？」

「あなたがまっすぐだったから。真摯に、偽りなくあなた自身のことばを告げてくれた」

それから末那は何かを思い出したように、くすりと小さく笑った。

「でも、この都市では初めての任務だっていうのは言わないほうがよかったかも。あの後、高架線路の上から、あなたが美弥を救出するのを見ているとき、とても緊張したわ。本当に大丈夫なの、最後の最後でミスをしたりしないわよね……って」

「……実は僕も不安だった」乗は初出動の日、仮面のなかに封じ込めていた感情をここで明らかにした。美弥にさえも話したことはないものだった。「本当に大丈夫なんだろうかって、何度も自分に問いかけた。そのたびに大丈夫だって自分に言い聞かせた。けれど、不安は消えなかった。〈co-HAL〉の導きは絶対のものだと知っていたはずなのに、そのとき僕は、万が一の失敗があるんじゃないかってずっと恐れを抱き続けていた」

「その万が一の失敗って何かしら？」

　末那は気安い調子で訊いてきた。

　いつのまにか初対面の緊張は溶けて消えていた。

「美弥が傷つくことだ」乗は答えた。「都市の価値がどうなるかはどうでもよかった。それだけが僕の恐れていたことだ」

「予想通り」末那はうなずいた。

　イーヘヴン市での初出動を終えたときのことを乗は思い出した。

　還装《アンフェイス》――そう告げたとき、この三年間の、〈黒花〉という力を得て以来、もしかしたら初めて、自分が誰かを助けるために今ここにいることを求められていたのだと、心から確信できた瞬間だったのかもしれなかった。

　自分が何者か――そのことが、今になって、ふと胸の裡に湧きあがるような気がした。

〈Role＝hero〉という都市の役割は、試されるだけではない、託されたものなのだと、少し見方を変えることができるかもしれない。

　そう思いながら、乗は末那の顔を見た。穏やかな笑みを浮かべていたが、薄暗い室内のためか少し寂しげな翳《かげ》が差しているようにも見えた。

「そういえば、末那でいいわ」

「え？」

「——名前」これだけあなたのことが聞ければ満足だ、というように末那は緩やかな笑みを浮かべた。「美弥と識常さんじゃ、何だかちぐはぐな気がする。あなたはどうやったって、美弥のことは美弥って呼ぶでしょう？」

「そう、だね」

「なら、末那でいい。それでわたしも、あなたを乗と呼ぶわ」

よろしく、と言って、末那は今度こそ、乗の顔を見ながら手を差し出した。


『では、先日の〈白奏〉と〈黒花〉の戦闘は——、そしてなおも逃走を続けているテロリストについてはどうでしょうか？』

客席からけして立つことはなく、青年は質問を続けていた。その口調は変わらず冷静だった。穏やかとさえ言えるほどに。

『いくつかの見解があるだろう。その戦闘によって得られるものは確かに多かった。〈Viestream〉を通した人々のイーヘヴン市への関心は今までよりも上昇し続けている。その観点からすれば、極めて有益な存在といえるかもしれない』

ジャレッドは答え続けた。彼もまた冷静だったが、楽しげな口調だった。誰かと会話することはどんな内容であれ心が弾むというように。

『――ですが、極めて危険な存在であることは間違いないわ』

そこで再び発言したのは伊砂久だった。

場内ではわずかにざわめきが聞こえ始めていた。すでに質疑応答の時間は過ぎていたが、延長して何が行われるのかと不安と興味が入り混じる喧騒だった。

『都市施設を優に破壊することが可能な戦力と、それを躊躇《ためら》わずに実行する攻撃性を持ったテロリストは放置すべきではない。たとえリスクとリターンの観点から見て、都市に利益をもたらすとしても、間違いなく行き先は破滅よ』

断固とした強い口調だった。

思わず場内が静まり返った。物音ひとつ立てることも許されなさそうな緊張がホールに満ちていった。

『それを決めるのは都市の、〈co-HAL〉の意志では？』

伊砂の鋭い目つきを向けられても、客席の青年はあくまで態度を変えず、また問いを投げかけた。

『〈co-HAL〉に導かれ、私たちはつねに正しい選択をしてきた』伊砂は告げた。『ですが、この都市に住まう誰もが、今や選択を迫られていることを理解すべきと考えます。許容し得ない悪意と敵意がこの都市を訪れることは、これまで未然に防がれてきました』

『けれど、今はそうではない』青年は伊砂の言わんとすることはよくわかるという風にうなずいてみせた。『楽園には蛇が入り込んだ』

『そのとおりよ。今なお都市の敵は野放しになっている』伊砂は厳しい顔で言った。しかし、それから少し表情を緩めた。『――それにしても、あなたは聖書や、そのモチーフを好んでいるようね。敬虔《けいけん》な信徒《クリスチャン》なのかしら？』

『いいえ』青年はゆっくりと首を横に振った。『譲れない信仰は持っていますが、私の罪は磔刑《たっけい》に処された救世主によって贖《あがな》われたとは思っていません。それに、こうした言い回しはよき友である人間から教えられたものばかりです』

『なるほど、あなたには優れた見識を持つ友人がいるようね。そのひとは故郷の？』

『この都市を訪れた際に知り合いました。そして私は他にも、善き人に出逢った。だからこそ、今ここにいる』

　極めて重要なことを説明するように、青年は声を強めた。よく律された、しかし抑えようのない感情を演技に込める名俳優のようだった。

『そう……、ではあなたのよき友人の名前を教えてくださらない？　まだ、この都市にいるのでしょう』

　対して伊砂は演技を審美する熟練した老監督のように冷静だった。

　そして青年は返答した。

『――周藤速人』

　青年がそう告げた途端、場内はわずかの間、完全な静寂に包まれた。

　それから嵐の前の遠雷が聴こえたように最初は小さく、しかしたちまち雨が降り出したように騒がしくなった。

『冗談がお上手ね』伊砂の顔から、今度こそ情の欠片も消えた。『彼には極めて強度な〈Un Face〉設定が適用され、この都市にいる限り、誰とも接触することはなかったわ』

『ええ、そうでしょうとも。私が彼と会ったのは三年前ですから。各々、別の役割を担ってこの都市を訪れた。そして互いにすべきことを理解した。そのとき、私たちは真に何者かになった……！』

　高らかに謳い上げ、そして青年はすっくと立ち上がった。

　今ここで奇跡が起きて立てるようになったと歓喜するかのように、青年は大きく両腕を掲げた。天を仰ぐようなその顔は、照明を浴びて、今こそはっきりと知覚されようとしたが、

「〈描写攪乱《ハンドレッド・フェイセズ》〉」

　青年の顔がブレた。今までそこに映し出されていた顔はモザイク状に分解し、代わりに新たな顔が出現した。冴え冴えたる美貌の金髪白皙《はくせき》の面には、力強い笑みを湛えていた。

　どこまでも真っ直ぐで迷いのない黄金のまなざしが煌めく。

　そして青年──ピーターは、周囲の席に座った犯罪更生者たちが我先にと逃げ出すのには目もくれず、悠然と壇上に立つ伊砂たちを見つめた。

　背後で青白い光が生じていた。車椅子の形状《フォルム》に偽装されていた白銀の装甲片が浮かび上がり、ピーターの周りをゆっくりと回り始める。

　彼は掲げた両手を交差させ、祈りの言葉を唱えるように告げた。

「着装《フェイス》──〈白奏《ホワイトジャズ》〉」

　蒼雷のような光がにわかに強まり、不可視の磁性防壁が前後左右の客席を吹き飛ばす。

　だが、そのときだった。

「彼を撃て《ショット・ヒム》！　ダニエル・J・チカマツ！」

「了解」

　ジャレッドの鋭い声とともに最前列から身を起こしたダニエルは、その手に構えられた白塗りの対戦車ロケット砲ともいうべきしろものを、ピーターに向けて照準──、躊躇いなく、引き金を絞った。

　ピーターの出現と同時、〈co-HAL〉によって即座に緊急対処指示を出された犯罪更生者たちは、すでに破壊の及ぶ範囲から退避済みだった。

　耳を聾する轟音が響いたとき、すでに威力は発揮されていた。

　磁性杭を弾頭に換装することで展開中の磁性防壁に拮抗した一撃は、ピーターの左腕を吹き飛ばし、そして炸裂した。

2

《DT01から各員へ。〈co-HAL〉の予測どおり代々木区《ディストリクト》街のホールに、伊砂氏およびグルーエン氏を狙ってピーターが出現した》だが、とダニエルの無線通信。《現在、ピーターは左腕を失う重傷のままホールから脱出。逃走を図っている》

「どちらに？」

雅火は無線通信が入るなり、すぐさま跳ね起きて二輪車《ビークル》を起動する。

《表参道方面だ。ここで仕留めていれば少なくとも脅威の半分は退けられたが、あの男、すでに半ば着装済みだ。あちらの磁性杭によって直前で軌道を逸らされた》

「それでも左腕を潰したなら十分じゃないですかね。——と、接敵《エンゲージ》！」

代々木区街の外縁部から青白い光を放ちながら、〈白奏《ホワイトジャズ》〉を纏《まと》ったピーターが飛び出してきた。民間保安企業の契約者たちがすかさず集中砲火。だが〈白奏〉は、その程度ならば防げると言わんばかりに物ともせず、近隣の建造物に掌を向ける——磁性放出。その引き寄せによって不可視の綱を次々と渡っていくターザンのように逃走していく。

《所定の位置まで追い込め。オマエと〈黒花《ブラックダリア》〉とでヤツを挟撃しろ》

「了解」

雅火が矢の如く二輪車とともに発進《スタート》。

一方、装甲車に戻りエンジンを始動するヘヴェル――出遅れに焦るというより与えられた任務へのわずかな疑問。

「隊長、本当に俺は別行動で大丈夫なのか？」

《残る磁性杭は二基。〈黒花〉の打撃力でも十分に突破可能だ。それに装甲車の砲撃は、この地域では威力過多として使用が制限されている。オマエはオマエの任務を果たしてくれ》

「了解した。武運を」

ヘヴェルが駆る装甲車も移動を開始。

その横では嬌風産業が契約した民間保安企業の装甲輸送車輌が、伊砂久を保護するため代々木区街の敷地内へと急行していった。そして同時に、区街内のヘリポートからローターの回転する轟音を鳴らしながらヘリが離陸する。

機体横にロゴ＝〝素晴らしき新体験を！《Feel Good Fiction》〟――キュレリック社の〈Viestream〉撮影班が、ジャレッドの陣頭指揮のもと白昼堂々の追跡劇の中継を開始した。

†

初夏の陽射しと蒼穹はいつの間にか消え、代わりに雨を告げる灰色の雲が広がり始めていた。

通り《ストリート》にいたパーティ客たちは、それぞれに見つけたパートナーとともに屋内へ移動し始めていた。雨宿りではない、緊急避難のためだった。整然と、互いに手を取り合って、層《レイ》現《ヤード・リアリティ》に浮かぶそれぞれの対処プランに基づいて手近な建物内へ向かっていく。

そして、ブラッドベリー・ファクチュアにも逃げ込んでくるパーティ客たちを見下ろす位置――二階テラスに乗と末那はいた。

「主賓がいないって文句を言っている状況じゃなさそうね」と末那。「出動、するのよね」

「ああ」乗はうなずいた。「君の、言、う、と、お、り、僕には鎧のほうが似合っているみたいだ。――〈描写攪乱《サウザンド・フェイセズ》〉の表面偽装を解除」

そう告げるなり、フォーマルな装いは掻き消え、代わりに漆黒の強化外骨格を全身に装着した姿が露わになった。頭部装甲の前面部《フェイス》だけを展開した状態――すでに臨戦状態。

「これから僕は〈白奏〉を迎え撃つ」

「……なるほど、最初からそのつもりだったわけね」

「末那」と乗＝〈黒花〉が問いかける。「君への避難指示はどうなっている？」

「ここね」末那が層現の視界を共有した。「ただ、ちょっと変なのよ……」

　イーヘヴン市内の全景ＭＡＰが表示された——推奨される避難プラン。青の描線が表参道を始点として伸びていき、北東エリアの都市外縁部の上野《ウエノ》が終点として点滅していた。郊外へと繋がった高架鉄道の停車駅まで、避難というにはかなりの距離があった。

「どういうことか分からないけど、車輛を使ってこの駅まで逃げろ、だそうよ」

「やけに遠いな」

「まるでこのまま、都市から逃げろとでも言っているみたいね」

「まさかそういうわけじゃないと思うけど……」

《せっかくの舞踏会だというのにすまんな》

　ＤＴ01＝ダニエルから無線通信が入った。

《もう間もなく〈白奏〉がそちらに追い立てられてくる。避難の様子はどうだ？》

「ほぼ完了です」乗はＵＩ《ユニバーサル・インターフェイス》レンズでパーティ客たちの現在位置を把握した。軍用のＵＩレンズ【vision Ω】モデルであれば付近を一斉に走査《スキャン》することが可能だった。

《となると、あとはオマエの傍らにいるお姫さまだけということになるな》

「末那——いえ、識常さんには、北東エリアの駅まで避難するように〈co-HAL〉から指示が出ています。車輛の手配は可能ですか？」

《すでに名前を呼び合う仲か》ダニエルが冗談めかして言った。《ともかく、それについては問題ない。ヘヴェルをそちらに向かわせた。装甲車で送り届けさせる》

と同時、ブラッドベリー・ファクチュアの前に黒の装甲車が到着した。

《こちらDT04だ。指定ポイントに到着した。〈白奏〉の接近が近い。なるべく早く護送する人物を連れて来てくれ》

《――ということだ。馬車とは言えんが、防御力と安全性ははるかに高い。すぐに彼女を装甲車に乗せろ》

「了解です」乗は末那を軽々と抱きかかえた。動きにくいドレスでは一階まで降りるのに時間が掛かりそうだった。「末那、このまま地上へ降りる。摑まっていてくれ」

「え？」

末那が戸惑うのも気にせず、乗＝〈黒花〉は漆黒の鎧の狭間に紅の描線を輝かせ、二階テラスから跳躍。そのまま装甲車前に着地する。その様子を見ていたパーティ客の少年少女たちがわっと歓声を上げたが、それを無視して末那を装甲車に乗り込ませた。

「ありがとう。今日は色々と教えてくれて、助かった」

乗が扉を閉じようとしたときだった。

「そのうち美弥も一緒に三人で会いましょう。それで、あなたがわたしに話してくれたことを、あの子にも話してあげなさい」

末那が、別れ際にこれだけは言っておかなければならないというように、乗に言った。

「ああ、でも――」乗はわずかに口ごもった。「実は……、まだ話していないことがある」

「それは三年前の出来事に関係しているの……」

時間がない――〈白奏〉の接近を告げる警告音《アラート》は一秒ごとに大きくなっていた。

乗は意を決したように末那をまっすぐに見て、告げた。

「実は――、僕には思い出せない記憶がある」

「思い出せない？」

「爆発事故に遭う前の、ところどころの記憶が抜け落ちてしまっているみたいなんだ」

それを聞いた末那は、何か得心がいったというように眼を見張った。

「ねえ、もしかして、美弥に言ったっていうやり残したことってそれのこと……」

「……そうだ。もしかしたら僕は、記憶の欠落した時間のなかで、追放処分を受けることになった何かをしていたのかもしれない」乗は呻《うめ》くように言った。「本当は何をしていたのか、僕はそれを突き止めなければならない」

あらゆる行動履歴が刻まれるなかで、しかし、この都市の記録から抹消されてしまったかもしれない過去の出来事を、それでも知らなければならない。

今ここで、それははっきりとした指針となった。

「……どうして、それを美弥と会ったときに話さなかったのよ」

ふいに浮かぶ——二週間前に美弥と会ったときの、そして質問には答えず去った自分の言動。それが——、断片化した過去の記憶と重なった。

「怖いんだ」絞るような声——告解めいたことばたち。「そのことについて思い出そうとすると、決まって美弥の悲しい顔、泣く顔が浮かぶんだ」

そして自分は美弥に背を向けて、何処かで何かをするために走っていく。

だが、それが何なのか、記憶はそれ以上まるで再生されることはなかった。

「もしかしたら僕は美弥に——」

何かをしてしまったのではないか。それこそ、都市を追放された理由にも関わっていて、なのに自分はそのことを都合よく忘れているだけなのではないか。

ふいに幻痛の兆しが訪れた。一瞬、身体から感覚が消え失せた。まるで大きな波がやってくる前に海岸から潮が引くように。

しかし痛みは訪れなかった。代わりに聴こえたのは末那の声だった。

「——あなたは美弥を傷つけたかもしれないし、傷つけていないかもしれない」

装甲車の窓越し。すぐにでも発進できるように小刻みな駆動音に揺れているというのに、こちらをまっすぐに捉え続ける末那の眼差し。

「でも、このままあの子を放っておくなら、それが一番傷つけることだって理解しなさいよ。やっぱり、今夜、三人で会いましょう。大丈夫、わたしがあなたたちの間にいてあげる。それで訊けなかったことを訊きなさい。そして、教えてあげなさい――あなたは今も、あの子の許にずっと帰りたがっていることを」

優しげに――だが、ひどく悲しげな末那の声。

そこに差し込まれるダニエルからの無線通信。

《ジョウ、何をしている！　〈白奏〉が三〇秒以内に到達するぞ！》

「わかりました」返答――そして、もうひとつの。「わかった、君と美弥と、僕と三人で」

「ええ、だから頑張って」

末那がうなずいた。そして装甲車が急発進し、戦闘状態へ突入するこの場所から退避する。低い唸りが遠のいていくのを乗は聞いた。

そして頬に冷たいものを感じる。雨だ。遠雷も聞こえてきた。

頭部の前面装甲《フェイス》を閉じる。一瞬の暗闇と、そして鋼鉄の仮面越しの戦闘視界《ビュー・オブ・ファイト》。

再びの無線通信。

《あと一〇秒で〈白奏〉がオマエのところに到達する》

『了解』〈黒花〉の電子音声が――戦意に溢れて告げた。『接敵準備』

拳を握った。鋼《はがね》と生身と、その両方を。

今すべきことが何なのか――とてもクリアに理解されていた。
《あと五秒。――迎え撃て、そして今日ここで、ヤツの犯罪劇《ショウ・クライム》に幕を下ろしてやれ》
視界中央――通りに躍り出てくる白銀の機影＝〈白奏〉。
暴風のなか軽やかに舞うように。その鈍色《にびいろ》の雲と雨の視界のなかで、何より目立つその一点に向けて、〈黒花〉は駆け出し、そして拳を叩き込んだ。

激突は初手から躊躇《ためら》いがなかった。

磁性フィールドが雨粒を弾く。だが、〈白奏〉の磁性防壁はすでに二基が削られているため、〈黒花〉の拳撃であれば突破可能だった。

着撃《インパクト》――かつては弾かれた拳が、穿《うが》つべき一点に向けて正確に打ち込まれる。

逃げ延びようとしていた〈白奏〉自身の勢い／〈黒花〉の動作補正ナノマシンによって最適化された完璧な姿勢に乗せて打ち出した打撃力――その重なり合いにより、大型車輛同士が全速力で衝突しあったような重く硬い打撃音が響き、〈白奏〉が欅《けやき》並木の一本をへし折らん勢いで衝突した。

『――命中を確認』

〈黒花〉は拳を撃ち出したままの姿勢――白煙さえ上げる右拳の向くその先に、胸部装甲を大きく歪めた〈白奏〉を見た。

そしてすかさず追撃を実行。動作補正ナノマシンの設定を短距離疾走《スプリント》用に変更――青く輝くデバイス・スーツ。強化外骨格を纏ってなお俊敏な動作で通りを駆け抜け、〈白奏〉に肉薄する。

ピーター＝〈白奏〉は左腕をもぎ取られ、血に塗れていた。〈黒花〉は次なる一撃を打ち込もうと拳を振り下ろす。

だが――『磁性防盾を展開』――〈白奏〉の軀体よりも前面の空間に、装甲の一部を拡散・再構成し白銀の盾を形成。〈黒花〉の拳の軌道を逸らす／頭部以外のすべての装甲片を右腕に集中・再構成／巨大な銀の棍棒を作り出す――猛然と拳を振り抜いた〈黒花〉の背中に叩き込んだ。

だが――『動作補正ナノマシンの設定を変更』――〈黒花〉の装甲の狭間に輝く色彩の変化。青から紫へ＝防御に優れた動作パターンを適用し、〈白奏〉の棍棒による打撃を咄《とっ》嗟《さ》に交差した両腕で受け止めると、その勢いのままに背後に飛び退く。

着地――地面を削る。勢いが止まらない。〈黒花〉の背後にパーティ用のシャンパンがなみなみと注がれたまま放置されたシャンパン・タワー。

衝突し砕け散る。咽《むせ》るような芳香のなかで〈黒花〉が何とか停止――再び各部に流れる光の軌跡を青に変えて、〈白奏〉の許へと再突撃を仕掛ける。

容易に倒し得ると少しでも考えていたことを訂正――全力で撃破に掛かる。

一方、〈白奏〉もまた盾と棍棒に集中させていた装甲片を拡散・再構成、その身に纏って迫り来る〈黒花〉に突撃――しかし飛び跳ねるのではなく地面を滑走するように突っ走っていく。

〈黒花〉の視界が捉えた〈白奏〉の形態変化《フォルム》――両足を揃え足先に磁性杭《マグネット・パイク》をスケート靴のように配置し、路面を氷に見立てて滑走／失われた左腕からは血がこぼれるに任せ、右腕に装甲を集中――氷の大剣のごとき威容――その先端に配された磁性杭が雷光めいた青白い閃光を放つ／〈黒花〉に向けて連続して磁性放出＝不可視の砲撃。

真っ直ぐに突き進む〈黒花〉の鼻っ面を正確に射抜き、以前と比べて弱体化したはずの一撃を集中・連撃にして叩き込むことによって〈黒花〉の突撃の勢いを挫《くじ》く。

そして再びの激突――バランスを崩した〈黒花〉のがら空きになった胴体に大剣の切っ先を突きこむ〈白奏〉――咄嗟に〈黒花〉は再度、動作補正ナノマシンの設定を身体制御に変更。戦闘舞踏――身体を回す／大剣が〈黒花〉の漆黒の装甲と激突し火花を上げる。

だが、串刺しは免れた。地に堕ちる雨粒たちの連弾よりも速い調子《テンポ》で〈黒花〉が、通り過ぎようとする〈白奏〉の頭部ユニット後部に左の裏拳を叩き込む――が、それを予期した〈白奏〉は滑走速度を上げてそのまま走り去り、ビルの壁面を凄まじい速度で駆け上ると、宙返り――足先を地上の〈黒花〉に向けると磁性放出の設定を引き寄せに。

高速回転――装甲片のすべてを足先に集中させ、自らを白杭に見立てて射出。

磁性放出が不可視の糸となって〈黒花〉を自動追尾／受け止めるしかない／意を決して両手を掲げる——巨大掘削機と化した〈白奏〉の蹴撃を押し留めようとする——手の内で暴れ回る刃たち／両手の装甲があっという間に削り取られる／止む無く生身の左手を離す／それでも押し留めようとした右手が、ミキサーに突っ込んだように粉微塵に切り裂かれる——機械化義腕を構成する部品たちの果たしてきた役割が、何なのかさえ分からないほどの無数の破片に。特殊兵装〝寂静《ミュート》〟の使用が不可能に——だが、〈白奏〉相手には無用の長物である装備はあえて捨てた。

その代わりに——「おまえの右手の仇は取ってやるぜ！」

雲の狭間にわずかの陽射し《ジェイコヴス・ラダー》——その煌きを固定化したような白塗りの槍を携《たずさ》えて、欅並木のひときわ巨大な一本から雅火が襲来。磁性杭が青雷を放つその切っ先を、〈白奏〉が翳そうとした手の磁性杭目がけて突き立て、そして互いの磁性杭が砕け散った。

†

「——ハガナー社の強化外骨格がテロリストを討ち取ったぞ！」

装甲トラックに前後を守られながら、伊砂久を自宅まで護送する防弾仕様の大型電動車《EV》は港湾《ベイ》エリアに差し掛かっていた。外国人居住区たる三　三区《ゲーテッド・セツルメント》などの一部、埋立地と本土を結ぶために架けられた鉄橋を走る現在でも、懸念された襲撃は起こっていない。それどころか層現内に〈Viestream〉の中継映像を映して鑑賞できるほどに平穏だった。

「ほう、どれどれ、俺にも見せてくれないか？」

運転手の男が、助手席で歓声を上げた矯風産業の警備要員のほうを向いた。そのせいで視界が疎《おろそ》かになり、車体がぐらりと対向車線まで行きそうになるが、中央分離帯に衝突する前に運転手はハンドルを切り返し、元の進路へと戻す。

「おい！　前を見て運転しろ！」

助手席の警備要員は思わず声を上げてから、防弾シールドで仕切られた後部座席の伊砂を見やったが、軽く手を振って大丈夫だ、と返答された。

「いやいや、すまん。ついつい向こうが今どうなっているのか、興味があってな」

そういって運転手は再びハンドルを握った。ここまで粗雑ながら御すべきところは完璧に御した操縦技術を披露していた。新人だと言っていたが、まるで多種多様な車輛をどんな悪路でも乗りこなしてきた経験豊富さが感じられた。

「あんた、そんなに〈黒花〉のファンなのか？」

「いや、断然、〈白奏〉派だな」と運転手の男。「ボディデザインが優雅な感じだろう？」

「そう、だな」

「何かおかしいことでも言ったかね？」

「――いや、実は俺も〈白奏〉のほうが好きなんだ。といっても見た目の話だ。中身は違う。テロリストだからな」

「そうかね」と運転手はフロントガラスに表示させた〈Viestream〉の映像に視線をやった。何かタイミングを測るように。「しかし、その〈白奏〉とやら散々な有り様じゃないか。このままだと死なないにせよ、拘束されそうだ」

「そうなったら、この〈白奏〉の強化外骨格も都市内の防衛に転用されるかもしれないなあ、配備されるとしたら着装者の選抜試験とか……、やったりするのかな？」

「ふうむ、残念だが、そいつはないと思ったほうがいいぞ」

運転手は〈Viestream〉の中継映像を凝視すると、ぼそっと呟いた。

「……どうしてだ？」

「いや、こいつを見てくれ」運転手は、右手の人差し指に手品のような鮮やかさで鎌状の刃をしたナイフを出現させた。「どう思うね？」

ぶうんと蠅が蝟集《いしゅう》するような駆動音が車内に重く、響き渡った。

「ん？　ああ、カランビットか……」契約者の男は少し困惑しながら答えた。「かなり大振りだな。どこのメーカーだ？」

すると運転手の男は自信たっぷりな笑みを浮かべた。

「お手製《ハンドメイド》さ」

「そいつはすごい。だが、うちの会社は私物装備の持ち込みは――」

「そして、こいつはすごぉく大きくなるんだぜ？」

次の瞬間、運転手の丸太のような剛腕が振るわれた。大振りの刃にさらに透明な不可視の刃が出現し、助手席の男の眼をＵＩレンズごと切り裂いた。そして絶叫と鮮血が吹き荒れるなか、男は負けじとアクセルを思いっきり踏み込んだ。

《彼女が乗った車輛が事故を起こした！》

強制的に割り込む声――ジャレッドからの無線通信。

今しも磁性杭の槍に貫かれて動作を止めた〈白奏〉に近づこうとした〈黒花〉と雅火の耳許で、悲鳴のように鳴り響いた。

《原因は不明だ》同じくヘリに乗り込んだダニエルが、今しも外に飛び出しかねないジャレッドを押さえつけながら続けた。《車体間環境《V2E》システムに故障が生じたための事故だと伊砂氏の車輛の運転手が報告してきているが――》

「十分に囮の役目は果たせたようだ……」

〈白奏〉＝ピーター《フェイス》が残り一基の磁性杭で地面のわずか上を浮遊し、ぎくしゃくした動きで頭部の前面装甲を開放した。

これほどの戦闘をしてもなお〈描写攪乱《ハンドレッド・フェイセズ》〉によって傷一つ・汚れ一つ・疲労一つ——それどころか痛みによる苦悶の表情さえ修正《キャンセル》した、つるりとした不気味な相貌に笑みが張り付いたように変化しない。

「いやいや、私たちは今回、ひとつの賭けをしていたんですよ。標的二人のうちどちらが手に入るか……、なるほど、その様子では伊砂久のほうになりましたか」

「テメエ、まさか——」

雅火が突っかかろうとするが、

『周藤速人は何処にいる……!?』

それより先に乗＝〈黒花〉が飛び出していた。穂先の砕けた槍の柄を掴み、〈白奏〉へ向けてその豪腕に任せて射出した。

だが、〈白奏〉は最早、用は達したというように大跳躍し、槍は地面を砕くのみ。

「それはもちろん伊砂久……」

『もうひとりの標的とは誰だ!?』

「識常末那」ピーターが安心しろと言わんばかりの柔和な顔をした。「ですが、彼女はあなたがたの装甲車で安全な場所まで逃げてしまった。いくら私たちでも追いつけないでしょう……、それに今はこちらのほうをお楽しみなさい」

ピーターはいつのまにか展開した〈Viestream〉中継映像の情層を宙空に表示させた。

一般公開設定――その場の誰もが、視点をその情層に釘付けにせざるを得ない映像が展開されるなか、『――本日の《トゥディズ》、出し物を披露しましょう《エンタテインメント》』――頭部前面装甲を閉じる／磁性杭を右腕に移す――そして磁性放出の設定を切り替えると、その場を悠々と離脱した。

　UIレンズによる主観撮影が横転した車輛を映し出している。視線が後部座席のほうを向く。すると、後続の護衛車輛から飛び出してきた民間保安企業の警備要員の手によって、額からわずかに出血しながらも何とか車外に脱出する伊砂久の姿が映った。

　すると主観映像が彼女たちの許へ瞬く間に接近――《ささ、ちょいと退いてくれ》――鼻歌交じりの声がするなり、野太い悲鳴が上がった。

　伊砂を助け起こした契約者が突然、どさりと倒れた。

　鮮血。両足を切り落とされるも、それでもなお伊砂を突き飛ばし、逃がそうとした。その結果、伊砂は他の契約者に受け止められ、慄《おのの》く視線をこちらに向けた。

《ほう、仕事熱心だな》UIレンズの主観人物が感心するように言う。《さっきの仕事中に〈Viestream〉を観戦していた野郎とまるで違う。駄目だなぁ、隊員ごとに士気に差がありすぎる……。そんなだから、お前さんら怪しい新人がいても気づけないんだぜ？》

　くつくつと忍び笑いが聞こえ、伊砂との距離を詰めていった。

そして。

《……周藤速人》伊砂がその名前を呆然と呟いた。

《よう、ひさしぶりだな、クソババア。この俺を優れた見識を持つご友人呼ばわりなんざ、笑えるにもほどがあるぜ……》

撮影者＝周藤は、憎らしいが親しい旧知の相手に再会したかのような気軽な口調で話しかけた。それから伊砂を守るため立ちはだかる民間保安企業の契約者たちを端から順にすーっと横薙ぎに眺め、

《おら、ぼーっと突っ立ってんじゃねえよ》周藤は教官が新兵を叱るように声を放つと、手にした大振りのカランビットを無造作に彼らに向けながら、水平に薙ぎ払った。

《俺は敵だろう？　だったらすぐにでも殺しに来るもんだ、ぜ？》

そう告げるや、契約者たちの腹部が装備ごと切り裂かれ、止める間もなく腹圧によって腸や、そして鮮血が一斉に毀《こぼ》れ出した。

【検閲《Redacted》】——瞬時に中継映像のそこかしこが視えにくくなった。

リアルタイムでの修正作業。映り込んだ事物のなかで不適切とされる内容があれば、そこだけ焦点が合わないようにぼやけていく——切断された断面／毀れ出す臓物／一帯に溢れる血——どれほどが映してよく、映してはならないのかは、専用の検閲プログラムが裁

定することだったが、それでもなお画面のほとんどに焦点が合っていなかった。

「すぐに映像を止めさせろ！」

ダニエルが、ヘリに同乗した〈Viestream〉の撮影班に鋭く叫ぶ。だが、先ほどまで〈黒花〉と〈白奏〉の戦闘を大型カメラを担いで撮影していた初老の男は無言のまま何も答えない。

代わりに答えたのはジャレッドだった。顔を真っ青にしながらも、ダニエルのほうを見返した。

「……〈Viestream〉の映像配信の停止は専用の検閲プログラムによって判定される。いかなるものであれ、恣意的に止めることは……、できない」

作戦行動における不正行為を抑止する――お題目に等しいとされていたものが、ここでいかに残虐であろうとも映像配信を続けることを選択させていた。

「ですが、このままでは一方的な虐殺が垂れ流しになる」

「……〈Viestream〉のキュレリック社公式チャンネルを使って可能な限り閲覧を止めるよう呼びかけるしかない。だが、そう書くほどに観ようとする人間も必ず増える」

「だが、それでもやってください。この都市の人々が、誰かの死に様を観ることを望む者たちでないことを祈るしかありません」とダニエル――切迫。それでもなお最善の策を実行しようと思考を巡らす。

そこに——不意に人影が視えた。
《シグナル911の内容を一部変更いたします。〈黒花〉を伊砂さまの許へ急行させてください》
ヘリ内に突如として姿を現した女性——秒二四コマの隙間に挿入されたかのように。その姿かたちにダニエルは見覚えがあった——いや、違う。よく似ているだけだ。
「〈co-HAL〉!」とジャレッド。
《おはようございます》と優美に挨拶。だが、それも束の間にダニエルのほうを向いた。
《ダニエルさま。現在、〈Viestream〉の検閲プログラムに対し、当該中継映像の視聴対象を極めて限定したものに設定し直すことで内容の大部分に検閲を実行しております》
「君の意志は市民の選択の総和と聞いた。つまり——」
《はい、イーヘヴン市民は、現時点において伊砂久さまおよび民間保安企業の契約者たちが惨殺される光景を観たいとは思っておりません》
ですが、と〈co-HAL〉は続ける。
《これはあくまで現状では、ということです。内容如何《いかん》ではこれが望まれることもあり得ます。行き先がどうなるか、ここからの行動によって変化いたします》
「わかっている」
ダニエルは〈co-HAL〉の——この都市の住人たちが少なくとも何を望んでいるかを理

解した。為すべきことを——たとえそれが敗残処理にしかならないとしても、指示を出した。

「——〈黒花〉。現場へ急行しろ、何があろうとも……、オレたちが傍観者であることは許されない」

†

血が飛び散っては、雨と風によって洗い流されていく。

おそらく今ここで降り注ぐすべてはどれもが一時的なものだろう——そう、願うことだけが、伊砂久にとって眼前の状況に対峙するゆいいつのすべだった。

「男なら何でも身体ひとつでやってみせるもんだぜ？」

風雨のなか、微塵も揺らぐことなく迫り来る男の姿があった。手にした第六の指。不可視の牙といった鎌状の刃《カランビット》にも、その身体にも血のひとつさえついていなかった。

「銃は駄目だ。そいつは弱者に弱者を殺させるための発明だからな。それに今となっては誰を撃つかさえ機械に決めてもらってるとなりゃあ、なおさら気に入らない」

密集した状態で警備要員たちの自動小銃は、同士討ちを避けるためロックされやすかった。そして周藤は見事としか言いようのない体捌《たいさば》きで、武器を封じられた民間保安企業の契約者《コントラクター》たちを次々と戦闘不能に追い込んでいった。そう、周藤はけして彼らを殺そうとはしていなかった。即死でなければほとんどの負傷は治療可能な現在において、ギリギリの一線というものを理解して絶妙な手心を加えていた。それは元同輩だった者たちへの情けであるはずはなく、あくまで周藤速人という男が自らに課しているこだわりともいうべきものの発露に過ぎなかった。

彼の手に握られた鎌状の刃は、自在に切断範囲を調整可能な不可視の磁性刃を放出している。逆手に持つ、あるいは人差し指にだけ引っ掛けるなど持ち方も切り裂く方法も次々と入れ換えていた——うっかりすれば自分さえも傷つけかねない不可視の刃を、自らの殺意はいかようにも操作《コントロール》できるといわんばかりに自由自在に駆使していく。

そして、最後のひとりも倒された。

「この雨と風は血を洗い流してくれるシャワーみたいだ、心地いい……」

周藤は、橋の欄干にもたれかかった伊砂を見下ろした。

伊砂は折れた足を投げ出して地面に座っている。満足に動くことはできなかった。ここまで護衛の人間たちが逃がしてくれた。だが、もはやそれは不可能だった。

「罪はいつか必ず償わなけりゃいけないってお前さん言ってたよなあ……」

ぬっと近づき、周藤はその巨体を折り曲げながら、伊砂を見やった。それで彼の装用したＵＩレンズが撮影状態になっていることが分かった。

「そのとおりよ」

伊砂は、自分が今置かれている状況を理解した。そして何をすべきかということも。

「すべての人間に再起の機会は与えられ続ける」

「それが、お前さんにとっての真実……」

「都市にとっても真実であり続けるべきだと願っているわ。いかなる過ちを犯そうとも、そこに償う意志があるならば、どん底に落ちようとも、這い上がろうとする決意を持ち続けられるなら、いつか誰であろうと罪は贖われるものなのだと」

これが末期の言葉になるのだろうか――伊砂は自分の口から紡がれることばが、頭で考えるまでもなく出てくることにわずかばかり驚いた。もしかすると無意識のうちにこの瞬間のための準備をしていたのかもしれない。

すると脳裏に自らの養子たるリューサの顔が過《よ》ぎった。そして屋敷に暮らす子どもたちの姿も。自分が死ねば彼らはどのようになるのだろうか。変わらなければいいとも思うし、よりよい方向があるなら変わっても構わないと思った。犯罪更生者たちに対してもそうだった。いわば、自分は彼らの贖罪を手伝うことで分け前をもらう存在だった。怨みを買われても仕方なかった。罪というものが非対称であるがゆえに。自分でさえ気づかないことが他者からは罪であることもあり、またその逆もありえた。

ならば、目の前に――この男がいる理由は何であるというのか。

「なるほど」粗暴なようで同時に怜悧な知性を湛えた瞳がこちらを射抜いた。「だがしかし、虚飾に塗れたこの街で、お前さんらは罪を償っていないじゃないか。え？　どうしてこの俺が三年前にこの都市を訪れ、そして素直に捕まってやったと思うね……？」

処刑執行の直前に罪人みずからにその罪状を確認させるように、周藤は問いかけた。

「各々、別の役割を担ってこの都市を訪れた……」

伊砂はピーターが口にした言葉を思い出した。テロリストと傭兵。一体何のためにこのイーヘヴン市を訪れたというのか。多国籍企業の集積地ともいえるこの都市を破壊することで特区としての価値を損なうためか。いや、そうではないと思った。

「然り然り」周藤はうなずいた。メッセージが伝わって何よりと言わんばかりに。「しかしまあ、前の役割ってのはどちらも果たせず仕舞いだったがね。まったく〈Quantum Network〉の支援要請で来てやったら、とんでもないことをさせられるところだったぜ……」

「〈Quantum Network〉――」伊砂は困惑の色合いを強めた。「あなたたちは誰かを助けるために、この都市を訪れたというの」

匿名型相互扶助ＳＮＳ――その力は誰かを助けるハードルを著しく下げてくれる。１クリックで助けを求め、１クリックで助ける。双方向パーソナライズ解析によってユーザー同士を結びつけ、必要な物資を自動選択し、送り届ける。

支援要請――この都市の住人が、それを外部に求めるのは珍しいことだ。行動履歴解析に基づく〈Un Face〉の行動制御は安全で快適な生活を実現する。そしてユーザー間のマッチングも行われる。それこそ、支援要請をするまでもなく一〇〇万の人間は、一〇〇万を優に超える対処策によって無意識に助けられている。

しかし周藤とピーターは、それに導かれて三年前にこの都市にやってきた。

「助け、か。そもそも誰かを助けるってのはどういうことなんだろうな？　生命の危機に瀕している相手を救い、生き残らせるならわかりやすい」

たとえば今だってそうだろ、と周藤は手にした刃をくるくると回した。周囲の警備要員たちは全員戦闘不能だった。死者はいなかったが、動ける者は誰ひとりとしていない。

「しかし年がら年中、死にそうな人間ってのも珍しい。そう考えると、誰かを助けるってのは――、やるべきだがやりたくないことを肩代わりしてやるほうが一般的と思わんかね？　ほら、あれだろう……この都市は〈co-HAL〉がすべてのすべきことを教えてくれるし、導いてくれる。しかし俺は思うわけだ。――もし、そのすべきことが自分にとってどうしてもできないことだとしたら、そいつはどうするのかってな」

周藤がその問いを投げかけたとき、伊砂は何かに気づいたように、はっと息を呑んだ。

「女神の導きに逆らうわけにはいかない。なぜなら、それはつねに正しいからだ」

これっぽっちもそう思っていないふうに周藤は続けた。

「この都市の繁栄を見よ、人々の笑顔を見よ、夢から醒めるな――」

「……止めなさい」

伊砂が呻くように言った。脚に負った痛みがようやく知覚されたかのように。あるいは、それ以上の痛みが身体の裡より起こっているようだった。

「三年前、俺たちは互いにすべきことを理解した。示されたんじゃない、気づいたんだ」

しかし周藤は苦痛を弄ぶように言葉を重ねた。

自らの振るう武器を精確に操作して警備要員たちを嬲《なぶ》ったように、周藤は自らが口にする言葉によって伊砂をゆっくりと切り刻んでいく。

「悪いが、もう俺がお前さんたちを助けることはないだろう」

「私たちを助ける……ですって」

信じられないことを聞いたように伊砂は目を見開いた。

「だがしかし、罪を贖うため、救済の手伝いくらいはしてやろう」

「私たちがあなたたちを呼び寄せたというの――」

絶望に染まった顔と声で、伊砂は周藤を見上げた。

「お前さんたちが呼び寄せたのは俺だけだ」周藤は首を横にゆっくりと振った。「ピーターの奴はもっと真っ当な理由で助けを求められ、そして誰かを助けていた。正義とは貫くことだ。奴の施し、他者への献身は今なお揺らぐことのない永劫不変の輝きを宿している」

周藤は伊砂の手を取った。

そして出力を絞り、メスのように細く鋭い不可視の刃を、彼女の腕の上で滑らした。

どの血管を切り裂くべきかは目を瞑っても分かっていた。

それこそ女神の導きなど不要だった。

「審判のとき《アポカリプス》――、来たれり《ナウ》」

どっと血が噴き出した。

†

駆け抜けた――風雨のなかを切り裂いて。

漆黒の二輪車は唸りを上げて、乗せた者たちを辿り着くべき一点へ送り届けるため、休むことなく走り続けていた。緊急展開された高架輸送列車に運ばれ、現場に最も近い降車ポイントで貨物コンテナから飛び出し、湾岸道路を考え得る最速で走破。ついに鉄橋へと差し掛かった。横から吹く強風によって長大な杭といった二輪車がわずかに横に流れた。

騎手《ライダー》たる雅火とともに〈黒花〉は身体を大きく傾けて姿勢制御、速度を維持する。

機体形状は変化しており、前部に雅火・後部に〈黒花〉を乗せた二人乗り《タンデム》になっている。

そして港湾エリアの、埋立地と本土を繋ぐ鉄橋に到達する。

しかしすでに〈黒花〉の視界前面《フロント・ビュー》の層現に表示されていた〈Viestream〉の中継映像は途絶えていた。中継の終了を意味するものではない。【検閲】——その二文字が与えられ、一瞬の暗転の後、視界確保のために情層は半透明に透けていった。

ほぼいかなる暴力行為でも、中継映像を必要あるものとして容認する〈Viestream〉の検閲AIが配信停止措置を選択したのだ。

「行け、広江！」

水飛沫を上げながら二輪車は鉄橋の中ほどで急停車する。

『——了解』

雅火の鋭い声に〈黒花〉は跳ねるように飛び出した。

これ以上先を二輪車では進めない。

道路に、歩道に二〇名余の警備要員たちが倒れていた。

そこかしこに苦痛の呻きがあった。水たまりは赤く染まっている。

この場所で民族浄化が実行されたような惨状だった。腕や脚を切られ、眼を抉《えぐ》られている。動ける者はひとりもいない。

しかし虐殺《ジェノサイド》は起こっていなかった。誰もが痛みを訴え、死を恐れながらも命を落とした者は、死者はまだいない。

〈黒花〉の頭部装甲越しの視界では血の臭いを感じ取ることはできなかった。さらに吹き荒《すさ》ぶ風雨が溢れ、路面に流れる血を洗い流している。

彼らは〈黒花〉を見つけるなり、腕がある者はその指先で一点を指し示した。腕がなければまなざしを向けた。眼がなければ声を出した。

「伊砂会長のところへ……、急いでくれ」

〈黒花〉は彼らに導かれて、伊砂の許へ向かった。

敵の姿はもう、どこにもなかった。すべきことは終わったから退散するというように。

伊砂はただひとり、橋の欄干に背を預け、ぐったりと頭を垂れていた。

歩き疲れて一休みという様子ではなかった。彼女に案内され、屋敷のなかを巡ったときのことが思い出された。息ひとつ切らせることのなかった健脚の持ち主は、長い長い道のりを歩き続けた末、疲労困憊《こんぱい》して崩れ落ちたように微動だにしない。

『……伊砂会長』

呼びかけた。そしてしゃがみこんで、だらんと垂れさがった彼女の手を取った。

握り返す力はなかった。致命的な血管を裂かれている。もはや出血はほとんどなかった。それだけの血液が伊砂の身体には残っていなかった。

だが、まだ生きていた。

いのちの火は消えようとしていたが、〈黒花〉の声にうすれゆく意識を呼び戻されたように、ゆっくりと身体に残ったわずかな力を絞り出すようにして、伊砂は頭を上げた。

そして、自分を見送る者が誰なのかを理解し、何事かを告げようとした。

「――」

掠《かす》れる声で伊砂が何事か口にした。

〈黒花〉＝乗は彼女の口に耳を近づけた。緩く、浅く、とても数の少ない呼吸の音が聴こえた。聴覚センサーの精度を上げ、周囲の雑音を消し飛ばし、伊砂のことばだけに耳を澄ます。あらゆる音が遠のき、凪《なぎ》のような静寂が一瞬、訪れた。

じっと乗は、伊砂が再び声を発するのを待った。

聞き届けなければならなかった。

そして、伊砂は言った。

「――フェイセズ」

そう告げると、伊砂はいのちの火を取り戻したように乗の左手を強く握りしめた。

しかし、それは燃え尽きる一瞬のきらめきだった。

次の瞬間にはふっと力が消え、そして永遠の沈黙を宿した重みが訪れた。

雨粒が、見開かれたままの伊砂の瞳に当たっては涙のように流れ落ちていった。

彼女の瞼を閉じるため、乗は手を翳そうとした。

しかしそのための右腕はなかった。

肘から先、破損し剝き出しになった機械の腕では何も摑むことはできず、触れることもできなかった。

やがて、幻痛が訪れた。

その苦痛は今、誰かを救えなかったことへの、紛れもない罰であるように思えた。

3

先触れはあったのだ。

指し示された場所が意味することを考えるべきだった。

何故そこに——。そういう問いかけを、かつてから今日この瞬間に至るまで提示し続けてきた姿なき相手に対して。

夕暮れ。イーヘヴン市北東エリアの外縁部——北関東州および東北州へ向けた列車の始発を担う都市内ゆいいつの駅——上野。その地上ホームで末那は美弥と会っている。

二人が腰掛けていたのは、それこそこの駅が今よりもずっと活発だった頃、ここにやってくる、そしてここから出て行く多くの人々が利用したであろう場所だった。

視界にはずっと道標情層《ガイド・レイヤー》の赤文字が点滅している。

「……乗らなくて大丈夫なの？」

美弥が心配そうにこちらを窺ってくる。いけない、またそちらに視線を向けてしまっているらしかった。だが、それと同じだけ、美弥が自分を視ているという事実に安心した。

列車を見送っていた。もう何本も。

末那の姿は青と白のドレス姿のままだった。パーティ会場から装甲車によって護送され、駅に到着してから、そして仕事中にもかかわらず呼び出してしまった美弥と会った今もなお――まるで魔法が解ける前に急いでお城から逃げ出してきた灰かぶり姫《サンドリヨン》のように。

「いいのよ、それより今は美弥にわたしが調べたこと、話しておかないと」

「う、うん……」

早口になりすぎないようにと気を遣っているものの果たしてどうだろうか。少なくともお客さまに向かってこうしていたら眉をしかめるくらいのことはされてしまうかもしれない。普段なら、こんな切羽詰った、相手に不安を与えるような話し方はしない。

けれど、今はそれでは駄目だった。少しでも早く、少しでも多くのことを語らなければならなかった。ここを逃せば、もうそれは不可能になるかもしれないから。

広江乗はあなたのほうを――社美弥を向いている。ただ、そこに行くまでの道程が途方もなく、まだ自らも見出せていないだけで。

伝えるべきはその一言だけでも足りるはずだった。

だが、末那はそこに至るまでの乗の足跡について丁寧に教えていった。前に渡したデータには欠けていた部分に、補うべき断片《ピース》を埋め込んでいくように。

そうしてやっと、自分が調べたこと。乗と会ったこと。そして、今度、三人で会おうと言って、それに彼が応えたことを話した。

「——これで全部」

言い終えて、思い残すことはいくらでもあったとしても、少なくとも抱えきれなくはない程度に減らせていた。

「何か、質問はある？」

「大丈夫——、だけど、末那。どうしてそんなに急いでいるの」

「実は時間がないの」冗談めかして微笑んだ。そうしなければ誤魔化すことすらできないと言わんばかりに。「わたしに掛かっていた魔法が解けてしまう。そうすれば美しいドレスはボロ布になって、着飾ったすべてのものは、最初からなかったように消えてしまう」

「嘘、変なこと言わないでよ」

「わたし、変なこと言ってる？」

「言ってる。いつもと全然……、違う」

「そうかしら。今のこの都市だって似たようなものじゃない？」

落ち着いて、と美弥が言った。困惑が徐々に怯えに変わっていることが察せられた。そういう顔と感情を、自分の言動とふるまいがもたらしていると知って、末那はますます今の自分が纏っていた魔法とも呼ぶべきしろものが剝がれ落ちていくことを理解した。

ひどく不吉な何かが、自分の一挙一動に宿っているのだろうか。

そのことを省みるだけの勇気は今もなお、なかった。

イーヘヴン市中心部へ向かう都市外からの列車は極端に本数が減っていた。港湾エリアにいたってはほとんど全線不通とも言えるほどに。

再び姿を現したテロリストたちがもたらした混乱。切断された〈Viestream〉。ぼやかしだらけになった果てに、叩き切られるように中断されたその後の行方――うわさ＝〝嬌風産業の会長が殺害されたらしい。だが公式発表では重傷。現在手術中〟。

情報は錯綜し、真実味があるものもないものも溢れかえっていた。あるいは、その狂騒状態こそが求められていると言わんばかりに。そして末那は、囁くように言った。

「ねえ、美弥。申し訳ないんだけど、ＵＩグラス、かけてくれない？」

先延ばしにしていたものを。ここに送り届けられて以来、ゆいいつ避けてしまったものに向き合うために。

「大変だろうけど……、お願い」

気を張っていなければもたれかかってしまいそうな、頼られていたと思っていた自分はどこかに消え去っていた。

「……わかった」

　美弥は困惑と不安を覚えながらＵＩグラスをかけた。目を顰《しか》める——伝わってくる苦痛。それは言葉でしか知りようのないものだとしても、吐き気を伴うほどの目眩《めまい》と疲労感。だが、案の定、それ以上に呆然とした顔が、目の前にあった。

「末那が……、視えない」

　ああ、やっぱり——、末那はこの駅に着くなりずっと抱えていた違和感が、自分に与えられた社会評価値が間違いでないことを理解した。到着して以来ずっと、混み合っているとはいえないほどの構内のなかで、何度も道往くひとと衝突した。その度に相手は、視えない透明な壁にでもぶつかったように怪訝《けげん》な顔をして、そして恐ろしい怪物に遭ったように瞠目して逃げていった。

「——社会評価値《ソーシャライズ》を表示《アクティブ》」

　末那は呟いた。静かな、誰にも聞こえないほどの小さな声で。

〈Sociarise=E〉——視界の中央には、自分にとって処刑宣告にも等しいような一文が表示されていた。それは呪いの刻印のようだった。６６６めいた怪物を意味する文字列。

「……ごめんなさい。わたしはもう、あなたを手伝えない」

　そして近づいてくる足音が聞こえた。多数。切迫したように。振り向いた——駅員と武装した民間保安企業の契約者たちがやってくる。追放処分《エグザイル》を与えられたこの自分を拘束するために。危険な存在の傍らに立つ少女を保護するために。

立ち上がる。走り出す。線路に飛び降りる。

「さよなら、美弥」

逃げていく――雨上がりの冷たい暗闇へ。すべきことはそれ以外、何もなかった。

本書は書き下ろし作品です。

次世代型作家のリアル・フィクション

マルドゥック・スクランブル
The 1st Compression——圧縮〔完全版〕
冲方 丁
自らの存在証明を賭けて、少女バロットとネズミ型万能兵器ウフコックの闘いが始まる。

マルドゥック・スクランブル
The 2nd Combustion——燃焼〔完全版〕
冲方 丁
ボイルドの圧倒的暴力に敗北し、ウフコックと乖離したバロットは〝楽園〟に向かう……

マルドゥック・スクランブル
The 3rd Exhaust——排気〔完全版〕
冲方 丁
バロットはカードに、ウフコックは銃に全てを賭けた。喪失と安息、そして超克の完結篇

マルドゥック・ヴェロシティ1〔新装版〕
冲方 丁
過去の罪に悩むボイルドとネズミ型兵器ウフコック。その魂の訣別までを描く続篇開幕！

マルドゥック・ヴェロシティ2〔新装版〕
冲方 丁
都市政財界、法曹界までを巻きこむ巨大な陰謀のなか、ボイルドを待ち受ける凄絶な運命

小川一水作品

第六大陸 1

二〇二五年、御鳥羽総建が受注したのは、工期十年、予算千五百億での月基地建設だった

第六大陸 2

国際条約の障壁、衛星軌道上の大事故により危機に瀕した計画の命運は……。二部作完結

復活の地 I

惑星帝国レンカを襲った巨大災害。絶望の中帝都復興を目指す青年官僚と王女だったが…

復活の地 II

復興院総裁セイオと摂政スミルの前に、植民地の叛乱と列強諸国の干渉がたちふさがる。

復活の地 III

迫りくる二次災害と国家転覆の大難に、セイオとスミルが下した決断とは？　全三巻完結

小川一水作品

老ヴォールの惑星

ＳＦマガジン読者賞受賞の表題作、星雲賞受賞の「漂った男」など、全四篇収録の作品集

時砂の王

時間線を遡行し人類の殲滅を狙う謎の存在。撤退戦の末、男は三世紀の倭国に辿りつく。

フリーランチの時代

あっけなさすぎるファーストコンタクトから宇宙開発時代ニートの日常まで、全五篇収録

天涯の砦

大事故により真空を漂流するステーション。気密区画の生存者を待つ苛酷な運命とは？

青い星まで飛んでいけ

閉塞感を抱く少年少女の冒険から、人類の希望を受け継ぐ宇宙船の旅路まで、全六篇収録

野尻抱介作品

太陽の簒奪者《さんだつしゃ》

太陽をとりまくリングは人類滅亡の予兆か？
星雲賞を受賞した新世紀ハードSFの金字塔

沈黙のフライバイ

名作『太陽の簒奪者』の原点ともいえる表題
作ほか、野尻宇宙SFの真髄五篇を収録する

南極点のピアピア動画

「ニコニコ動画」と「初音ミク」と宇宙開発
の清く正しい未来を描く星雲賞受賞の傑作。

ヴェイスの盲点

ロイド、マージ、メイ――宇宙の運び屋ミリ
ガン運送の活躍を描く、〈クレギオン〉開幕

フェイダーリンクの鯨

太陽化計画が進行するガス惑星。ロイドらは
そのリング上で定住者のコロニーに遭遇する

ハヤカワ文庫

野尻抱介作品

アンクスの海賊
無数の彗星が飛び交うアンクス星系を訪れたミリガン運送の三人に、宇宙海賊の罠が迫る

サリバン家のお引越し
メイの現場責任者としての初仕事は、とある三人家族のコロニーへの引越しだったが……

タリファの子守歌
ミリガン運送が向かった辺境の惑星タリファには、マージの追憶を揺らす人物がいた……

アフナスの貴石
ロイドが失踪した！　途方に暮れるマージとメイに残された手がかりは〝生きた宝石〟？

ベクフットの虜
危険な業務が続くメイを両親が訪ねてくる!?　しかも次の目的地は戒厳令下の惑星だった!!

著者略歴　1989年埼玉県生，早稲田大学文化構想学部卒

HM=Hayakawa Mystery
SF=Science Fiction
JA=Japanese Author
NV=Novel
NF=Nonfiction
FT=Fantasy

パンツァークラウン フェイセズ I

〈JA1113〉

二〇一三年五月 二十日 印刷
二〇一三年五月二十五日 発行

（定価はカバーに表示してあります）

著者 吉《よし》上《がみ》亮《りょう》
発行者 早川 浩
印刷者 矢部真太郎
発行所 株式会社 早川書房
郵便番号 一〇一 - 〇〇四六
東京都千代田区神田多町二ノ二
電話 〇三 - 三二五二 - 三一一一（大代表）
振替 〇〇一六〇 - 三 - 四七七九九
http://www.hayakawa-online.co.jp

印刷・三松堂株式会社　製本・株式会社フォーネット社

ISBN978-4-15-031113-1 C0193

本書は活字が大きく読みやすい〈トールサイズ〉です。